"当一个人心知道，
会世界会加如让行。"

# 狙击蝴蝶

七宝酥
—— 著

长江出版社
CHANGJIANG PRESS

**图书在版编目（CIP）数据**

狙击蝴蝶 / 七宝酥著 . — 武汉：长江出版社，
2022.8

ISBN 978-7-5492-8327-9

Ⅰ . ①狙… Ⅱ . ①七… Ⅲ . ①长篇小说 – 中国 – 当代

Ⅳ . ① I247.5

中国版本图书馆 CIP 数据核字（2022）第 080214 号


狙击蝴蝶 / 七宝酥 著

| | | |
|---|---|---|
| 出　　版 | 长江出版社 | |
| | （武汉市解放大道 1863 号） | |
| 选题策划 | 小　米 | |
| 市场发行 | 长江出版社发行部 | |
| 网　　址 | http://www.cjpress.com.cn | |
| 责任编辑 | 陈　辉 | |
| 特约编辑 | 连　慧 | |
| 印　　刷 | 三河市兴国印务有限公司 | |
| 版　　次 | 2022 年 8 月第 1 版 | |
| 印　　次 | 2022 年 8 月第 1 次印刷 | |
| 开　　本 | 880 毫米 ×1230 毫米　1/32 | |
| 印　　张 | 10.5 | |
| 字　　数 | 310 千字 | |
| 书　　号 | ISBN 978-7-5492-8327-9 | |
| 定　　价 | 39.80 元 | |

新年快乐！

不管她信不信，
喜欢她就是他的命。

他

是山涧与草木

才能凝炼出的

原初和静谧，

是深谷里一尘不染的溪，

扎实苍郁的蔓，

一道尚有棱峰的岭。

所以趁他许愿时，

岑矜也借机蹭了个愿，

希望这个小孩

可以永远如此，

永葆澄明

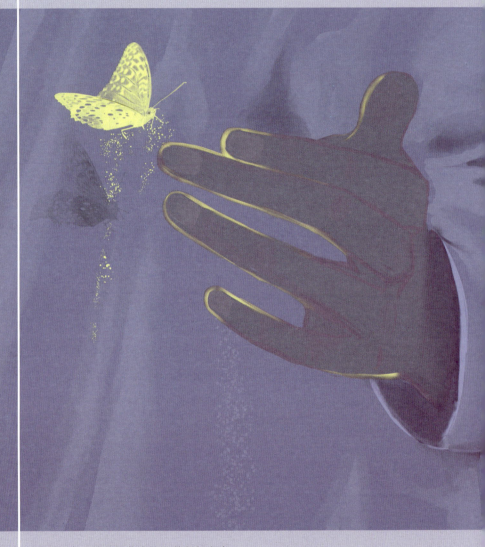

所谓狙击，就是埋伏在隐秘处伺机袭击。

——在拥有与她共同醒来的清晨前，他曾忍受过隐秘而漫长的午夜。

# CONTENTS 目录

第一篇章　焕然新生

他并未辜负她的好意。
他必须为自己正名。

*1*

休假第二天，岑矜不间断地刷了五部电影。

她把卧室的窗帘拉得严严实实，不让一道光透入。整个房间黢黑阴沉，只有笔记本电脑的屏幕在闪烁，好像时空隧道的门一般，随时能把她拽进不同的世界。

她已经十多个小时没吃饭了，就瘫靠在枕头上，像瘾君子一样挤压着一根所剩不多的能量棒，确认吸不出任何东西了，才把它丢回床头。

岑矜没有失恋过，她的初恋就是她的丈夫。

但她此刻面临的问题更严重，她的丈夫提出了离婚申请。

这一切发生得很突然，但并不意外。

早在半年前，她就隐隐嗅到了一丝端倪。

起初是吴复对她态度的转变，她安慰自己这很正常，浓情蜜意终要走向细水长流，二人难免会相互挑剔。但猜疑的种子一旦生根，就会愈演愈烈。

岑矜习惯了二人世界，也想过自欺欺人，避而不提这些痛点，这就像是站在经年失修的吊扇下面，岌岌可危。

直到上个月底，这台吊扇终于砸向她的头顶——晚餐时分，吴复将离婚协议摆放到她的面前。

他气息平和，上下唇慢慢地翕动，似乎在陈述些什么。

可也是那一瞬间，岑矜的周遭就像断帧了，头顶闷雷，大脑一片空白，好像成了一颗被蛀烂的果壳。她一个字都听不见，只怔怔地盯着吴复，直到他嘴巴不动了，她才木讷地"啊"了一声。

至此，岑矜终于回过神来。

她的脸很冰，她抬手抹了下，毫不意外地摸到一掌心的泪水。

这些日子，她不时会陷进这种状态，会不自觉地流泪。

岑矜用手背重重地抹去泪水，又抽出枕边的纸巾，一点点擦干眼周的泪。

做完这些，她才把电影的进度条往回拖。

看到哪了？她回想着，人却像被卷进黑洞似的浑噩茫然。

激流般的负面情绪总能轻易地将她瓦解。

岑矜用力抿唇，狠狠地吸一下鼻子，最后把进度条停在自己也不确定的地方。

电影临近尾声时，她的手机振了下。

岑矜拿起来看，是闺蜜春畅发来的消息。

春畅：你请假了？

岑矜回了个"嗯"，刚想把手机放回去，朋友的消息又过来了。

春畅：难怪找你吃饭没人。

春畅：很难受吧，低头不见抬头见的，换我我也请假。

岑矜没吭声，想敲下几个字力证自己根本就无所谓，但她显然没这么坚强，也不想伪装，就承认了。

岑矜：对啊。

春畅：在家做什么，我下班了去陪你。

岑矜：不用了。

春畅：不方便吗，你还跟吴复住一起？

岑矜：分开了。

春畅：现在在自己房子？

岑矜：对。

春畅：啊，什么时候搬的？

岑矜：他提离婚的第二天就搬了。

春畅：你效率也太高了。

春畅：女强人，我还是去看看你吧。

岑矜：真不用。

春畅：你先确定不会死？

岑矜：不至于，别担心了。

春畅：我看也是。

岑矜丢开手机，按下触摸屏，让电影继续放映。主角继续表演，这一次她提前按了暂停，就不用再因为分心往回调。

可糟糕的是，生活不像影片，悲喜已成定局，无法再回到某个节点重新来过。

"如果可以，我绝对不会和吴复恋爱结婚。"

短短十几天，这个念头已经在岑矜的脑子里闪回了千万次。在想象中，她像个泼妇一样无声地骂街，又在多愁善感的深夜消沉地买醉，自怨自艾。

她给自己安排的失恋戏份只有观影、断食、流泪。这是她一个人的独角戏，不需要观众，包括她的好友和至亲。

因为她实在太狼狈了。成人世界的潇洒脱身，只是表面上体面地落荒而逃罢了。

不过她还是感谢朋友发来的消息，将她拉回了现实世界，她终于感知到困意。她强撑着眼皮看了会儿影片，便不再跟昏昏欲睡的自己较劲，把笔记本电脑撇到一边，直接躺下睡了。

她翻了个身，找到最舒适的姿势，又把被子往上拉，盖过头顶。

就在她快被睡意淹没时，手机却在床头柜上猛振起来。

岑矜掀开被子的一角，将那块恼人的"电子板砖"扒回手里，愤愤道："不是跟你说不用来了吗——"

那边登时没了任何声音。

好像不是朋友，对方没有马上挂断。

岑矜皱眉，将姿势改为平躺，顺便举高手机瞄了眼，是陌生号码，还不是本地的，她猜或许是客户换号了，她不作声地等着。

僵持了一会儿也不见动静，岑矜的耐心告罄，决定当垃圾电话处理，刚要挂掉，那边突然传来一声："请问……"

是男声，隔着听筒听不真切，只觉得声音分外年轻，像一滴剔透的水滴落在这间颓萎的卧室里一般。

岑矜把手机拿回耳边，对方的声音也因此放大，清晰了。

"是岑矜，岑女士吗？"

他发音标准，语气却透着小心。

岑矜"嗯"了声，淡淡地问："对，你哪位？"

"我……"自我介绍对他而言像是有些难以启齿，几秒迟疑过后，他才讲出自己的姓名，"我是李雾。"

礼物？

岑矜的第一反应是这两个字，随后便联想到在网络上大火的虚拟男友业务，下意识地以为是朋友的恶作剧。

但男生的态度认真，与油滑毫不沾边。岑矜进一步确认道："谁？"

对方安静须臾才开口："您还记得我吗？我是您和您丈夫资助的学生。"

岑矜恍然，脑中闪过一个身影，那是个立在门后打量她与吴复的消瘦的少年。她已想不起他的全貌，只记得他的眼睛明亮且倔强，像山野中安静地蛰伏的牛犊，或者小鹿。

岑矜的语气柔和了几分，道："是你啊，找我有什么事吗？"

少年说："我想继续上学，您能帮帮我吗？"

岑矜起疑，蹙了下眉，"你不是在念书吗，还是这学期的钱没收到？我记得八月前后就应该到你爷爷账户了。"

少年声音变得沉闷，"他十月初过世了。"

"啊……"岑矜默然，心头涌出一股悲悯，"现在家里就你一个人吗？"

"我住到姑姑家了，每天……没办法学习。"

他又说："我给吴先生打过电话，他叫我来找你。"

岑矜被下半句激怒，腾地坐了起来，"他什么意思？"

少年大概很擅长沉默这件事，寂静须臾，说："我也不知道，他说你们分开了，然后给了我你的联系方式。"

岑矜屈起双腿，单手将碎发别到耳后，口气冷淡下来说："所以你就来找我了？"

他敏锐地察觉到她的情绪变化，低声道："对不起。"

男生的示弱让岑矜调转矛头，"我去跟他通个电话，你等我一会儿。"

少年有些为难，"我借的手机。"他待会可能就接不到了。

"两分钟。"

"好。"

岑矜挂断电话，立即拨给吴复。从她搬出婚房后，她就没有联系过他。

第一通，吴复拒接，她又打出第二通，这一回，终于连上了。

出现在耳畔的不再是熟悉的昵称，只有开门见山的生疏，"什么事？"

岑矜的手按在被子上，"我们资助的小孩，你就推给我一个人？"

"这是你爸妈的主意。"

岑矜的呼吸变得急促，"所以？"

"谁开的头，谁就去收拾烂摊子。"

"你不是参与者？"

"我们都是。"吴复好整以暇，"所以我把结束权交给你，当然你也可以继续当个好人。事实证明，你父母的封建思维并不管用，我们的婚姻一样很糟。"

岑矜胸脯起伏着，气得眼眶发红，"你在说什么？"

"我在说事实。"

岑矜被气炸了，"那就不管他了？不觉得残忍吗？"

"他是我们的亲生儿子吗，矜矜？"岑矜情绪上来，吴复仍会下意识地唤她的小名，因为长年累月的习惯在短期内无法更改，"我看过合同，资助人如有意外变故，可提前结束资助关系。我跟你不管，自然会有别人接手。"

原来在他眼里，这些曾经充盈着情感的白纸黑字，都是随时能够终止的冰冷的契约。

岑矜联想到自己，周身发寒，吐字近乎战栗道："吴复，你真不是个东西。"

"我还在忙，没空吵架，挂了。"

那边彻底没声了。

岑矜气到胸痛，她捏起拳头，抽动鼻腔，逼迫自己重整情绪，而后回拨给李雾。

对方很快就接听了，但已经换人了，声音听起来年长许多，有些粗哑，讲着她几乎听不明白的方言。

岑矜懊恼起来，焦急地问："用你手机的那个男孩子呢？"

"走了。"男人说，"还有事啊？"

岑矜瞥了眼时间，如被闷棍一击，克制不住地滚下泪来，只说"没事了"就挂断通话。

她坐了会儿，又平躺回去，试图将那些哭意咽下去。

她双手交叠，将手机贴在胸口，心伤又迷惘。

早两年他俩刚刚定下婚期时，吴复出了车祸，虽有惊无险，但也让家中长辈忧心不已，生怕结婚当天再生事端。

起初她跟吴复不以为意，后来她第一次怀孕掉了孩子，父母寝食难安，开始花高价求助所谓的"命理大师"，而吴复也变得疑神疑鬼，就顺了二老的主意。

大师给的化解方法，就是让他们夫妻俩去南边资助个小孩。

岑矜被生拉硬拽着去了胜州的偏远山村。村里有个为他们量身定做的贫困生，那孩子刚初中毕业，负担不起之后县城高中的学费。他家世又惨，打小父母双亡，与偏瘫的爷爷相依为命，一边照顾老人一边读书，日子更是非常人所能忍受的苦。

见有贵人主动上门，村委主任殷勤不已，直说李雾成绩好又懂事，领着他们去他家。

男孩家里贫困得有些出人意料，仅一间低矮简陋的土坯小平房，家徒四壁，头顶悬挂下来的一颗灯泡是屋里唯一的电器。

"那小孩人呢？"吴复问。

主任也纳闷，操着一口拙劣的普通话："我也奇怪，李雾呢，李雾！"他喊着他的名字往里间走，"老李头，你孙子呢……你躲这里头干吗呀？"

岑矜跟着回头，也是此刻，她与门缝内的一双眼睛对上目光。

整个流程确认得很快。

最后主任还拉着孩子跟他们合影，就在那间比吴复高不出多少的小土房前面。

岑矜打开手机相册，翻看起相片，不多久，她找到那张合照。

那日烈阳灼眼，她与吴复分列左右，吴复的笑脸被映得极白，而她双目微眯，也弯出笑意。

那个叫李雾的孩子就站在他俩中间，比她矮了半头，面无表情，是唯一一个没有笑容的人。他下巴微敛，但并不怯怕镜头，那双眼直直地看过来，黑白分明，隐含着与其年纪不符的执着和锋利，隔着屏幕好似能将人望透一般。

少年的眼神过于有力，好像能将人从冰湖中捞起似的。

她按灭屏幕，翻身下床，边往卫生间走，边用皮筋绑紧散乱的长发。

她要去那座山，她要再拉他一把。

## 2

　　道路两旁青山延绵，岑矜手握方向盘，心头无缘无故地生出一些悔意，她出来得太冲动，孤身一人，什么都没准备，也没任何周详的计划。

　　但车已行至高速，回头路就不再那么好走，只能硬着头皮继续向前。

　　导航报出"胜州"二字时，岑矜的忐忑就被窗外的风光冲淡了。她见到了久违的景象，蓊郁的山头涌入眼帘，天蓝似海，仿佛置身油画之间。

　　她要去的是胜州一个叫云丰村的地方，上回来已经是一年多前，还是吴复开的车，所以岑矜没有多少印象，好在有导航指引，她走得还算顺畅。

　　下了高速，穿越镇子，再拐过几道窄小的山路，就到达了目的地。

　　一辆全白的轿车忽然停在村口，好像借地休憩的高贵的天鹅一般，惹得过的村民纷纷张望。

　　有个黑瘦的小孩跑到车前，踮起脚，探头探脑地从前窗往里瞧，还没看清里面人的长相，就被家长骂骂咧咧地提着后襟走远了。

　　岑矜淡淡一笑，开门下来，拦住一位提桶的老头，"叔叔，请问你们村委会在哪？"

　　她根本不记得那孩子家的具体位置，只能先去求助当年的主任。

　　老头腾地停步，被她素白的脸晃了下眼，抬手颤巍巍地指向一个地方。

　　岑矜笑着道谢，又上了车。

　　就这一会儿工夫，车前又聚来一帮看热闹的小朋友，好似一群唧唧喳喳的灰麻雀一样。岑矜开窗叫他们让行，他们不动，只站作一排冲她憨笑，好像在看天外来客似的。岑矜没辙，只得摁了下喇叭，一声长鸣气势十足，"小麻雀们"终于嗷嗷叫着四散开了。

　　去村委会的这一段路，岑矜开得极慢，一是因为这边刚下过雨，道路泥泞；二是村里的小孩着实胆大，对车毫无畏惧之心，不时会蹿到路中间，稍一分神可能就要闯祸。

岑矜快两天没睡了，全靠来前的一杯咖啡提神，丝毫不敢大意。

好在快到村委会办公室时，路面开阔了些，也铺上了平整的水泥，她总算能喘口气。

她对村委会有点印象，还跟之前一样，是一间白平房，院里国旗高挂，随风舒展。这里与都市的大厦自然不能相比，但放眼整个山村，已经是非常体面的建筑了。

岑矜一下车，就见门口站了个戴眼镜的女生，她束着马尾，面容还有些稚嫩。她困惑地看着她。

岑矜朝她走过去。

女生问："你找谁？"话语间，还用余光扫了下不远处的车。

岑矜说："严昌盛严副主任在吗？"

女生愣了愣，反应过来，"你说的是严主任？"

岑矜眨了下眼，"他升主任了啊……嗯，我就是找他。"

女生努嘴摇头，"领导都去县里开会了，明天中午才回来。"

女生领着她往办公室走，"你找他什么事？我是村里的后备干部，可以先帮你登记下。"

跨过门槛，岑矜说："还挺急的，我开了四个小时车赶过来，待会还得回去。"

"啊？"女生诧异，"你从哪过来的？"

"宜市。"

女生猛地回头，话里难掩激动之情："宜市？我在那念的大学。"

岑矜眉尾微扬，"复大？"

女生微赧，"我哪考得上，在湖大。"

岑矜一目了然，"也不错，来这当村干部了？"

女生笑了笑，"算是吧，我老家在这，毕业就回来了。"同在一个城市待过的机缘瞬间拉近彼此的距离，她对这个突然来访的女人放下戒备，端来椅子招呼，"你先坐，我帮你联系。"

岑矜坐了下来，从手机里翻出那张旧照，想直接询问李雾现下身在何处，可一抬眸，女孩已经在用座机拨号了。

她们相视一笑，没再说话。

女孩还是注视着她，面前的女人是她最想成为的样子，她穿搭简单，如自己一般的白上衣加牛仔裤，可她看起来截然不同，整个人纤细、素净，像一朵白茶，不争不显，却叫人无法忽略，有着她这辈子可能都无法企及的高级感。

岑矜再次抬起头来，见女生痴痴地盯着她，不禁挑了下眉问："联系上了吗？"

女生慌忙放下听筒，"没，可能在开会，静音听不到。"

岑矜起身走过去，将手机屏幕展示给她，"你认识这个男孩吗？他叫李雾，也住在这里。"

女生凝神分辨了一会儿，认出照片中的人，"他啊，他爷爷刚过世是吗？"

"对。"岑矜谢天谢地，"前年托严主任牵线，我成了他的资助人，他最近遇到了点麻烦，我就想过来看看，你知道他目前住哪吗？"

"知道的！"女生仰脸，"我带你过去。"

岑矜莞尔，"我要怎么称呼你？"

"程立雪。"

"谢谢你，程小姐。"

女生喜笑颜开，这一次是发自肺腑。

有程立雪带路，岑矜安心了许多。远离村子的核心区域后，山路又变得局促，开车肯定不便。深一脚浅一脚地踩过糊成一片的草茎烂泥时，岑矜只能庆幸自己穿的是运动鞋，不然真不知道要怎么熬过这段路。

沿途，岑矜努力无视脚下，让自己眉目舒展着问程立雪："他现在住他姑姑家是吗？"

"对啊。"程立雪对这种路况习以为常，微微偏回头来，"他遇到什么事了？严主任对他很重视的，爷爷一走就把他托给他姑姑了，就怕他孤苦伶仃过得不好，住亲戚家好歹能照应着点。"

岑矜沉声道："他现在在哪读高中？"

"应该是浓溪县高。"

来时路上她似乎在导航里听过这个校名，离这并不近，岑矜问："他平时住校吗？"

"应该不吧，这里没多少小孩住校的。在家长眼里，住校就是躲在外面偷懒，还得多花钱，谁家都不舍得。"

程立雪说得轻描淡写，岑矜却不作声了。

她们走了约七八百米，程立雪总算停下来，她指向小坡上一户人家，"就那间，李雾姑姑家。"

岑矜举目，映入眼帘的是间平房，与这个村子大多数屋舍一样，门高窗窄，用不规则的石块垒出的墙面，青瓦后面是浓绿到近黑的高耸的山。

两人穿过一片葱茏的菜园，停在这家门前，木门大敞着，只隐约听见交谈声，却不见人影。

程立雪上前一步，重叩两下门，"有人吗？"

看似青涩的女生忽然就找到了合适的位置，高昂的声腔里平白生出几分威慑，"有没有人呀！"

岑矜注视着她的侧颜，微妙地勾了勾下唇。

屋内有人回话："谁啊？"

是个女人，一口方言。

"我！程立雪，村委办的。"程立雪也熟稔地用方言应答，说完长呼口气，回眸看岑矜一眼，无奈道："他们都这样。"

岑矜颔首，"嗯。"

屋里人忙迎了出来，是位身着红衣的短发中年女人，她身壮面宽，眉眼口鼻又很小，一笑就挤压在一起，延伸出纵横的沟壑，让人看起来不太舒服。

她笑着唤道："小程书记。"一双眼顺势将程立雪身后的岑矜从头扫到脚。

岑矜被这样失礼地打量，却未展露不适之色，只静立着，面容皎皎，有股子明月高悬的感觉。

女人莫名觉得来者不善，敛起一些笑，"什么事啊？进来说。吃晚茶了吗，小程书记？"

程立雪没立刻进去，只问："你侄子呢，在家吗？"

女人眉梢吊高，不甚明白，"找他做什么？"

程立雪让开身，示意岑矜，"这位女士是从宜市过来的，想看看他。"

女人问道："她谁啊？"

"资助他的人呀。"

"啊？"姑姑张了张口，竭力使自己的口音往普通话靠拢，"就是你啊，还是第一次见你这位大善人呢。怎么突然就过来了，也不提前说声。"

岑矜没空寒暄，只问："李雾呢，应该在家吧？"她垂眸，目光自手机上一掠而过，"今天周六。"

"在家，肯定在家。"

她回头喊："李雾！李雾？有人过来看你了！"

屋内并无动静。

女人让她们进门，跑向隔间着急地揽手，"叫你出来呢，起来！别喂了啊！听不听我讲话啊。"

她的口气近乎斥责。

岑矜跟在后头，停在同一扇门前。

与此同时，灶台边的少年也搁下手中的瓷碗，偏头看过来。

他眉心微蹙，视线触及岑矜的下一秒，浓眉之下的大眼睛流露出错愕的神情。

岑矜静静看着他，少年的面孔与相片里的相似，却也有了区别，似乎更加锐利了，又或者该说，他的面貌已变得与那双不屈的眼睛更为相配。

少年迅速站直了身体。

岑矜以为还要跟过去一样平视他，但很快，她就在自己不受控制地上移的目光中暗暗自嘲起来，原来，在她……在他们根本不以为意的时间里，柏木从未停止过生长。

## 3

电话里一去不返的人忽然从天而降，李雾不知要如何描述此时的感受。

可能不仅是感激，更多情绪在翻涌、高涨，以至于他在顷刻间面红耳赤，背脊也开始隐隐出汗。

他对资助人的印象其实不深，只记得是一对年轻夫妻，气质高雅且不易亲近。走完程序后，他们再没来过山里，唯有每半年按时进到爷爷账户的一笔钱，提醒着他与他们之间尚有联系。他必须学有所成，涌泉相报。

报恩的前提是走出这座山。

如果一直留在这里，他将被土石掩埋，至死都无法生芽见光。

李雾的胸腔起伏着，紧盯着门口的女人。她在昏暗的灯盏下焕发着柔光，好似一个幻象。

姑姑的大嗓门及时将他唤醒："傻站着干吗？叫姐啊！"

李雾张了张嘴，半晌没挤出一个字。两次见面，他们话都不曾讲上一句，遑论这样亲近地称呼她。

走流程那天，他就跟个木偶人似的被严主任扯来扯去，只简单答了些问题，最后是道谢、合影，全程同他好言好语的只有她丈夫，而她意兴阑珊，从不插话。

见李雾一直闷在那，姑姑躁得责骂起他来："你这小孩怎么回事！人都不会喊了？"

她语气一重，方才由李雾喂食的小孩也在板凳上怪叫起来。

周围都是大人，却没一人看他、理他，他终于找准机会，立马动用全部肺活量，声嘶力竭，不见停歇。

姑姑走上前去佯装要打，小孩哪能善罢甘休，继续尖叫，屋里顿时嘈杂到极点。

岑矜长时间未得到休息的大脑濒临炸裂，她太阳穴跳动着，急剧胀痛起来。

多亏程立雪当机立断一声吼，才使屋里重归平静。

谢谢，岑矜发自内心地感激。如果没遇到这女孩，她今天可能会不知所措，不是在沿途深陷泥潭，就是要被此刻的噪声激出心脏病。

姑姑扯起孩子，回身赔笑道："呀，孩子还小，扰到你们了。"

岑矜抿唇，只牵动皮肉，并无笑意，"他是你的孩子吗，多大了？"

姑姑道："八岁。"

岑矜一扫灶台上的碗，音色绵软，却话里有话，"都八岁了还要人喂饭呀。"

姑姑闻言顿生不快，但不敢发作，只讨巧道："这小孩不听话，老不好好吃饭，这不，就让他哥哥喂了，他哥哥管得住他。"

岑矜不再搭理，视线回到李雾身上。

她径自往里走，最后停在少年跟前，如久未谋面的长辈那般评价道："长高了。"

是啊，岑矜来到他面前目测，他已比她高出近一头，不由得再次感慨成长的力量。

只是，少年周身不见半分这个年纪该有的朝气，他面颊微陷，拔高的体形只叫他看起来更加清癯贫苦。

对视于岑矜而言是社交礼仪，但李雾不行，他极快敛目，浓密的睫毛盖过浓黑的眼睛。

岑矜只字未提电话的事，"不记得我了吧？"

李雾眉间紧了下，"记得。"

岑矜弯下眼角，"吃过饭了吗？"

李雾说："没有。"

岑矜问："方便跟我出去说两句吗？"

李雾点了下头。

姑姑面色微变，当即松开堵着孩子的嘴的手，身子虽胖却灵活地挤来他们身前，就像一堵矮墙，"都是自家人，有什么话不方便讲。我去盛粥，你就在这边吃饭，大家边吃边说好了。"

岑矜淡笑，"就单独说两句。"说完抬脚就走，绕开她。

姑姑还想拦，岑矜置若罔闻，只侧身示意李雾跟上。

二人一前一后走出大门，来到院子里。

此时已是傍晚，山间起了雾，海潮般涸开来，矮舍孤峰都被美化，皆成云中仙境。

脚边的菜叶被打湿，绿莹莹泛着光，岑矜低头看它们一眼，回过身问："作业写完了吗？"

本打算恭肃相待的李雾，不料她开场白竟是唠家常，一时愣了下，才说："还没。"

岑矜问："没空写，还是不想写？"

李雾静立片刻，说："没空写。"

"因为要喂饭？"刚才屋里所见，已让岑矜对他现下的处境了然于心，他的求助也的确如他所言，是别无选择，她接着问，"是不是还有别的家务占用了你课后时间？"

李雾抿了抿唇，颔首承认。

岑矜又问："什么时候住过来的？"

李雾回道："这个月。"

"是严主任的安排？"

李雾点头。

"以前的房子呢，怎么不自己住了？"

李雾说："村主任说是危房，不让我住了，我的监护权也转给姑父了。"

岑矜顿了下，问："你多大了？"

"十七。"

"高二？"

李雾突然不语，视线越至她脑后。

岑矜跟着回头，就见姑姑双手扒在门边，吊着眼冲这边张望，也不管此举是否妥当。

岑矜无语，递去一个无奈的笑脸。

姑姑也有几分尴尬，扭回身子，用不大不小的声调对程立雪诉苦道："聊这么久，在家说不行吗？多重要的事非得站大雾里聊？有什么不能说的，瞒着我这个亲姑姑干什么？"

看似诉苦，实则挖苦，故意说给他们听呢。

程立雪抿着唇，没搭腔。

姑姑压低声音说："小程书记，你知道这个女的今天过来是干什么的吗？"

程立雪摇头，只拉她进门。

见她回了屋，岑矜回头接上之前的话："你在浓溪高中读高二，对吗？"

李雾有些诧异，总算是抬眼来看她。

岑矜读出他的困惑，莞尔一笑，"都是听村委会那个小姑娘说的。"

李雾再不吭声。

岑矜了解完基本状况，进入正题，道："你爷爷的卡还在你手里吗？"

李雾摇头。

岑矜的耐性所剩无几，她被他沉闷的肢体动作惹恼，直接命令道："说话。"

李雾心头一怵，道："不在。"

"在你姑姑那？"

"嗯。"

"你现在成绩怎么样，最近一次考试班级排名多少？"

"第二。"

"怎么不是第一？"岑矜下意识地追问。

李雾的喉结动了下，低声道："没考好。"

岑矜这才发觉自己计较过头，抿了下唇，"除了占用你的课后学习时间，你姑姑还有过其他干扰你学习或是企图终止你学业的行为吗？"

李雾的下颌紧绷了两秒，总算讲了碰面以来最长的一句话："她叫我这学期念完就别念了，还说让姑父给我在鹏城找份工作。"

岑矜沉默了，雾气缓慢流动，穿过树林，整个山村都被罩在没有重量的雾气中。

半晌，她长吸一口凉气，眼神一凛，"你跟我进来。"

临时谈判被岑矜安排在餐后，她多吃了一碗米粥，有助于血糖上升，好让自己打起精神。

因为村委办无人在岗，程立雪担心村民有事来找，不敢久留，晚饭都没吃，叮嘱几句就回去了。

席间岑矜多次留意李雾，他只闷头吃自己的，几乎不夹菜，更别提添饭，难怪面黄肌瘦的。他能在短时间内长这么高，估计全靠双亲留下的基因优势。

饭毕，李雾起身收拾碗碟。

岑矜叫住他，声音温和道："你去写作业。"

李雾手一顿，未放下碗，低着头不动。

他憋闷的状态实在叫人烦躁，岑矜生出一些恼意，刚要开口催促，姑姑已快她一步没好气道："丢这吧，让你写作业就去写作业。"

李雾只字不言，但好歹搁下碗筷，转身走向里间。

"这小孩性格不好……"待他走远，姑姑冲岑矜摇头，"不晓得变通，真不懂是遗传了谁，我弟弟、弟妹都不这样啊。"

岑矜没附和，直视姑姑，"你不想让李雾念书了是吗？"

被当场揭疤，姑姑语调扬高，"他跟你说的？刚说他不会变通，倒是会告状了。"

"先不提这个。"岑矜态度平静，"能跟我说说原因吗？"

"能有什么原因，没钱啊，老头子死掉了，他李雾……"姑姑理直气壮，一连串怨气劈头砸过来，"过继给我们，吃我们、喝我们的，我丈夫在外头打工不苦？我照顾小孩还要忙田里不苦？李雾倒好，现在老头不用他看顾，就舒舒服服上学？哪有那么美的日子。"

岑矜蹙眉，手随意搭在桌边，"据我所知，李雾爷爷的遗产都在你手里。"

"我是他女儿，不给我给哪个。"女人嚷嚷起来。

岑矜感觉跟她有交流障碍，"我不想中断对李雾的资助，所以希望你能让他继续上学。他成绩优异，专心念书一定能考上不错的学校，成器后对你们的回报只会多，不会少。"

姑姑斩钉截铁地摇头，就是不肯。

一些人打小生长在山坳里，坐井观天，持这种观念实属正常。岑矜并不为此动怒，只说："那我可能要停止对李雾的资助了。"

姑姑眉毛简直要拧到一块，撂狠话道："随你便，反正也不给他念了！他早赚钱，我早安生！"

岑矜面色不改，接下来的语气不似商议，更像是宣布结果："我会带他去宜市读书，直到他考上大学。"

## 4

岑矜脱口而出的瞬间就清楚，除去她的恻隐之心，这还是一场随心所欲的发泄与豪赌，赌气的对象正是吴复。

他的漠然置之，要在她这里获得"最高待遇"。她无法自控地钻牛角尖，并企图借此向她的丈夫示威。

来的这一路，岑矜对于要怎么帮李雾这件事并无头绪。兴许千里迢迢而来，到头来只是看了眼这个可怜的孩子，再塞给他一些现金。

可现在她改变念头，她要帮他帮到底。

客观来看，她与少年的处境天差地别，可她就是觉得，他们拴在同一根绳上，都是被吴复弃若敝屣的人。李雾因她而被连累。

等他学有所成，她内心的失衡才能被拨正，才能证明自己是最终赢家。

只是，无论出于什么目的，岑矜的决定都是超出理性思考的。

别说是姑姑，她自己都有些意外。

所以当这个中年女人惊诧地瞪着她时，她完全没去计较她夸张的反应。

姑姑许久才回过神来，确认她的意图，"你是说，你今天来是要带李雾去城里读书？"

岑矜顿了下，点头。

姑姑只觉得荒唐，"为什么啊？"

岑矜的无名指在桌边轻点着，"我是他的资助人，有这个义务。"

姑姑道："那我还是他姑姑呢，他的监……"她一下想不起这个名词，难免口吃，"监护人！"

岑矜说："所以我在征求你的同意。"

"凭什么啊！"她的客气反让姑姑分贝上升，"我家小孩说给你就给你？你谁啊，不给学费了还想把小孩带走！做梦呢，哪有这么好的便宜买卖。我们李家好好一男孩，又不是残废，说跟你走就跟你走，想得美。"

岑矜皱了下眉，"那我只能把李雾爷爷的卡要回来了。卡是我跟我先生特意开的，里面的钱只用作他们祖孙的生活费跟学费。合同上写得一清二楚，资助李雾到考上大学，中途受助方如无特殊原因自行辍学，我有权收回那张卡。"

姑姑的脸瞬间涨红，"合同在哪呢，光凭你说？"

岑矜略一思忖，"我今天出门急，没有带，但严主任那也有一份，应该就在村委会。"

姑姑暗暗咬牙，道："给了你，我跟我儿子怎么过？"

"之前怎么过，之后还怎么过，李雾不是从小就跟着你的。"岑矜尽力缓和语气，"像你说的，他走了，家里还能少口人吃穿用度。"

姑姑梗起脖子，"我侄子年轻力壮，不该帮衬着点家里？"

岑矜佩服起自己的耐心，"做什么，做多少，也该有个度。你孩子都八岁了，还要他喂饭，有必要吗？"

姑姑哼一声，"我就晓得，这小子心机重得很，没少跟你诉苦。"

岑矜失笑，"他连手机都没有，怎么跟我诉苦？"她唇角迅速撇下去，"我有眼睛，我看得见。"

姑姑转了转眼珠，就是不松口，"让我侄子白跟你走，不可能。"

岑矜睫毛微垂，随即抬眼，"说吧，要多少钱。"

"这是钱的事吗？"

"不是钱的事是什么事？"岑矜懒得再给她好脸色，直言不讳，"你但凡把李雾当亲人，也会支持他读书的。我们的资助金交完学费后还绰绰有余，不够供他吃喝吗？你这个姑姑，就是想把他拴在家里当狗一样使唤，榨干他所有的价值。学习在你看来一无是处，但对李雾而言，是唯一能出人头地的机会。我看不惯好孩子这么被糟蹋，想帮他一把，仅此而已。"

"你有什么资格啊！"姑姑彻底撕破脸，咋呼起来，"我就不让你弄走，抢孩子啊，仗着自己有几个臭钱就来抢人家小孩啊！你算什么东西！城里人就这个素质？"

她虽言语粗鄙，争得面红脖子粗，但在岑矜看来就是个虚张声势的纸老虎。

"真抢我就不会坐这了。明天我联系律师过来，我们把之前的合同好好捋一下，要么我预支部分钱，先把李雾带走，要么你按规矩来，把银行卡退还给我。"

一听"律师"两个字，姑姑心中大骇，气焰顿时消了大半，人慌得几乎站起，"喊什么律师，你还要跟我打官司？"

岑矜抿唇，"有必要的话，不是不可以。"

"我看没什么必要。"姑姑目光乱闪，半抬的臀部又牢牢贴回椅面，"我一个乡下粗人，大字都不识一个，谁晓得会不会被坑。"

岑矜好整以暇，"那你说，怎么处理？"

姑姑斜着眼琢磨片刻，瞅过来问："就说你真把李雾带去城里了，你能给我娘俩多少？我侄子可才十七岁。"

她熟练的讲价口吻与买卖牲口无异。

岑矜顿觉讽刺，"你要多少？"

姑姑想了想，道："三万。"

岑矜轻蔑地看着妇女，不置一词。

姑姑头皮发麻，"谁晓得他以后回不回来了。"

但愿不会，岑矜在心里为这个男孩祈祷，但碍于血脉，她只能回答："看他自己的意愿。"

"啊？那怎么搞，就不管我们了？"姑姑扒起指头，"真不管我们了，不跟白送你一样？我们修个新房子都不止这个钱。"

岑矜取出手机，不动声色地搁到桌上。

姑姑汗毛倒竖，"你什么意思啊，要叫人？"

"找律师，或者程书记。"岑矜挑高手机，陈列选项，"程书记应该还在值班，我可以让她做个见证，你怎么看？"

"你怎么还威胁人呢，强盗啊。"

岑矜随意瞟了眼屏幕，她已给足耐心，"快八点了，我还要回去。"

姑姑估计她不好惹，不想硬碰硬，心想着先把眼前的钱揣进兜里，佯装大方道："三万就三万吧，我们没读过书，大字不识一个，你说什么就是什么吧，我比不上你脑子灵光，这亏本的事我也认了。"

岑矜微微一笑，"你知道就好。"

姑姑听得牙根直犯痒痒，敢怒不敢言。

岑矜跟程立雪通上电话，简单地阐述两句，就把手机递给了姑姑，起身去找李雾。

房子的隔音效果并不好，她们在外头说的话，李雾听进去差不多有八成。

所以有些心不在焉，一道大题也只解了一半。直到岑矜叩门，他才恍若梦醒般地搁笔。

"可以进去吗？"女人问。

李雾忙走过去给她开门。

视线刚一对上，岑矜就蹙起眉，"这么暗，看得清字吗？"

李雾说：看得清。

"说不定早近视了。"岑矜不信，嘀咕着往里走。

李雾跟在她后面，目光晃过女人的肩背。她身形瘦薄，却有些清傲，像亭亭净植的白荷，只可远观。

他自觉地隔开一大段距离。

李雾的数学讲义摊放在一张矮桌上，桌前有个坑洼不平的木凳，这个高度，给四岁小孩练字涂鸦是合适的，但对李雾而言，就跟把树木伐去枝丫再强行栽到袖珍花盆里无异。

岑矜坐了下去，拨开笔，低头看他写的字。

李雾的耳根突然就红了。

岑矜目光并未在卷面久留，转而扬眸看他，"我想带你去宜市念书，你愿意吗？"

李雾不爱笑，眉间总是阴云密布，他嗓音发涩道："要给她三万块钱是吗？"

"你都听见了啊。"岑矜双手挽膝，微微弯起嘴角，"不给怎么办呢，在这能好好上学是不可能的。三万薄利就能把你卖了，这种姑姑你还想跟她待着啊。"

她态度亲和地讲出的刻薄话，都是不折不扣的事实。

而她口中微不足道的金额，在他看来已是天文数字。

"宜中的教育要比这里好很多，我打算让你去那边寄读。户籍、学籍都不用迁，省得麻烦，到时你就住校，学费、生活费由我来出，你一心一意学习就行。我想，这也是你最期望的吧。"

讲着讲着，岑矜突然想笑。她发现自己一点也不像个合格的游说家，更像是传销组织的头目。可她也不清楚怎样才算恰如其分，毕竟这个少年看起来性情执拗却也单纯，不是那种无所顾忌、马上就能做出改变的人。

李雾闻声不语，悄然立着，像一道单薄的影。

"李雾？"岑矜凝视他片刻，试探叫了下，"不然你再考虑下，我过两天再来？"

"不了。"他终于启唇，这次坚定许多，"我会还你钱的。"

岑矜放下心来，笑了笑，"我知道。"她不太喜欢此刻的氛围，顺势打破，"有利息吗？"

李雾认真问：“多少？”

岑矜怔了下，心生负罪感，"傻小子，开玩笑都听不出来啊，用高考成绩还就行。"

见少年又欲开口，岑矜打断道：“还不赶紧收拾东西？”

李雾难得露出一些符合他这个年纪的活跃神态，难以置信地问：“现在吗？”

"当然了。"岑矜起身，环视四周，"这个地方我可不想再来第二次了。"

李雾寄人篱下，行李并不多，一袋都装不满，重量还比不上背后的书包。

岑矜手里刚好有五千元纸钞，是她来之前去银行取的，本打算交给李雾，不想最后拿来当作定金堵他姑姑的碎嘴尖牙了。

姑姑喜笑颜开地点钱，满是泥垢的指甲被粉色的纸币衬得格外扎眼。

一个钟头后，在这片仅听得到犬吠的山村的静夜里，程立雪被迫担任第三方见证人，将岑矜临时写下的合同一字一句地宣读给所有人听。

轮到三人签字、按手印时，她想想还是不放心，叫她们暂停，而后给严主任打电话，征询他的意见。

严主任有些意外，分别与岑矜、姑姑、李雾通话。

了解原委后，这位基层干部唯有无奈叹息，破例准许了这件事。

岑矜把剩余的两万五千元，直接从手机转给了姑姑。

有程书记在一旁监督，姑姑也安下了心。临行前，她假模假样地叮咛李雾几句就回了家，走前还不忘酸他两句，说他要过上好日子咯。

李雾只听着，再目送她离去。

耳根总算清净了，岑矜如获大赦，姿态松弛了些。她摁开后备厢，示意李雾放行李。

李雾猛地驻足，被忽而闪跳的尾灯晃花了眼。

少年心头顿时火辣辣的，他不起眼的书包，以及他手里拎着的编织袋，对比之下都像一种亵渎。

他迟疑片刻，小心地把它们摆放在边角处。

他回头望向岑矜，问她可不可以等他一会儿，他想再去个地方。

岑矜把车钥匙攥回手心，"哪儿？"

李雾说："爷爷的墓地。"

岑矜一顿，冲车门扬扬下巴，"去吧，我就在这。"

岑矜进到驾驶座，看着少年转身离开，他越走越快，最后变成跑，逐渐融进夜色。

岑矜彻底得到了解放，她倦怠地打了个哈欠，舒展四肢，身上每块肌肉都疲累到了极点。

李雾怕岑矜久等，是跑回来的。

山间每条路，李雾都熟记于心，即使是伸手不见五指的深夜，也能做到如履平地。

一来一回，不过十多分钟。

他拐进院内，岑矜的车仍停在那里，好似荒原中一间洁净的雪屋。

李雾的心莫名静了，喘息都跟着放轻。

他步伐渐缓，走上前去。

车内的阅读灯亮着，光是暖色调，不过分亮，也不那么黯淡。女人靠着椅背，歪着头，双目微阖，她的睡颜在玻璃后显得格外安恬，犹如橱窗里无瑕的人偶一般。

李雾没有敲窗，甚至不再动，只站在外面，安静地等。

风吹过，他注意到岑矜身侧半敞的车窗。

少年走过去，背身停在那个空阔的豁口前，他望向远方模糊苍黑的山头，几近屏息，仿佛在呵护一盏烛一般小心。

## 5

岑矜不知睡了多久，突然被一个急速下坠的梦惊醒。她活动了下肩胛骨，眼一偏，就瞄到窗后杵着个人影。

岑矜一怔，看清是谁，立即将车窗降到底。

外面的少年听见动静，也转回身来，他脸小，眉骨高，总能叫人第一时间注意到他的中上庭，尤其是那双如溪水涤过一般的澄明的眼睛。

岑矜抬手抚平后脑勺的头发，奇怪地问：“怎么不进来？我没锁车。”

李雾没有说话。

岑矜后知后觉地摸出手机看时间，“我睡多久了？”她愕然地望向李雾，“你站了四十分钟？”

李雾摇头，“没有这么久。”

他面色平淡，好像没有因此生出分毫不悦或委屈。

“你傻不傻啊！”岑矜近乎失语，“不会叫醒我吗？”

她语气一重，他更不敢吱声，岑矜跟着干着急，“上车。”

少年总算动了，他绕过车头，往副驾驶那边走，只是才到门前又停住，掉头走向了一旁的花圃。

岑矜微微后移，看到他在暮色里的砖块上蹭鞋底。

"你干吗呢？"她真服了这小孩。

李雾回头，"鞋底有泥。"

"我也有啊，已经踩脏了。"岑矜心里五味杂陈，"明天洗车就是了。"

她招了下手，"行了，回来。"

话毕，李雾就快步走过来，上了车。

岑矜快速扫他两眼，提醒道："安全带在你那边。"

她还在纠结要怎么教他系安全带才能不伤到其自尊心时，李雾已将其扯出来"咔嗒"扣好。

岑矜莞尔，嘲笑了下自己过度的内心戏，而后抽出一张纸巾给他，"给爷爷磕头了吧。"

李雾看向她，不清楚她从何得知。

岑矜指指他的额头，"沾到泥了。"

李雾反应过来，忙用纸巾抹去，担心没擦干净，又使劲揩上好几下。

岑矜被逗笑，"可以了，皮都要搓破了。"

李雾这才不自在地将纸团起，讷讷地垂手。果不其然，额心那块地方开始升温泛红，他无所适从，眼不知往哪看，只能盯着出风口上一个别致的金属圆片。

车里的淡香若有若无，像雨后的铃兰，他猜应该出自这里。

岑矜不再看李雾，手摆到方向盘上，随口问道："爷爷的墓地在哪？"

李雾说："家后面的田里。"

岑矜问："你们这儿的墓地需要交钱吗？"

"不用。"李雾说。

岑矜将车驶出院子，周围顿时暗了下来，山峦与天空融成一片，宛若黑色的屏障，从四面八方扑面而来。

村里黑灯瞎火，各家都不舍得用电，更别提装公共路灯。岑矜的车底盘偏低，不适合在山地开，就跟被迫穿上有石子的鞋一样。

岑矜不敢加速，慢吞吞移行着。她照导航开出一段，已经被颠得有点心烦意乱。

她发泄似的来回切换着近远光，偶尔会瞥一眼李雾。少年完全不搭话，坐姿也相当端正，好像在上什么公开课，被一千双眼睛盯着似的。

她也没这么吓人吧，岑矜百思不得其解，"你不睡会儿吗？"

李雾说："不困。"

岑矜抿了下唇，心生一计，"你往后靠靠，我看不到后视镜。"

李雾倏地耳一热，忙往后让，死死地贴住椅背，仿佛被无形的手摁在那，动弹不得。

想让他别这么拘谨却跟强迫他似的，岑矜忍俊不禁，坏情绪一扫而尽，顺势与他闲谈起来："你也走这条路去学校吗？"

李雾回答道："嗯。"

"怎么去，骑车？"

"走过去。"

"步行？"岑矜吃惊，"那很远呀，少说要两个小时。"

"三个小时。"

岑矜圈着方向盘的指节一紧，"天天得几点起、几点回啊？"

李雾没给出具体答案，只说："已经习惯了。"

岑矜叹了口气，语气软下来，"以后住校就好了，走两步就能到教室。"

"嗯"。

车内变得沉静，半个钟头后他们终于下山，车缓缓提速，驶上高速。

路面霎时变得平坦开阔，也不再枯燥，能瞧见其他车辆。

路况佳也意味着人容易犯困，岑矜打开音乐给自己提神。

不过，除了音乐，车里也没有更多响动了。岑矜平素还算健谈，但身边的男孩寡言得完全令人无处施展，若不是余光扫见他，她都快忘了副驾上还坐着个活人。

李雾晚饭吃得不多，岑矜担心他年纪轻容易饿，快到休息区时，她问："你饿吗？要不要下高速吃点东西？"

李雾淡淡地吐出两个字："不饿。"

岑矜不由分说地拐弯，驶向另一道岔口，"我饿了。"

岑矜把车停好，去了趟超市。

下车前，她没说自己去哪，只叫李雾在车里等，她知道问他也问不出任何有参考价值的内容。

她随意挑了些盒装奶与点心，拎回车里。

岑矜选出两样留给自己，其余的连袋子一起交给李雾，言简意赅道："吃。"

说完自己"嘭"的一声开袋，扯出一小块面包放进嘴里。

少年接过去，只把那袋子东西拾掇好，搁在腿上，就再无动作。

岑矜瞟他一眼，咽下面包。

她视线不再偏移，就盯着他看。

李雾渐渐不自然起来，下颌收紧，女人的眼神无疑是在施压，她在等，等他何时就范，老老实实吃袋子里的东西。

李雾扛不住了，长睫毛下垂，从中抽出一包，拆开大口咬起来。

目的达成，岑矜冷声道："三万都借了，就不要在这些小事上客气了。"话罢扭过脸去，为自己的魄力折服。

李雾完全不知道要怎么跟岑矜相处——这种情绪并非畏惧，而是忐忑，他总是不由自主地担心，担心某一时刻，某一个动作会惹她不快，进而对自己产生厌恶感。

所以，最稳妥的表现就是没有表现。

少年张口试图表达歉意，但余光里，女人的手已经握上方向盘，不再看自己这边。

李雾只能垂眼，专心吃着手里的面包。

岑矜刚发动车子，插在杯架里的手机忽然响了，她扫到显示屏上的名字，眉心一下拧紧。

岑矜戴上蓝牙耳机，"妈，怎么还没睡？"

那边声音不大，但听上去有些空旷，像是从阳台打来的。

"睡不着。"

"失眠了？"

岑母说："我今天去你那边了。"

岑矜的心猛地一跳，"你过来怎么也不提前说一声？"

岑母说："我下午去清平路看话剧，就带了些东西给你们，里面有两盒护肤品，你人不在，我让吴复收着了，你回去了问他拿。"

分居的事，岑矜还瞒着父母，只能顺着她的话往下接。她声音变甜，是那种女儿独有的撒娇口吻："好啊，谢谢老妈。"

"你今天没休息？"

"嗯。"岑矜猛地熄火，不知道吴复是怎么应付她妈妈的，只能囫囵给了个不容易挑错的说法，"在外面，有点事。"

那边沉静少刻，忽然问："你跟吴复分开住了？"

岑矜周身一滞，嘴硬道："怎么可能，吴复说的？"

"他没说。"岑母叹口气，"你搬没搬我看不出来啊，家里都没你的生活痕迹，估计都搬走有一阵了。"

岑矜瞬间鼻酸，眼底含泪。

"你们又闹矛盾了？"岑母叹了口气，"我因为这个翻来覆去睡不着，想想还是问清楚。"

岑矜捋了下头发，考虑着是先把这事给蒙骗过去，还是马上坦白。

当前情形不容岑矜多想，李雾寄读的事还要拜托父亲，她不想为了圆个大谎弯弯绕绕，索性全盘托出："我们要离婚了。"

"啊？"岑母惊诧不已，"为什么啊？"

"过不下去了呗。"她靠到椅背上，故作轻描淡写。

"你们就是说气话。"岑母明显不信，"这些话我听你讲过一百遍，婚姻在你看来就是儿戏？"

岑矜吸鼻子，手在方向盘上松了又紧，"这次是吴复提的。"提起这个名字，她的心就隐痛起来。

岑母意识到事态严重，气息跟着急促，"他为什么提？"

岑矜身边有人，碍于面子，不好直说。

岑母追问："你人呢，现在在哪？"

岑矜道："胜州。"

"怎么跑那去了？"

"妈，"岑矜稳住声线，"我想问你件事，爸爸是不是跟齐老师，就宜中那个数学组组长认识？"

"你问这个干吗？"

岑矜瞥了眼李雾，说："你还记得我跟吴复资助的那个小孩吗？我今天是来接他的，想把他弄宜中寄读，他爷爷……"

话音未落，已被母亲打断："你还跑去接小孩？"

"对啊。"

"你闹离婚还有心思管这些？啊？"岑母腾地一下声调拔高，好像往岑矜耳里狠狠砸下一只玻璃器皿，"你自己的小家都经营不好，还跑去当什么慈善家？"

岑矜绷起背脊，也想靠高音压制和取胜，"你以为我想？吴复不管了谁管，让人孩子自生自灭吗？"

"我真想不到离婚这种事还能发生在我女儿身上！还管人家呢，管好你自己吧！"

"我怎么没管自己了？"岑矜气血上涌，口不择言起来，"我好得很。我还想问你们呢，不是你们逼的，我会来资助？不是你们逼的，我犯得着大半夜跑荒郊野岭在这破路上开车？没你们，我根本碰不上这档子事！"

"谁逼你了？我和你爸谁逼你了？"岑母更是怒不可遏，"当初要嫁吴复的不是你？你要不跟吴复结婚那更没这些事，这会反倒怪起我们来了！

我就说怎么不见人，原来早分居了，还瞒着父母。你厉害，能不远千里跑胜州接小孩，你自己的小孩呢，你早点多花心思怀小孩，吴复能提离婚？你还有心思去管别人家的小孩！"

岑矜如被当心一刺，泪水簌簌地掉，哽咽着回道："行，你们都没错，全是我一个人的错。我还要开车，别再打给我了。"

岑矜挂断电话，去抽纸巾，胡乱擦起眼泪来，却怎么也止不住。

她维持了半日的体面，却跟纸雕一样不堪一击，被母亲的三言两语轻易粉碎。

岑矜泪眼婆娑，想起旁边还坐着人，意识到自己的失态。

她双目通红，转头看向李雾。

少年仍正襟危坐，唇线很直，看不出多余的表情。他安静地平视着前窗的夜景，免于自己流露出一丝神色，令她难堪。

他就像一团冬日的雾气，习惯隐藏和不被在意，仿佛也是在努力证明，他并不在意。

一瞬间，岑矜被巨大的负疚感压垮了，她躬下身子，捂紧了脸，泣不成声。

# 6

返程的后半段，岑矜没有再跟李雾说话，沉默而专注地开着车。

高速一眼望不见头，车灯只能照出前方窄小的一圈。

李雾也悄然无息地坐着，从不东张西望，好似一尊石像，直到他们进入宜市范围，满城的璀璨才让这个少年不由自主地侧目打量。

这里与他的家乡截然不同，这里楼宇林立，高架交错，灯火像是会发光的液体，渗透了这座城市的每一处。

车流则如鱼群，川流不息。

李雾一眨不眨地盯着窗外，喉咙逐渐发紧。

倏地，他留意到玻璃上映出的自己，像是漂流瓶里的一只陆生昆虫，渺小低微，毫不起眼。他误闯此地，在没有归属感的深海中窒息。

少年当即收回视线，心狂跳起来，他握拢两只手，不知要如何自处。

好在身边的女人开口道："还有半个小时就到了。"

他像捞到一根水藻般快速回应道："嗯。"

岑矜斜他一眼，注意到他有些疲劳的目光，"坐累了吧。"

李雾摇头，想起她还在开车，肯定没看自己，就开口道："没有。"

岑矜问："先带你去我家行吗？"

李雾说："好。"

"房子不算大，但有两个房间，你暂时先住客房。"

"嗯。"

他们有问有答，不再觉得光阴流逝，路途遥远。


岑矜所住的小区绿化极佳，仿佛一个偌大的生态园。不同于山林的狂野生长，这里每一处草木花石都是别致的，白色的欧式洋房耸立其间，如同童话里才有的古堡一般。

岑矜的房子就在其中一间"古堡"的三楼。

这是她二十岁生日时父母送她的礼物，由她选址，装修也全凭她的意愿。

大学那会儿，每次在寝室待得不舒服了，她都会回这里住上一阵。后来跟吴复恋爱结婚，每回两人闹得不可开交，她也会逃到这里平复自己。

岑矜一直把这间屋子当作她的"象牙塔"，除了丈夫与闺蜜，她不曾带任何人来过，父母登门的次数一只手都数得过来。

李雾的到来是个意外，所以家里没有多余的男士拖鞋，换鞋时她直接把吴复用的那双拿给李雾。

李雾接了过去，脸上有显而易见的无所适从。

可岑矜这会儿很累，疲于应付，也不知道怎么表示才能让他在短时间内接受和习惯新环境，索性简单招呼："换好了随便坐吧。"

说完转头去了卫生间。

李雾换好鞋，没有再往里走一步。

他第一次见到这么美好的房子，像一间精心布置的展馆，家具、器物都像艺术品。

相比之下，他是那样格格不入，像一个不速之客。

这种反差令少年赧然，比初见岑矜的跑车时还更严重。他感到局促，甚至于有一丝退缩。

岑矜从盥洗室出来，见李雾还傻站着，不明白道："还站门口干吗，坐啊。"

她洗了把脸，刘海湿了，贴在额角，被她随意拂到一边。

这个细节令她看上去多了些随性的居家感，与环境完美融合。

她天生属于这里，而他不是。李雾清楚这一点，但他必须走过去。

李雾停在棕色的皮质沙发前，岑矜看了眼他手里东西，说："先把行李放地上吧。"

李雾摘下书包，将它和行李袋叠放在一起，自己也顺势坐下。

岑矜倾身倒了杯水，"白天烧的，不介意吧？"

李雾摇摇头，双手接过那只花色的玻璃质感的瓷杯。杯子的手感与他想象中截然不同，杯身釉质光滑，堪比打磨过的玉。

他微怔，抿了一口。

岑矜也给自己斟了一杯，一饮而尽，跟他谈起之后的打算。

"李雾。"她用他的名字开场，以显郑重，"我休假不剩几天了，所以要尽快把你的事办好，最好明天就能带你去宜中办手续，这样你也可以早点上学。"

李雾不假思索道："好。"

岑矜弯了下眼，"你现在是高二，分过班了吧？"

李雾颔首。

"文科还是理科？"

"理科。"

"县高与宜中的教程应该一样。"岑矜想了下，"毕竟都考一样的卷子。"

李雾说："教材是一样的。"

岑矜点点头，"那就还是高二下学期，直接跟班读。"

她兀自考量着，完全进入"家长"的角色，一股脑地想把最好的资源给自家孩子，"明天看看能不能把你安排到实验班去，学习氛围肯定更好一些……"

想想又觉得忽略了李雾的个人感受，改口道："当然，这只是我的建议，你别有压力，自己怎么选择最重要，宜中的普通班也很不错。"

李雾没有任何异议，更别提去挑拣、去评价。他能接着念书，就已经是万分感激。

宜中是他想都不敢想的教育殿堂。以往只在课本里见过，是县高老师口中的神话。

现在他距离它只有一步之遥。

李雾握着杯子，"能上学就很好了。"

"上学可不仅仅是上学。"岑矜是过来人，"还要考虑怎么学、学什么、为什么学，就好比吃饭，我们每顿都吃得上饭的时候，就不会再纠结吃饭本身了，而是要挑好米、用好锅，这样才能煮出更好吃的米饭。"

李雾怔然，他从未考虑过这些。过去十几年，他也没资格考虑这些。

"李雾，你要对自己有高要求，给自己定个目标。"岑矜看着他，"我带你过来，不是白带的，我有条件，你起码要考上宜市的复大，能做到吗？"

李雾没有马上回答，片刻，他点了下头。

岑矜满意地扬唇。

聊完这些，岑矜想起另一件事，这件事已经压在她心头一路了，她不能带着心理包袱过夜，便直说："回来路上的那通电话里，我讲过一些难听的话。"

她语气轻柔得像客厅的灯光，"但都是争吵时的无心之言，不是我的本意，对不起，希望你别放心上，好吗？"

李雾不安起来，他并不希望她说起这个。

即使那一刻曾有字眼刺痛他的心扉，但也只是一下子，像针扎一样，轻如浮萍。他现在对她的情绪基本被沉甸甸的感激占满了。

"好，我不会。"李雾沉声说道，除此之外，也不知道还能再补充点什么了。

"李雾。"岑矜忽然叫他，"你十七岁对吧？"

李雾回答道："嗯。"

"以后叫我姐姐好了。"

"好。"而后还是沉默。

二人面面相觑片刻，岑矜孩子气地抓了下额角，试探着问："现在不叫一下吗？"

她是独生女，从未体会过拥有兄弟姐妹的滋味。

此时多了个体验对象，非要从小辈口中听见一句称谓才称心如意。

李雾耳郭渐热，他抿了下唇，张口唤道："姐。"

岑矜绽开笑容，整张脸也因此明朗起来。

这一声犹如盖章立契，成就感为她倾注能量。

实在太晚了，岑矜不再多聊，起身领李雾去次卧，告诉他衣物、书本与生活用品要如何归置。

等他收拾得差不多了，岑矜又把他带到卫生间，指导他怎么用水。

李雾第一次知道，原来水龙头的调控会这么复杂，花洒类型还分好多种。

等一一描述完，岑矜考虑到异性共处一室确有不便，指指身后，"我卧室有卫生间，以后外面这个就给你用，你不用不好意思，等手续办妥，住校了就没事了。"

李雾应了声"好"。

岑矜把手垂到身侧,"那你先洗澡?"

"嗯。"

岑矜坐回沙发,听见卫生间的门关上,才瘫软下去。

她精疲力竭,抽出裤兜里的手机看了眼时间。

三点多了,她都四十八小时没睡了!

岑矜暗自佩服自己,点开微信,顶部有条新消息,是父亲发来的。

岑矜点开它。

**老爸**:矜矜,到家了吗?听妈妈说你今天亲自去胜州接资助的那个孩子,还希望爸爸可以帮忙。妈妈因为这件事很生气,可爸爸却一点都不意外,因为我们矜矜一直是个善良温暖的小女孩。有什么需要爸爸的地方,明天睡醒了再告诉爸爸,先休息,爸爸永远站在你身后,我和妈妈也永远爱你。

留言的时间是凌晨的两点二十八分。

岑矜瞬间鼻酸得要死,眼底的泪水闪烁起来。她撑住鼻头,单手回了个亲亲的表情和"谢谢老爸"。

等了会儿,没盼来父亲的回复,岑矜估摸着这老头肯定睡了,就把手机摆到一旁,把思维放空。

卫生间传出哗哗的水声,岑矜脑中不由得浮现出少年的脸。

总是那么静默、板正,谨小慎微。

自幼失去双亲是什么感觉,就会变成这样吗?再无人拥他入怀,他不得不把自己铸成一面盾,直面风雪,不然家就会彻底坍塌。

他的童年又是什么样子呢?

岑矜不敢细想,心头泛起难言的酸楚。她重新拿起手机,刚下完单,浴室门忽然开了,有人步子急促地逼近。

岑矜坐正,下一刻李雾停在她面前,只隔着一张茶几。

少年顶着一头湿漉漉的短发,衣服也湿了大半,上身的轮廓一览无遗。

他很瘦，却不是很单薄，身体线条出人意料的清晰，可能得益于他平时要走山路和干农活。

他不知所措到极点，从脸红到脖子，眉眼在水的浸透下变得愈加漆黑。

岑矜被这种情绪传染，也紧张起来，"怎么了？"

李雾拧眉，神态因窘迫而变得鲜活，"对不起……我没弄对，忘了那个水龙头要怎么切换了。"

岑矜没憋住，"扑哧"笑出声来。

她想了下，将沙发上的薄毯团起抛向他。

李雾双手接住，大眼睛看过来，不明其意。

岑矜说："先披着吧。"

李雾捧着毯子没动，"我身上有水。"

"没事，就是给你擦的，等会再洗好了。"岑矜冲他淡淡一笑，掂了下手机，"先请你吃炸鸡。"


# 7


美食的力量很强大，这一晚，都市的气息不再遥远，它变得像是鸡肉里的香料一般沁人心脾，李雾满足地入睡。

可后半夜就不那么好过了，他糙惯了的肠胃承受不住一整盒全家桶的轰炸，频频跑卫生间。

岑矜睡眠浅，注意到他的异样，没多问，备了一杯水、一粒药放茶几上，让他就水吞下。

李雾满脸通红地应声，再出来时，客厅里已空无一人。

他弯腰服了药，喝完整杯热水，悻悻地回到房间，思考着明天要怎么向岑矜道谢和道歉。

可心里还是飘忽的，像身下的床褥一般软。

爷爷过世后，他第一次感到放松，像是从洼地的泥沙变成一缕云絮，尽管环境全然陌生，如在梦中。

是梦也无所谓了。

至少他还敢梦到这些，不是吗？

李雾昏沉沉地闭目。


再次醒来，室内还黑乎乎的，分不清是白天还是黑夜。

李雾当即翻身下床，趿上拖鞋，跑出房间。

岑矜正在客厅吃早餐，她起床后就跟父亲沟通过这件事，也将自己的计划一一道明。

父亲很是赞成，立即着手推进，说下午就能给她答复。

听见次卧的门响了，岑矜看过去，莞尔道："醒啦。"

李雾点了下头，昨夜的事让他有些害羞，完全不敢与岑矜对视。

"过来坐。"她非得提醒他想起，"我给你点了粥，养胃的。"

李雾一言不发，坐到她对面。

岑矜把盛粥的碗揭开，"肚子还疼吗？"

李雾赶忙摇头。

岑矜淡笑，把勺子递过去，"是我大意了，给你点这么多，肠胃哪吃得消。"

"不是。"李雾难为情了，"是我吃太多了。"

岑矜舀出一只虾肉馄饨，吹吹气，未抬眼道："能吃就多吃，你是要多长点肉，这么瘦。"

李雾也用勺挖粥，放进嘴里。

粥有橙香，入口即化，完全炖透了，他立即吃下第二勺。

对面的女人没了声响，李雾扬眸，就见她盯着自己，眉目弯弯的。

她沐在光里，周身亮了一圈。

李雾不自在地放下汤匙，任它陷进粥里。

岑矜眨眼疑惑道："怎么不吃了？"她了然一笑，"是因为我看你？"

李雾想说不是，好吧，是也不是。

岑矜解释道："看你吃东西我还蛮开心的……嗯，也可以说是满足……"岑矜仿佛接来了一个孤苦无依的远房表弟，在供他吃饱穿暖的过程中找回一些自我价值，"我不看了，你好好吃，多吃点，我点了两份，不够还有。"

李雾立马埋头喝粥，岑矜勾了下唇，垂眸解决自己的馄饨。

他们互不打搅，餐桌上分外安宁。

岑矜的胃口不是太好，吃了一半就将纸袋掩好，把包装推至一旁。

她打开微信，老爸还没发来消息，不知进展如何。

她切换到工作群，解除屏蔽。死寂了几天的微信顿时热闹起来，有了生气。

岑矜的拇指往上划动，浏览着那些被她抛却脑后好几天的消息。中间多次闪过吴复的网名，他与同事相谈甚欢，将方案不徐不疾地推进。

婚姻的变故对他而言似乎不值一提，留不下任何痕迹。

她的指腹一顿，点进去看吴复的资料，他已经更换头像，不再是跟她出双入对的情侣头像，朋友圈也有大半个月没更新。

岑矜盯着他空白的状态，神思渐渐游离，视线也移到自己的指甲盖上。

她数日没去美甲，指甲边缘已变得斑驳，就像她疏于维护的夫妻关系，等反应过来，已是痛不欲生地大片剥离了。

岑矜情绪上来，睫毛不由战栗，犹如风里单薄的小花。

考虑对面还坐着个孩子，她不想过多流露自己的负面状态。

她飞快地扬眸，望向李雾，少年还在喝粥，只是喝粥，即使他面前陈列了三样色泽诱人的小菜，他也未曾动一筷子。

岑矜说："你也吃点小菜啊，光喝粥没味道。"

李雾看她，"粥是甜的。"

他眼神真挚而诚实，岑矜很久没看到过这样的眼睛，那么干净，那么明亮，可以叫人联想到许多动人的词汇——星星、明镜、雪涧、松枝上的光晕……这些都与他的经历无关，厄运于这双眼而言仿佛是洗礼。

"你的眼睛遗传了谁，妈妈？"她如是猜道。

李雾"嗯"了声。

岑矜说："一定很漂亮吧？"

李雾说："记不太清了。"

他的双亲没留下一张相片，母亲的容颜也被光阴磨损，在记忆中变得模糊不清。

岑矜无意戳他痛处，"抱歉，我只是随口一问。"

"没什么。"李雾面色平常，"没关系。"

他重复着，第二遍也不知道是讲给谁听的。

岑矜静静地注视着他，"李雾，以后有什么难处就跟我讲，把我当家人，好吗？"

李雾顿了下，颔首，同时也开口："但我还是会还你钱的。"

他这话说几遍了，每一次都是同样的坚定。

"这个全看你个人意愿，但你的当务之急是学习。"岑矜在心里叹气，"还钱的事先别放心上，等自己赚到钱了再说。"她故意打趣，缓和气氛，"我看起来很老吗？是不是看起来等不起？"

少年忽而挑唇，嘴角的两颗酒窝稍纵即逝。

岑矜注意到了，妄图继续逗他，佯怒道："还笑？"

"不老。"李雾低声说道。

岑矜没听清，"说什么呢？"

李雾不再吭声，垂眼吃粥。

岑矜也不勉强，撑脸继续看手机，页面还停顿在吴复的微信资料上。但这一打岔，她刚才的落寞已烟消云散，李雾又拽了她一把。

她敲击屏幕退出来，同一时刻，新的消息映入眼帘。

老爸：女儿，已搞定，下午三点带他去宜中。

老爸：这是齐老师电话，13XXXXXXXX，去之前记得联系他。

岑矜顿时神清气爽，回复了一个"敬礼"的表情。

岑矜：他以前学校那边需要提供什么手续吗？

老爸：我打电话跟你说？现在方便吗？

岑矜：别，小孩在我身边，我不想让他听见这些。

老爸：考虑得是。

老爸：老齐说了，已经跟浓溪那边联系过了，手续不用急，你下午先带他过去见见，如果孩子真不错，这两天就可以先进班，咱不能耽误了孩子的学习进度。

岑矜：是，您也考虑得很周到，真不愧是我爸爸。

老爸：那是。

老爸：直接去实验班可能有些棘手，老齐说乡镇的高中教学水平跟宜中没法比，一来就空降强班很有可能跟不上，最好先在普通班适应一下，如果学习成绩真的不错，上升快，高三前再转班也不迟。

岑矜略一思忖。

岑矜：对，这样比较好。

老爸：你可以行动起来了，有什么想法到时就跟老齐讲，他跟我好着呢，不会敷衍了事的。

岑矜又是一连串的感激加捧场，哄得老爹舒坦顺心。

末了，老头也不跟她瞎掰扯了，去忙自己的工作。

她也放下手机，跟李雾说："多吃点。"

李雾抬头看她。

岑矜清了下喉咙宣布："下午跟我去宜中报到。"

李雾险些被呛到，完全没想到会这么快。昨晚他以为岑矜只是随口一提，在描述最理想化的状态，却不想仅一夜，她已为他敲开门扉。

坎坷惯了，当所有事都出乎预料的顺利时，他会觉得虚幻，惧怕眼前的一切并非真实。

岑矜看出他的怔忪，鼓劲道："放心吧，肯定能继续读书的。只要你脚踏实地，努力不会亏待你的。"

李雾鼻头一紧，咬了下牙，放下勺子重重道谢："谢谢。"

"不客气。"岑矜弯起嘴角。

下午，岑矜换了身利落的方领连衣裙，裙摆及膝，让她看起来婉约又不失庄重。

她绾好低马尾，走到李雾的房门前。

少年正半蹲在里面收拾书包，穿着深蓝色上衣和洗到发白的牛仔裤，灰色书包一看就用了许久，有缝补的痕迹。

但她不便直接指出，只想着去学校寄宿前必须全部给他换新的。

她真切地有了些养孩子的感觉，她似乎并不排斥这种感觉，反而乐在其中。

岑矜兀自想着，李雾什么时候站到她跟前的，她都不知道。

她堵着门，他不好出去。

她发着呆，他不好打断。

岑矜终于回神，仰头看见少年安静的脸。

她环着的臂膀迅速放下，打量起李雾来。他的着装虽不出彩，但胜在人高挑、仪态好，没有城里小孩电子产品用多了的含胸驼背，也算是个优点。

岑矜问："试卷都整理过了？"

李雾回道："嗯。"

岑矜道："把分数好看的带去就可以了，别一股脑全带着。"

李雾说："都带了。"

岑矜一顿，"傻啊，一百二十分以下的都拿出去。"

李雾立刻摘下书包，扯开拉链，重新抽出那沓卷子。它们被收拾得分外齐整，不见一点卷边与折角。不管分高分低，都被拥有它们的人用心爱惜。

岑矜有些内疚："算了，还是都带着吧。好坏都是你的卷子，这样比较真实。"她装作不经意地避开他困惑的眼睛。

李雾把它们放回去。

"走吧。"见他背上书包，好似将盔甲穿戴整齐，岑矜的心跳加快，也莫名生出一些送小将上战场的使命感，"我们去学校。"

## 8

宜中也在清平路上，离岑矜的婚房并不远。

起初她与吴复选择定居在这里，也是提前为孩子上学考虑。不承想才开始为将来筹划，两人就面临分道扬镳的局面。

途经小区南门，再往西开五百来米，就抵达宜中。

这是一所百年老校，坐拥全省最为优质的师资与生源。

好木无烂果，家长们挤破头也想将孩子往里塞，可以说，成为宜中的学生等同于一只脚已经踏进名校校门。

来时的路上，岑矜叮嘱了李雾不少注意事项，他都一一应下。

她对李雾还算放心，这孩子踏实讷言，不是那种热衷表现、多说多错的滑头男生。

宜中的大门口石柱高立，门禁森严。

岑矜与齐老师提前通过气，刚与门卫打了个照面，对方就问："你是找齐主任的吧？"

岑矜点头。

门卫当即打开门放行，并指了个地下停车点。

岑矜道谢，缓缓往里开。

车往前行，四周逐渐昏暗起来，岑矜转脸观察李雾的神态，"紧张啊？"

李雾点头，"有一点。"

"别怕。"岑矜打着弯，安抚道，"只是去见一位老师，他问什么你答什么就行。"

岑矜问："你数学成绩怎么样？"

李雾说："一般。"

"过会儿可不能这样回答那位老师。"岑矜鼓励起来，"要自信一点。"

"要怎么说？"

"还不错，是我最好的一门。"岑矜举例，挑了下眉，"我翻过你卷子，数学成绩似乎不错，应该是你最好的一门吧？"

"不是。"李雾否认，"是物理。"

岑矜有条不紊地倒着车，"这不就自信起来了。"

李雾闷声不语。

岑矜踩脚刹，"不过今天要见的老师是教数学的，他带出过不少国际奥数冠军。"

李雾抿了抿唇，"嗯。"

岑矜解开安全带，再次看向他，"李雾，你说过谎吗？"

少年摇摇头。

岑矜咬了下唇，"那就说'数学是我最喜欢的一门学科了'，这种稍微讨巧点的话总说得出来吧。"

李雾哽住，沉声道："最喜欢的也是物理。"

岑矜哑然失笑，"随便你。"反正吃亏的不会是她，只会是这个不知变通的小孩。

两人下了车，一前一后走出地库。

岑矜有些紧张，一直在轻微地深呼吸。

她鲜少独自面对一些重要的人或事，即便是工作，也有自己的小组和团队一起有商有量地定方案、出成果，她做的方案基本交由吴复阐述。

此时正值上课时分，校园的走道上一片清净，只有樟叶轻响，鸟雀啁啾。

远方操场如茵，传来学生们整齐划一的口号声。

声音模糊不清，却足以让李雾的心跟着沸腾，好像自己已成为他们当中的一员，围着跑道恣意狂奔，不知疲倦。

但这种心灵的共颤，于岑矜而言已经很遥远了。她收回目光，踏上文知楼的石阶。

齐主任的办公间在二楼。

他们停在大厅，岑矜又与齐主任通了个电话，并依照他给的路线找到他的具体位置。

办公室的门敞着，里面谈笑风生，掺杂着宜市的方言与普通话，听着颇为亲切。

岑矜叩了下门，议论声戛然而止。

岑矜调整好笑容，确定笑容的弧度适宜，才往里探身自报家门："打扰一下，我是来找……"

办公桌后的中年男人只一眼就认出她来，"老岑的女儿是吧？"

岑矜眉眼弯弯，点了下头，"齐老师，您好。"

"进来进来，你快进来，小孩人也过来了吗？"身着灰蓝衬衣的男人忙招呼起来，在他桌旁闲侃的几位教工也四散归位。

"对，带过来了。"岑矜回了下头，示意身后的李雾跟她过去。

齐老师注意到少年，先是愣了下，随即弯了眉梢，"是他吧，听你爸说叫李雾是不是？"

李雾颔首，想起岑矜刻意提醒过他多回话，别就知道点头摇头，立马唤道："齐老师好。"

他吐字清晰，音色干净，全无囹圄之感。

"哎，好！"齐老师笑起来，抬头打量，"个头挺高。"

岑矜附和道："前年还都没我高呢。"

齐老师说："人也清爽，比我班里那几个没事就捯饬发型的男孩子好多了。"想想又来气，冷哼，"心思不多花在学习上，要去当明星啊。"

"我听我爸说您带的班一直是全校第一。"岑矜运用着父亲给她的部分信息，"可能学习上已经稳扎稳打，小孩们就开始琢磨怎么提高班级的平均颜值了。"

齐老师听得眼睛笑成了缝，"成绩出色就行，长得是人是鬼我无所谓。"

他不多扯，将重点拉回来，问李雾："你以前是在浓溪读书？"

李雾说："嗯。"

齐老师点头，考虑到办公室人多眼杂，遂发出邀请："我带你们出去逛逛吧，熟悉下校园环境。"

没想到会这么顺利，岑矜眼一亮，欣然应允。

三人一道下去，穿过花圃中央的校训碑文，齐老师介绍起教学楼来。

岑矜不时应几句，李雾全程安静聆听。

途经一楼教室时，里边的学生跟鹅群似的兴致勃勃地朝外张望。

下一刻，讲台后的老师厉声呵斥，他们又齐刷刷地缩回脖子。

岑矜注意到他们统一的着装，压着声问："齐老师，你们这边校服是需要定制的吧？"

齐老师说："对，明天搬好宿舍，你带李雾去总务处量下尺寸，下礼拜这时候就能拿到。"

岑矜道了声谢。

齐老师问："小岑，你之前在哪读的高中？"

"附中。"

"你爸没眼光。"齐老师哼了声，"那时怎么不把你安排到我这来，叔叔也好多照应。"

岑矜微微笑道："主要学校太好，他怕我压力大。"

"附中竞争压力就不大了？你们呐……"齐老师感叹，欲言又止，终究还是说了，"你和你爸都是大好人，一般人做不到这样，做不到这种程度的。"

岑矜熟练地应答："那也是有您帮忙，不然我们也有心无力。"

齐老师瞥瞥她身侧的少年，说："李雾学理，我看要不就把他安排到十班去，那个班还不错……你们准备让他走读还是住宿？"

岑矜回道："打算让他住校。"

"这样好。"齐老师认可，"校园氛围好，在学习上也更专心。"

他指向一处，"那就是学生寝室，条件还不错。"

岑矜循着他示意的方向望去，几栋高楼林立，冷灰色调，好似肃穆的卫兵。

岑矜问："方便进去看看吗？"

齐老师颔首，"可以。"

简单参观完男寝，岑矜对要给李雾置办的用品大致有数，才放心地走出宿舍楼。

接下来是钟楼、食堂、体育馆、科技楼、实验楼……设施应有尽有，即便只是粗略一扫，也能叫人感受到校园面积之广与教育者的用心良苦。

岑矜好奇道："宜中是不是扩建过？我之前来过，好像没这么大。"

齐老师说："对，十五年前的事了，第二年要扩招，还调来不少新老师。"

岑矜略有遗憾道："可惜您现在教高三，李雾要能去您班上就好了。"

"不是没机会。"齐老师拍了下李雾的肩膀，"好好学，高三前还有一次升班机会，高二下学期期末考年级前三十名，高三就可以进实验班，指不定就来我班上了。"

岑矜含笑瞧了眼李雾，"那他要很努力了。"

李雾不知作何反应。

齐老师不是没见过贫困生，但李雾颇合他眼缘。

单看外在，他并不能从这孩子眼底寻见多少光芒，就是那种对未来充盈着渴求与企盼的熠熠之光。但他并不颓靡，整个人由内而外地被一种深沉坚忍的气息所裹挟，这种意志力也许比单纯的欲求更能驱人前行。

李雾有股子他挺喜欢的劲，齐老师瞧着舒服，不由得问："你数学成绩怎么样啊？"

该来的还是来了，岑矜暗自捏把汗。

李雾顿了下，说："一般。"

岑矜噎了一下，心头长叹。

下一刻，她又听见少年的声音："我很喜欢数学，我会努力学好的。"

"好，好！"齐老师喜笑颜开，"我对你有信心。"

与齐老师道别后，岑矜心情舒畅，连步伐都轻快不少。

这阵子她总憋着股恶气，五脏六腑都成了拥堵的车道，此刻终于疏通，连空气都加倍清新。

"我们等会回家吧，吃饭庆祝下。"出了校门，岑矜这般提议，"明天就要搬到学校来，时间比较赶，我们先去商场买点东西。"

"好。"李雾极少质疑。

虽有亏欠，但当下的他能力有限，能做的也只有听话，少给岑矜添堵。

红灯时，岑矜的手点着方向盘，明知故问道："不是就喜欢物理吗？"

李雾安静须臾，很正经地解释："数学是物理的研究手段和工具，分不开。"

"那之前跟我杠什么？"岑矜斜他一眼，气笑了，"在我面前还装起来了。"

李雾双唇紧闭。

"说话。"

"对不起。"

"要你道歉了？"

女人的脾气来势汹汹，李雾攥拳，手心几乎要出汗。

车里安静了一会儿，岑矜又变得语重心长："要好好读书知道吗？学习机会得来不易。"

"好。"

"数学成绩一般就要多下功夫。"

"嗯。"

"下次不能再这样了，尤其是大人给你建议的时候。"

"好，下次不这样了。"他乖乖应声。

"这还差不多。"岑矜总算满意。

车内安静下来，久违的愉悦将李雾的心托起，变得轻盈。他转头看向窗外，两旁的大厦居高临下，密集的窗如同钻石切面，闪烁着冷硬的光，可他的抵触与不适却在淡化。视线里，一只叫不出名字的灰色飞鸟穿梭在楼宇间，而后振翅直上，翱翔天际，他觉得它就是他自己。

## 9

距离饭点还有好一会儿，岑矜先带李雾去了商场。

她没闲逛的心思，直奔四楼的运动潮流区。

而李雾初入此地，难免眼花缭乱，晕头转向。

商场犹如一间偌大的精美的迷宫，盛满了都市浮华。四面八方的人流更是涌动不息，李雾下意识地跟紧岑矜。

搭扶梯时，他无法忽略那些擦身而过的目光，或多或少带着疑惑。

李雾很清楚个中因由。

他与岑矜并不相称，她光鲜出众，而他是明显的穷酸相。他们走在一起，有种不合常理的怪异。

岑矜自然也发现了，她装作浑然不觉，侧头同他说话："你校服下周才能拿到，我先给你买几件衣服。"

李雾怔了怔，"不用。"

岑矜料到他会是这种反应，"新学校新气象，把过去这些一并抛掉不好吗？"

她以眼神示意他的衣服。它们实在太旧了，老土得令她难以忍受。当然，她不会说出这些真实想法。

李雾不再吭声。

少年的默然藏有诸多含义，但每一次都很直观。与他相处这两天，岑矜大抵能摸清他此刻的态度。

她在这种蛮不讲理的自尊前频频受挫，不由得恼火起来，"我想给你买，不乐意也受着。"

她受够了当一位循循善诱的"母亲"了。

李雾不得已应了声好，终于换来她展颜。

女人语气变得温和，"就当给你的入学礼物。"

她的善变令人瞠目，李雾甚至怀疑她前一刻的黑脸只是错觉。

岑矜在选购方面相当雷厉风行，她谢绝导购的纠缠，在一家店里转一圈，手里就多出了一整套衣裤。

她把它们交给李雾，下巴微抬指向更衣间，"试试。"

导购的态度一贯殷勤，"女士你眼光真好，这件运动衫是……"

岑矜看向导购，"麻烦你带他过去一下。"

导购噤声，领着李雾去了衣帽间。

进入更衣室的一瞬，李雾的肩膀才放松下来。他取下其中一件衣服，翻出标签，看了眼价格。

他闷了会儿，脱掉自己身上的衣服，将它套头换上。

走出衣帽间时，候在门边的导购立马惊呼："哇！真帅。"

岑矜正在给他选鞋，她循声看过来，莞尔一笑，"好看。"

李雾耳后开始发热，鲜少有人这么直白地夸他。

"你好会选啊，你弟弟穿起来是真好看。"导购铆足了劲捧场，"很少见男生能把这件运动衫穿得这么精神的。"

她的奉承并不虚假，这件上衣确实与李雾的外形相契，很难说清楚到底是人靠衣装，还是衣装靠人，可岑矜仍有些挑剔，"是不是有点显黑？"

导购说："男生怕什么黑，他长得这么好，肤色根本不影响的。"

岑矜颔首，问李雾："你觉得怎么样？"

李雾说不出个所以然，衣服对他而言就是个蔽体驱寒的存在。

他干站着，神色有些难堪，一点也不像是受人之惠，更像是被绑票。

岑矜审视少顷，从手边鞋架上拎起一双板鞋，"再试试这个……"想想又问，"你脚多大码？"

李雾的鞋穿了几年，早已顶脚。他想了下，不确定地回道："四十二。"

导购忙走去岑矜身边，"这双是热款，四十二码的我们店里断货了，不过可以从别的店调。"

岑矜问："这双多大？"

导购接过去翻看一眼，"四十一码的。"她转头面朝李雾，解开鞋带，"要不你先试一下，看看穿起来效果怎么样。"

这一次，李雾主动接过，原地屈身换鞋。

"你坐下来换呀，这样多累人。"

李雾后知后觉，坐在鞋凳上，穿剩下的那只。

岑矜不语，等他换好才问："怎么样，挤脚吗？"

李雾抬头看她，"不挤。"

岑矜紧盯他几秒，忽然蹲下身，伸手按压他的鞋面。

李雾完全没反应过来，腿急忙往后避。

血往他大脑奔涌，无数情绪涌入，大多是惊惶，以及一种随之而来的狼狈。他死撑的某个制高点似乎也塌陷了，就因为她这个动作。

空气僵凝，诡异的氛围萦绕开来，导购半张着嘴，也不知道如何圆场。

岑矜面不改色地起身，"这双不合脚，还是要四十二码的，等调到货再寄给我吧。"

"行。"导购回神，熟练地挤出笑脸，"等会儿需要您留个地址。"

岑矜淡笑，"嗯，衣服就让他穿着吧，我跟你去结账。"

再回来时，岑矜远远瞧见李雾还坐在那里，蜷回去的长腿仍维持着原先的姿态——那个令他备感不适的姿势。

他完全无法抽离，眉头紧拧。

导购越过岑矜，去男生的脚畔收拾，她发现他已经穿上了自己本来的鞋。

鞋很陈旧，花纹都模糊了，根本看不出标识，或者本就没有牌子，就像眼前两人的复杂关系。

但可以确认，他们并非纯粹的姐弟。

导购阅人无数，每位顾客都琢磨透得累死，营业额到位才重要，管人家是真是假。她有条不紊地装好，将崭新的纸袋交给岑矜。

岑矜道了声谢，走回李雾身边。

两人无言地并排坐了会儿，她问："生气了？"

李雾一言不发。

岑矜双手搭在腿上，平视着一整面墙的男鞋，"生气是对的，我以为你除了委曲求全就再没别的情绪了。如果不想接受这些照顾，实话都不愿意跟我讲，为什么要来这里呢？如果根本不合脚的鞋都可以将就，为什么还要来读宜中？云丰村更适合你。"

李雾喉咙发哑，"我只是想念书。"

岑矜问："在哪念书都可以吗？"

李雾音色压抑，"只要能念书。"

岑矜以为他快哭了，端详起他的侧脸，但李雾没有，他浓密的睫毛掩目，脸上始终是那种一成不变的隐忍。这种隐忍令人无奈，甚至是怜悯。

她开始懊悔，开始自责，她太理所当然了，根本没人教过这个孩子勇于表达。

童真在他的生命中如蜻蜓点水般掠过，以至于都没能留下一张美丽的剪影。他过早地变成了自力更生、三缄其口的大人。

"我只是……"忽而，岑矜如鲠在喉，也丧失了措辞的能力，"希望你能接受这些好意，我不想让它们成为你的负担。明天你就要一个人上学了，过两天我也要上班，我工作很忙，也许会自顾不暇，所以我想尽我所能地让你接近、靠拢我平常见到的那些高中生，好更快融入你之后需要面对的环境。我没有跟你这样的孩子相处过，我甚至都没有跟孩子相处过……可能我最近的生活也不太顺意，所以把这种情绪也带给了你。对不起，是我太着急了。"

李雾的指节曲拢，喉结动了下。

他想说话，却终究一个字都没讲。

庆祝晚餐并未如约而至，逛完超市，购置了一些住宿用品，两人就回了家。

李雾回屋整理行李，岑矜就坐在沙发上，打开电视，随意地切换频道。

当地某个民生节目的画面一晃而过，岑矜退了回去。

那是条有关亲情的新闻，提倡大家在教老人使用智能机时要有耐心。

岑矜惊醒，从沙发上起身走去房间，翻了几个抽屉后，找出自己去年闲置的手机。

岑矜给它充上电，焦灼地坐在床头等待。

她想起手机里还有不少隐私，等一开机，便将它们一一删去。完全清空后，她往备忘录里存入四个号码。

做完这些，电量已经充裕，她当即将充电器拔下，拿着手机走出卧室。

客房门还开着，暂住的人很清楚这并不是他的私有空间。

他在叠自己的衣服，是商场换下来的那一身。

"李雾。"岑矜叩了下房门，叫他的名字。

她无端忐忑，极力使自己的声音平缓，"这个你明天一起带去吧。"

李雾侧过头来。

岑矜探出手，"手机。"她快速补充，"旧手机，是我不用的。"

李雾的视线落到她手里，并未走过来，像在思忖是否需要拒绝。

他根本藏不住心事。

岑矜尝试说服："拿着吧，方便点，学校有什么事就打电话告诉我，不然还要跟老师、同学借手机。"

李雾一顿，放下手里的衣物，走过来，接过手机，"谢谢。"稍一停顿，更客套了些，"谢谢姐姐。"

他在人际交往方面并不自如，生硬得有点可爱。

岑矜高悬的心总算落下。

李雾低头看这部手机，没有一点磕碰的痕迹，崭新得仿佛刚从店里买来一般。

他触亮屏幕，眼底也因此映上光点。他的面部多了些波动，是大部分男生对电子产品特有的新奇天性。

岑矜被鼓舞，道："没有密码，直接点进去就行。"

孩子果然上钩，拇指来回划动，盯着上面的图标出神。

岑矜说："我存了四个手机号，我的、我父母的，还有个我朋友的。在学校你有急事联系不上我的话，就联系他们。"

"好。"

"点左下角那个绿色……"她正要提醒，李雾已经点进那处。

"你知道啊。"她说，"那就好。"

通信簿里只有四个人：岑矜、岑矜的爸爸、岑矜的妈妈、岑矜的朋友。

女人存号的方式相当直观，用正经的称谓依次排列，却有种说不清的滑稽。

李雾盯着这四个名字，心头涌出一些欲笑的情绪。

"哦。"岑矜想起自己还没试着拨过，"打给我看看吧。"

李雾按了第一个名字。

隔壁传来音乐，李雾望向房门口。

"等一下，我手机没带身上。"岑矜掉头就走，快步回到自己的卧室。

床上的手机还在振动鸣唱，岑矜把它捞起，刚要挂断，手忽然停住，转而按下接听键。

"喂。"她说。

怕他没听见，她加大音量，又"喂"了一声。

李雾听见轻微的女声，忙将手机贴至耳边。

"还生气吗？"女人的嗓音隔着听筒像沉在水底，比真实的声音要更温厚些。

可她依旧自信，当即断言："应该不气了吧。"

少年唇畔浮出浅窝，久未淡去。

他羞于让这份笑意溢于言表，稳了稳才说："没气。"

"真的？"岑矜明显不信。

"嗯。"他低声说。

她学他道谢，照搬他的语气："谢谢，谢谢弟弟。"

不逗他了，岑矜将欠他的祝福补上，道："李雾，明天就是完全属于你的明天了，放开跑吧。"

## 10

冷战不过夜是岑矜的处世原则，但这个晚上她依旧睡得不好，眼花缭乱的梦魇压得她透不过气。不到五点，岑矜就从床上坐起来，倚着枕头发呆。

她打开微信，点进吴复的朋友圈。

意外的是，男人更新了一条状态，是张照片。

当中的内容并不陌生，是公司楼下的便利店，一名行人正从正门前走过，只有一个残影，好似夜间的魂灵。

吴复很会构图，仅用手机也能修出电影剧照的质感。他在审美方面天赋惊人，同部门的设计师都说他写文案实属屈才。

但无论走哪条路，他现在也是创意副总监了，可以在高处统筹。

岑矜盯着这张照片，进而被一股由浅入深的孤独感包裹，她很难分清这份孤独源于自身还是吴复，又或者两者皆有。哪怕下面有不少同事、客户点赞调侃，热闹纷呈，它本身都是寂凉的。

岑矜心理平衡了点，她猜吴复也不好过。

她躺回去，打算将所剩不多的两小时觉认真睡完。

回笼觉的质量非常高，女人感觉才阖上眼皮，就被外面拉杆箱的响动惊醒。

岑矜拿起手机看看时间，随即下床走出房间。

一道修长的白色身影已经立在客厅。

是李雾，他穿着她买的那身运动夹克，袖子上是某品牌的经典条纹，衬得少年多了些朝气。但他将拉链拉至顶端，仿佛在刻意收敛这份尚未适应的张扬。

他的眼斜过来，撞上她的。

刚要问声早，岑矜已率先启唇，"什么时候醒的？"

李雾回道："六点多。"

岑矜望向他腿边的拉杆箱，"都收拾好了？"

"嗯。"

岑矜对他的高效与省心毫不意外，笑了下问："早餐想吃什么？"

李雾说："都行。"

"我先回房间洗漱，你坐沙发上等我。"

"好。"李雾点头。

岑矜退回房里，借着刷牙的间隙，利落地点好早点。更换好常服，岑矜走出卧室。

李雾果然很听话地坐在那，默背书后的英文单词。

岑矜失笑，"明天就要高考了吗？这么争分夺秒。"

他有些投入，听见女人的声音，才注意到她已经来到客厅。他眼睑低垂，最先注意到她细白的脚踝，她穿着一条驼色的九分裤，再往上，是灰咖色的毛衣开衫，她今天散着发，浅浅的弧度，一侧的头发被夹到耳后，有种漫不经心的柔软。

岑矜与村子里那些女人不同，共处这三天，她身上从未堆砌过任何鲜亮的色彩，但她并不寡淡，相反很美。

李雾双手将书合上，视线快速从她脸上移开。

他把课本放回背包，刚要拉上，就听岑矜问："手机跟充电器带了吗？"

李雾扬眸，"带了。"他补充，"在行李箱里。"

"好。"岑矜走向玄关，从自己包里抽出一叠钱，走回来放到茶几上，"这些现金先带着吧，不多，就两千块钱，以备不时之需。"

李雾一怔，当即拒绝："不用，有饭卡。"

岑矜摸额，"万一要买书和文具呢？校外也有好吃的，我可不想你眼馋人家小孩。"

她周到得令人难以心安。李雾开始后悔，那顿炸鸡可能让岑矜对他产生了错误的认知，他真的没有她想象得那么贪吃。

"收着吧。"岑矜撂下话，走去厨房操作咖啡机。

李雾想把钱还回去，但望着料理台后女人的身影，他又不忍上前打扰。

他留意到茶几下摆着一些书籍、杂志，便将其中一本较厚的取出，而后扫了眼岑矜，她背对这里，单手撑着台面，身形略显惬意，短时间内应该不会回头。

他敛目，迅速将那两千块夹进书里，把它放回原位，方才松了口气。


吃完早餐，岑矜轻车熟路地带李雾去了宜中。

　　齐老师一早就将寝室的楼号与门号发到岑矜的微信，经由宿管指示，他们很快找到地方。是间很典型的四人男寝，书本散乱，鞋也横七竖八，椅背成了安置衣服最为便利的去处。纸篓里基本都是饮料罐子，阳台的塑料盆也堆满脏衣，只等放不下了再一齐运送到洗衣间。

　　李雾的书桌与床铺先前没人使用，沦为临时储物间，被其他三位的杂物占满。

　　此时学生们都在上课，寝室里空无一人，落针可闻。

　　岑矜无处落脚，索性站到门边，与饮水机结伴。

　　李雾也无从下手，不好乱动他人的东西，只得干站着。

　　可这么等着也不是个事，岑矜环视片刻，捋起袖子走过去，一下就将靠门的那张书桌上的东西横扫到一旁，哐当坠地的东西她视而不见，而后将椅子上的衣服全部抱起，分摊到其余三把上面。

　　做完这些，她回过头，掸掸手道："用吧。"

　　少年惊诧于她的大刀阔斧，有些愣神。

　　"怕什么，本来就是你的地盘。"岑矜走去阳台，拧开水龙头洗手，然后冲里面喊，"拿条毛巾过来，擦擦桌椅再放你的东西。"

　　"好。"李雾应声，忙从行李箱里取出旧毛巾，快步跑到阳台。

　　岑矜摊手，"给我。"

　　李雾说："我来吧。"

　　"给我。"她不容置喙。

　　李雾把毛巾交给她。

　　毛巾一到手里，岑矜就嫌弃道："瓦片吗，这么硬？"

　　她就着自来水搓起来，动作与力量完全没用在点上，不像是洗抹布，更像是和面。不知是毛巾的材质，还是水过凉的缘故，女人白嫩的指背逐渐泛红。

　　李雾不忍，再次提出："我来洗吧。"

　　岑矜歪头瞥他一眼，眼底写满疑问。

李雾屏气噤声。

岑矜关上水龙头，拧毛巾，"我的洗法有问题？"

"没有。"

"那抢什么，逞什么能！"她将毛巾递出去，"底下你自己收拾。"

到底谁在逞能。李雾接过那块仍在"下小雨"的布团，有口难言。

仪式感做足后，岑矜走回室内，从包里取出棉柔巾慢悠悠地擦手，趁此空当，李雾极快地将抹布重拧了几下，直至不再沥水，才不动声色地走了回去。

半个小时后，李雾的书桌、衣柜、床板都整洁一新。他干活实在太利落了，完全不需要人操心，比起岑矜平日所请的那些高价钟点工都有过之而无不及，她甚至不由自主地设想，这种能力不失为一技之长，倘若李雾今后没考上大学，从事家政行业想必也会有不错的收入。

少年关抽屉的响动打断了她的思路，岑矜当即回神，"好了？"

李雾回头，"嗯。"

岑矜扫了眼腕表，"待会儿要下课了，等你室友回来，我请他们一起吃个午饭，都是你同学，就当提前认识下。"她安排得井井有条，"午休过后我再带你去见张老师，然后去量校服尺寸。"

李雾面露难色。

岑矜注意到，"怎么了？"

李雾眉心舒展，"没事。"

"又来了。"岑矜眼神机敏，捕捉着他细微的神态变化，"不记得我昨天跟你讲的了吗？"

"太麻烦了。"李雾不再隐瞒，他是来学习的，不希望岑矜在这些多余的社交上花钱费心。

岑矜短暂地看了他一会儿，同意，"好，你自己跟他们结交。你们同龄人更有话题，我就不插手了。"

李雾起身，"我没这样想。"

"我知道，我在给自己台阶。"岑矜对这颗木头脑瓜服气，重新计划，"那我们先出去吃饭，吃完你回寝室，我去车里休息，下午两点我们在文知楼前集合。"

李雾"嗯"了声。

他们在学校门口随便找了家馆子，上餐时，校内传来下课铃悠长的鸣奏。不一会儿，店里涌入大批学生，都穿着蓝白校服。

妆容精致的岑矜就像个异类，没少被人侧目，但她还是从容地舀着碗里的盖饭。

她吃下一小半就饱了，擦了下嘴，开始环视周边的喧嚣。

岑矜再次留意到墙上的菜单，自上而下浏览一遍后，她说："我还算有先见之明，李雾，你看，才这一会儿就坐满了学生，肯定也有住校的吃腻了食堂的，早上那钱还是给对了。"

端着汤碗的李雾一下卡壳，偏头重咳起来。

"你怎么……"岑矜欲言又止，忙抽出纸巾递与他，"慢点喝呀。"

李雾接过去，平复完，继续埋头吃饭。

少年盘子里干干净净的，一粒剩饭都没有。这让岑矜想起了朋友家里的那只每次用餐都狼吞虎咽的大狗，她不由得一笑。

不知为什么，她在李雾身上感觉不出穷酸，只有真诚，对食物的真诚。这种真诚夹杂着年代感，他不像是这个时代的人，他让她联想到近现代硝烟中的质朴与热忱。

吃完饭，两人并排走了出去，快到校门前时，岑矜问："有实在感了吗？"

李雾垂眸，"什么？"

"上学的实在感。"岑矜目光追随着一个擦肩而过的马尾辫女生，"什么都不用想，可以放心读书了，跟这里大部分的孩子一样。"

她由衷地为他高兴。

但对李雾而言，也不是什么都不用想了，毕竟他还对岑矜有所隐瞒。

他只能颔首，一言未发。

岑矜从包里取出一样东西，摊到他面前，"拿着，你寝室的钥匙。"

李雾接了过去，连手一起揣回兜里。

"别弄丢了。"她再三嘱咐，又问，"还记得回寝室的路吧？"

"记得。"他牢牢握紧，感觉到它抵在手心里，就像她说的，真真切切有了实在感。他生命的另一道门即将开启。

使命已完成一半，岑矜的胸口缓慢地起伏一下，"我去车里睡会儿，你回去吧。"

李雾抿紧了唇。

岑矜按亮手机看了眼，"下午见。"

李雾点头。

女人转头往地库走。

可能天气太好，日光过于灼眼了，李雾的双目浮出少许湿润，转瞬就被风吹干，他情不自禁地跟上她的步伐。

"姐……"

他低声唤了声，没真正叫出口，一咬牙，又放声喊："姐！"

岑矜回头，微眯着眼，面容灿烂。

李雾小跑到她身前，气息未乱，"你早上给我的钱，我夹在茶几下面那本叫《繁花》的书里了，灰色封面。"

他的眼神总是那么浓烈，浓烈得格外专注而认真，"我用不到，更不能收。"

四目相对须臾，岑矜面色转阴，冷声道："随你。"

掷下这两个字后，她毫不犹豫掉头就走。

李雾犹疑一秒，看向她的背影，"以后如果有需要，我会问你借。"

女人的身形一顿，继续往前，没有回首。

李雾站在原地，唇角有了微微的弧度，他一直看着，直至她消失在视野中。

## 11

　　李雾一步步走回自己的寝室，仿佛走向另一段宿命一般。他双手插在兜里，看见花圃中的草叶随风狂摆，妄图拔根而起，飞往天际。

　　他越走越快，以至于兴奋地奔跑起来。好像一匹年轻的雪豹在冲刺，仿若新生。

　　到了楼上，宿舍门半敞着，同学可能都已经回来了。

　　李雾大口喘气，放慢脚步走了进去。

　　果不其然，屋内不多不少有三个男生，他们都在忙自己的事，一个在啃饭团，一只脚踩着椅子边；另一个耳朵里塞着耳机，摇头晃脑地全情投入；还有个站在厕所门口打电话，背对着他。

　　"饭团"是第一个发现他的，他脚一下滑到地面，道："嗨。"

　　李雾看向他，也问了声好。

　　"饭团"忙去拉扯听歌的那位，后者有些不耐烦，抢回自己的胳膊，眉毛扭成疙瘩看过来。与李雾对上目光后，他扯下一边耳机，下巴一扬，先是示意身边那张整洁到过分的书桌，又望回李雾，"是你啊？"

　　李雾点了下头。

　　听歌的男生低骂一声，道："我的室草地位不保了。"

　　"饭团"笑出声，推了推黑框眼镜，自我介绍道："我叫成睿，你叫李……"

　　听歌那个及时打断他的话，就差要踹他一脚，他摘下另一边耳机，言简意赅道："林弘朗。"

　　李雾走去自己桌前，道："李雾。"

　　"礼物？"林弘朗扬眉，"要送谁礼物？你这名字有点意思。"

李雾说："雾气的雾。"

"好嘞！你坐啊。"成睿见他一直站着说，"别这么客气，进了门就是兄弟。"

林弘朗嗤笑，"谁想跟你称兄道弟。"

李雾坐回书桌前，重新整理那些课本与习题册，他的东西被翻动过，一看便知。

成睿见状，面露羞涩，"不是故意翻的，就是好奇新室友是谁，我们什么都没拿。"

李雾看向他，"没事。"

林弘朗一直盯着他，他觉得这个转学生有些冷淡，不易亲近，进门那一刻似乎就在与他们划清界限，"怎么就你一个人，你爸妈呢？"

李雾的手一顿，没有作答。

"走了？"

他垂眼，把书埋进架子里，将其放置工整。

成睿心细，看出些端倪，猛拍一下林弘朗的后肩，提醒他不该问的少问。

林弘朗不乐意了，回头反击道："你打我干吗！"

成睿遭他一顿乱拳，痛到骂娘。两个男生很快展开舌战，没少拎出对方的祖宗问候个遍。

他们这一闹腾，阳台上通话的那位总算注意到屋内的异样。

他挂掉电话冲进来，"你们搞什么啊！"

林弘朗指成睿，"他打我。"

成睿揉胳膊，"谁打谁啊。"

"你们能不能消停点，尽给人看笑话。"打电话的男生看了眼李雾，"看吧，新同学都笑你们了。"

李雾没说话。他没笑，就是耳膜被他们的叫声震得直发痒。

二人总算停火，各归各位。

打电话的男生也说了自己的名字，笑道："我叫冉飞驰，是他们两个的大哥。"

"切——"成睿、林弘朗异口同声道。

冉飞驰还是笑,"刚刚在跟他们的大姐打电话,招待不周,还请见谅。"

"吐了。"椅子上的两个人又一齐作呕。

冉飞驰不予理会,视线落回李雾身上。他注意到他衣服上的图案,双眸一亮,"你喜欢皇马啊?"

李雾完全不知如何回答。他大约能猜到皇马是个足球俱乐部,但除此之外一无所知。他不想打肿脸充胖子,遂不作声。

"我才发现他衣服上的队标。"成睿含着米饭,口齿不清。

林弘朗不屑一顾,像信徒一样高呼:"拜仁才是最帅的。"

"是巴萨!"

他俩又开始新一轮互掐。

冉飞驰扶额,懒得再管,坐回自己的位置,噼里啪啦摁键盘,不时旁若无人地勾唇。

李雾暗舒一口气,幸好有林弘朗打岔,他才逃过一劫。

他整理好书本,身边的两个人还在吵,他们口中的球队之争宛若天书,李雾完全听不明白,只能从衣兜里取出手机看了眼时间。

快一点了。

也不知道岑矜是不是真在车里休息。他们不欢而散,他也不敢打搅,但一想到她可能又要像那天夜里一样,歪头靠在空间局促的座椅里打盹,他就感到不忍。

晌午时分,光影悄无声息地流淌,窗外静谧下来。

寝室里也没了声响,成睿跟林弘朗各自爬回床上,酝酿睡意。而冉飞驰偷偷跑出了宿舍楼。

成睿平躺在那,稍一垂眼便能瞧见桌前的李雾,他坐姿挺拔,跟入伍军训似的,全无吊儿郎当之态。

寝室突然多了个人,还很与众不同,他不自知地觉得新鲜跟兴奋,发出两下气音吸引他注意。

李雾回头寻找声源。

成睿"吱嘎"一声从床上坐起，轻声问他："你怎么不睡？"

李雾抿嘴，"不困。"

成睿问："你下午上课吗？"

李雾摇了下头。

成睿问："明天才正式上课？"

李雾点头。

"你是我们十班的吗？"

"嗯。"

成睿笑起来，刚要说话，对面床上响起一阵长鼾。

成睿顿住，竖起一根手指，"嘘。"

林弘朗咂咂嘴，呓语了两声。

二人相视片刻，成睿憋笑，好像植物大战僵尸里的豌豆。

李雾跟着勾起唇角，他转回头，垂眸看了会儿通信录里的第一个名字，而后把屏幕关上，重新放回书下。


一点半，李雾收拾好书，打算去文知楼跟岑矜碰面。

成睿与林弘朗还在呼呼大睡，他们习惯掐着点回班。

李雾轻手轻脚地带上门，才加快速度往下跑，刚出楼道，他与回寝室的冉飞驰打了个照面。

男生冲他挥手走过来，在阳光里眯着眼问："你去哪啊？"

李雾放慢脚步，"有事。"

冉飞驰似乎很爱笑，"我还以为你这么早就去上课了。"

李雾说："我明天进班，十班。"

"好。"冉飞驰弯着眼，"先提前欢迎。"

李雾与他道别，继续往文知楼走。

日头明朗，大道上人多了起来，都是回校的学生，有推着单车的，也有结伴步行的。他行走其间，仿佛一滴墨坠入清水，逐渐融为一体——校园是实体，也是气氛，能让他不再受困于自己。

到文知楼前时，离两点还有一刻钟，但他并不焦灼，耐心等候。

不一会儿，远远走来一个人，他认出是岑矜。

李雾朝女人走去，停到她跟前时，他飞速敛眼，回避着她的视线。

岑矜手里拎着个全黑的纸袋，她把它勾于指间，递给他。

李雾不知里面是什么，只能先接过来。

"有没有睡一觉？"

"有没有午睡？"

他们同时问对方。

岑矜最先破功，笑着昂头看他，"没有，我去附近的商场给你买了个电子表。"

李雾讶然地望向她。

"总不能考试、上课还用手机看时间吧。"她轻描淡写，"刚好两千块钱，不收也得收了，因为是必需品。"

李雾有些恍神，因为女人眉目间的光彩过于动人。他从未见过这样的人，有着柔和的逆骨，不占上风誓不罢休。

他感觉自己在被她驯化，这种认知散发着陌生而诱人的腥甜。

李雾的脸微微发烫，眼神也跟着烫起来。

岑矜还沉浸在反败为胜的欣喜里，"不会又为这种事生气吧？"

李雾安静了一会儿，回道："不气。"

"那最好不过。"她挎好包，下巴一点，示意他手里的东西，"时间已经调好了，具体怎么用你回寝室看说明书，我就不详说了，现在先去见你的张老师。"

李雾思绪摇摆，被无形的线牵引，跟在岑矜身后，往楼里走。

张老师是个面庞圆润的中年女人，教物理，已提前了解过李雾的个人信息。真正见到本人之后，她的眼神里不乏同情。她跟李雾交代了不少事，还让他有问题的话就来办公室找她，她基本都在。

从总务处登记完校服尺码出来，岑矜起码感慨了十遍李雾太瘦。

她又成了絮叨的老妈子，少年缄口不言，任由她倾吐。

分别前，她临时增加新任务，叫李雾再胖十斤。

李雾点头，"我争取。"

岑矜这才放心，又叮咛几句，才同他说再见。


李雾目送女人离去，回到寝室。

室友去上课了，宿舍里又只剩他一个。

他坐回书桌前，翻出袋子里的表盒，小心地将它取出。

是一块近乎全黑的电子表，只有标与数字是白色，表盘繁复，充满科技感。

李雾摩挲了下表带，抬手将它试戴到左手的腕部。

他注视良久，扯下袖口，将它严严实实盖住。可之后，无论做什么动作，表身都突兀地显现出轮廓，难以忽略。

他有些不知所措，取出手机，点进通信簿，又退出去。来来回回好多遍，他也不知道自己到底要做什么，末了他将表摘下，连同手机一起放进抽屉。

他抽出一本物理题册，心无旁骛地写起来。

天色渐晚，暮日将云层染成赤橘色。

李雾在稿纸上写写停停，聚精会神，如入无人之境。直到外面"砰"的一声重响，李雾才如被球砸醒一般，从题册里抬起头来。

门外的动静一瞬间涌入耳中，有球鞋擦地的细碎响动，还有男生间的嬉笑打闹。

下课了。

李雾不确定现下几点，拉开抽屉，里面的两样设备似能感应到他一般同时亮起。

李雾怔在原地，凉意顺着背脊攀爬而上。

一刹那，他惊觉若非她慷慨赠予，他根本无法掌握这些时间。

他取出手表，将它重新扣回腕上。他又拿出手机，编辑许久，给岑矜发出一条短信。

**李雾：手表很好用，谢谢姐姐。**

## 12

收到这条消息时，岑矜正坐在附近的一家商场的美甲店里。

她已经待了两个多小时，亲眼看见自己的指甲片片返璞归真，被另一种颜色填满。

莫兰迪色调的绿，带着些许渐变。这让她想起了胜州雾霭里的叠峦，低饱和，却很养眼。

手机亮了，她单手托起，点开李雾的信息。

这几个字眼分明在道谢，可怎么好像还是憋着一股子心不甘情不愿的别扭劲。

岑矜不知这份直觉从何而来，却足够引她发笑。她眉梢微挑，敲下三个字回过去。

**岑矜：不客气。**

老板刚巧从外边回来，见她笑得有些旁若无人，不由得打趣道："跟老公聊天呢？"

岑矜一顿，否认道："不是。"

老板面容明艳，但整容感明显，可见平常没少在脸上下功夫。

她将着一头快及腰部的鬈发，娴熟地接茬道："我看吴先生没陪你来，还以为在微信里将功补过呢。"

岑矜敛起一些笑，力求自然，"他哪有时间。"

"也是，你们太忙了，我一个朋友也在 4A 广告公司，跟刚生过孩子似的，根本约不上。"

"他在哪家 4A 广告公司？"岑矜找准机会转移话题。

"BO。"

岑矜垂眸瞥了眼自己焕然一新的手指，"那家啊……应该的。"

"你们公司也不差。"老板端来一个果盒，放到岑矜手边招呼她吃，还顺嘴夸了句，"你手白，这颜色好合适。"

"是吗？"岑矜抬起右手，细细打量。

她的瞳孔渐渐失焦，仿佛能透过肌肤，望见另一番景象。

她与吴复相识在大学，同专业，是那种典型的长跑型情侣。遇见的方式也流于俗套，没有爱情电影里的惊天动地、刻骨铭心，就是平平无奇的校园生活。她加入外联部，而吴复是部长，平日里相处也就那么回事，闲暇时会多聊几句，算不上多暧昧，但多少有点你来我往的粉色暗涌，只是谁也不曾主动戳破这层窗户纸。直到有天晚上，吴复突然给她打电话，约她出来。

吴复生得俊秀，讲话却沉稳干脆，自信十足。他说："如果毕业前不跟你表白，我可能会后悔一辈子。因为你也喜欢我。"

那天操场的风很大，草木飒飒，男人的衬衣也被吹起。

岑矜的心成了风筝，被轻而易举地掀高，化作一颗星星，一闪一闪亮晶晶。

她感觉自己站在一幅日漫的画面里，心跳极乱，大脑也有些发蒙，指着他，想哭又想笑，面部表情失控，"白衬衫是特地换的吗？我记得你上午穿的不是这个。"

那会儿的动作说是指着他，却更像隔空戳着他的胸膛，带着少女特有的娇嗔。

吴复也笑了，"这样更正式。"

"要不要搞这么隆重，求婚吗？"岑矜得了便宜还卖乖。

吴复看进她眼底，"你要这样理解我也没意见。"

她轻笑一声。

而他还是那么认真，"喜欢吗？"

"喜欢。"她激动到有些哽咽，"喜欢得都想抱一下了。"

下一刻，吴复拥她入怀。

她曾天真地以为，这一刻就是永远。


岑矜从商场出来，在车里枯坐许久，她毫无头绪，不知该去哪里。她手扣在方向盘上，望着外面的车辆来来去去，直到前后左右都空无一物。

世界仿佛只剩下她一个人，被遗弃感像塌石一般将她埋没，密不透风，难以挣脱。

不知不觉间，她的双眼被泪水涨满，在其坠落前，岑矜及时用指尖拭去，将车开了出去。

回到家，岑矜认真洗了个澡，就把自己藏回卧室。

她在床头点了盏香薰，无声地待着。

临睡前，她想起明天是李雾进班的第一天，又摸出手机，查看短信。

对话终结在那句"不客气"上，少年没有再回消息。

她打字断断续续，删删改改，总觉得内容不如人意。半晌，她才将短信传送出去。

*岑矜：明天几点上课？别迟到了。*

*李雾：七点。*

*岑矜：晚饭吃了吗？*

*李雾：吃了。*

*岑矜：食堂？*

*李雾：嗯。*

岑矜：跟室友一起吗？

李雾：嗯。

岑矜：室友人怎么样？

李雾：挺好的。

岑矜想不出还有什么能问的。

岑矜：早点休息。

李雾：好。

周遭又寂寥下来，像一片幽谷，一潭死水。

那种空白感卷土重来，岑矜屈着腿，背贴床头，好像被挤去了书页的边缘，不再置身字里行间。她悲哀地发现，当她不再扮演某种角色、不被需要，她就透明了，隐形了，不复存在，与行尸走肉无异。

万幸的是，明天就要回去上班了。

不幸的是，她又要见到吴复了。

女人像一条元气大伤的白蛇一般，滑回被子，把自己裹紧。

翌日，岑矜起了个大早，在镜前仔仔细细化妆。

走之前，她整理许久，往手腕内侧喷了点香水，确认自己无可挑剔才走出家门。

同一个早上，李雾洗漱完毕，在成睿的指导下，将需要的教材一本本放进书包。

室友相互拉扯，赛跑般往食堂飞奔，李雾不紧不慢地跟在后面，唇角扬起淡淡的笑。

"你们等一下李雾啊。"成睿掉头看，"人家新来的，有没有点待客之道。"

冉飞驰也回眸，嬉皮笑脸地冲他晃晃夹在指间的校园卡，"行啊，最后一名请客！"

李雾面色一滞，加速追过去。

少年们笑声朗朗，如晨气，如朝阳。

吃完早餐，李雾与室友分道扬镳，遵照张老师昨天的吩咐，提前去了趟办公室。

张老师也刚到这，接了杯水，还没来得及坐下。

她吹去白气，呷了一口，而后搁下手里的保温杯，"今天英语早读，我先带你去班里，你做个自我介绍。"

李雾垂手立在桌旁，点了下头。

张老师多看他两眼，"听说你物理不错？"

李雾想起岑矜说的，答道："还可以。"

张老师问："一般考多少？"

李雾回道："一百四往上。"

"可以啊！"女人有了点刮目相看的态度，"你原来学到哪了？"

"恒定电流。"

张老师撇了下嘴，"是跟我们落了点课时，不要紧吗？"

李雾说："我争取跟上。"

"行。"张老师拧上杯盖，"物理落了，其他课程可能也这样，吃力的话要跟我讲，不能死扛。"

李雾点头，"好。"

"走吧，带你去认识下新同学。"

李雾跟着张老师疾行下楼，走廊上传来了读书声，并不齐整，还有些杂乱。

座椅靠窗交头接耳的学生见有人路过，忙不迭架起书本装腔作势。

李雾的视线从他们身上滑过，心跳不自觉地加快。

他们停在高二十班门前，里面的嘈杂声渐止，几十双眼睛齐刷刷望过来。

英语老师见状，撂了句"有什么好看的，给我接着背"便走来门口，询问事宜。

英语老师是位男性，三十岁出头，架着无框眼镜，面孔斯文白皙。

"这孩子是插班生，不耽误你多少时间。"张老师言简意赅，"让他做个自我介绍就行。"

英语老师点点头，招呼李雾进班。

张老师也跟了进来，班里又安静下来。

李雾喉咙有些干，眼帘微垂。初来乍到，他不免紧张，难以直视所有的陌生面孔。尤其是他们都盯着自己，目光好像射线似的将他从头扫描到脚。

张老师宣布："这是我们的新同学，从浓溪高中转来的。"她示意李雾，"剩下的由你跟同学们说。"

李雾的手曲成拳，音色并不稳定："我是……"

"帅哥！"成睿抢话，语速极快。

班里稀稀落落地响起笑声，女生尤多。

"成睿你上来，你来当他的代言人，我给你机会，来。"张老师似笑非笑，勾手叫他。

成睿闭紧嘴巴，像被捶的地鼠一样缩回脑袋。

也多亏这一打岔，李雾心头的忐忑减轻不少，他自在了些，简短地道清自己的姓名："我叫李雾。木子李，雾气的雾。希望今后能跟大家好好相处。"

掌声雷动，像潮水一样裹过来。

李雾感觉自己已被接纳。

张老师见他个子高，暂时安排了一个后排的空位给他。只有他一个人坐靠墙那边。

前排有两个男生，对他很是好奇，一直目送他归位。

不等李雾取出英语书，其中一个就迫不及待跟他搭话："哎！"

李雾停下动作看他。

"浓溪在哪啊？"他小声问。

李雾默了两秒，"在胜州。"

男生"哦"了下，似乎不感兴趣，目光随即转至他胸前，"你喜欢皇马？"

李雾无言以对。

这句话仿佛是这所学校男生之间的接头暗号，若是对此一无所知就无法通过组织筛选似的。

好在老师下台巡视，他同桌拍他胳膊提醒，那男生才转了回去，装模作样地高声诵读起来。

李雾敛目瞥瞥衣服上那个醒目的金色队标，暗自提醒自己，今天写完作业后一定要弄明白皇马的背景来历、球员成绩。

　

有人绞尽脑汁想着怎么融入集体，有人已经当腻了逃兵，自觉回归营地。

上午九点多，岑矜来到公司。她穿了条素色长裙，外面罩着休闲小西装，马鞍包悬于身侧，利索里带着些许散漫。

女人双手插兜，面色平淡。可只有她自己清楚，这身穿搭是怎么折腾了她一早上的。

她还擦了只很显气色的唇膏，亦是为了向吴复证明，她涅槃重生，状态奇佳，哪怕都是假象，只是在硬扛。

所以说，哪有什么不以为意，背后全是煞费苦心。

但遗憾的是，她进到部门一眼望去少了小一半人，就知道吴复又率领大家比稿去了，再回来可能要到下午。

子弹全打在棉花上，岑矜心情复杂。她回到自己的座位，打开电脑，开始补工作微信上的群聊记录。

才翻了几页，岑矜的额角开始抽痛。

她截了张图扔群里问。

**岑矜**：他家最后还是要了第一稿？不是吧？

干他们这行，好脾气是天方夜谭。

**设计**：谁说不是呢，给我改吐了。一开始还说用了原版为什么要加钱。还好 KiKi 不分昼夜跟他们扯皮，才补了费用。

**岑矜**：那还行，起码没白改。

岑矜倒了杯咖啡回来，见 KiKi 不在工位，在群里问。

岑矜：KiKi 他们去哪了？

设计：能去哪，跟你老公去品优了。

过去习以为常的称呼，此刻忽然变成了两个陌生字眼，岑矜视而不见，只问重点。

岑矜：那个酸奶项目？

设计：嗯，一大早就走了，老板也一块去了，还找来一辆全黑商务车，跟要抢银行似的。

岑矜回了个"大笑"的表情，嘴却迅速撇下来。

品优是国内知名乳业，他们要推旗下新出的一款无脂无糖还附带谷物麦片的盒装酸奶。上月末公司打算把这个项目争取到手，忙到飞起，她又面临婚变，愣是硬着头皮帮忙想方案，等到框架初成，大家志在必得，她才敢请假休息，把工作暂交给另一位同事跟进。

这才脱节几天，就沦为局外人，被组织中途遗弃，忽视她今天回来上班，压根没想过要给她留下一席之地。

不得不说，吴复这人是真狠。

别人就算了，连他也这样，无情无义。

岑矜无处泄愤，呆坐了会儿，发现在这生闷气除了增加自己得乳瘤的概率之外毫无用处，索性转移注意力刷起微博，又看看视频，熬到正午，才独自一人下去用餐。

她们公司的写字楼位处市中心最为繁华的地段，是一个真正的钢筋森林，高楼鳞次栉比，美食店也多如牛毛。

出了大厦，拐过两道巷子，岑矜就到了自己常去的那家日料店。

准确地说，是她跟吴复常去的日料店。

他们口味相投，在食物上从未有过分歧。

岑矜偏好二楼靠墙的那个座位，轻车熟路地往那走，等跨上最后一级阶梯，她陡然顿住。

熟悉的身影映入眼底，他盘腿坐在餐案后，与对面的女人有说有笑，衬衫被肩胛撑出放松的褶皱。

岑矜认得那个女人。她同样在笑，眸子亮晶晶的，眼角眉梢的崇拜之情根本掩藏不了。

只是那个人不再是自己。仅此而已。

岑矜面无波澜地站了会儿，朝他们走过去。

她目不斜视，仅用余光也能感觉女人的视线来到自己身上，接着是男人的，自下而上。

他们的笑戛然而止。

岑矜来不及判断当中的情绪，她已不能自控地绕过吴复，直接在同张桌子坐了下来，就在他对面，女人的旁边。


## 13


吴复对面的女人叫卞歆然，品优的市场经理，"醇脆"酸奶的项目由她负责对接。

岑矜只见过她两次，却印象颇深，去年她还是某轻奢品牌的销售，这才一年，就已经跳槽升级为市场经理了。

卞歆然长相神似一位日本女星，笑起来单纯且富有元气，但她在工作方面很专业，有种处事不惊的纯熟。

所以岑矜落座时，她只是短暂地诧异一下，就同她问好。

她还往旁边让了些地方，不再居中。

吴复面色平静，给岑矜倒了杯大麦茶，推至桌子中央。

岑矜没接，一动未动。她腰线笔直，好像一根用力过度的苇草一般。

服务员刚过来上菜，见这张两人席忽然变成三人组，气氛还有些僵凝，不自觉地放慢脚步，将牡丹虾轻轻搁下。

她示意岑矜，礼貌地问吴复："这位女士需要加餐吗？"

吴复安静两秒，看向岑矜，"想吃什么？"

岑矜弯了弯唇，笑得很浅，"你不是知道吗？"

吴复不答，她又问："忘了呀？"

吴复顿了下，道："再来一份竹荚鱼寿司，鲍鱼松茸土瓶蒸。"

"好的。"服务员应声离席。

岑矜总算端过那只粗陶杯，轻抿茶水。

桌上一时无声，卞歆然小口咬着鳗鱼，余光一刻不停地偷瞄这两人。

岑矜眉梢微扬，"你们继续聊啊，怎么我一来就不说话了？"

吴复一声不响。

卞歆然反倒接话道："矜姐之前在休年假吗？"

"嗯。"岑矜回，"今早刚回来。"

卞歆然有些可惜，"难怪早上比稿没看见你。"

"我也奇怪，怎么只看见你们两个。"岑矜微微笑，"其他人呢，没有一起吃午饭吗？"

"啊，他们……"卞歆然刚要解释，吴复已搁下木筷，"岑矜，你要阴阳怪气多久？"

岑矜睁大眼，努力让诧异无辜的情绪挤满面孔，"你说谁？我？"

吴复后倚了些，姿势并不戒备，相反很懒散，"不是吗？"

男人目光审视着她，"想说什么就说出来，这样很没意思。"

岑矜道："我只是想吃个饭。"

"那就吃饭。"吴复敛目，夹了只手握到她面前的碟子里，"好好吃饭。"

岑矜仿佛没瞧见他的动作，只一眨不眨地看他，"但我喜欢的位子被占了。"

卞歆然听出她的话外音，忙解释："矜姐，你可能误会……"

吴复旁若无人，"喜欢就等于是你的专属吗？"

"我可没说哦。"岑矜讥笑出声，"你不也在阴阳怪气？有过之而无不及。"

卞歆然发现自己根本插不进去，从岑矜落座后，她与吴复就成了这张桌子的主角，即使他们剑拔弩张。

吴复抿嘴，双手按到桌边，大有起身的架势，"我可以把这张桌子让给你。"

"不需要了。"女人瞄了眼他突出筋的小臂，"你们慢用。"

岑矜先站了起来，她知道已没必要久待。锃亮的大理石台面映出她的脸，畸形而扭曲，甚至于面目可憎。在这份不甘彻底爆发前，她必须得体地离开。

岑矜挎好包，面无表情地快步往楼下走。

吴复稍许使力的臂膀垮了下来，他静坐片刻，霍然起身，跟卞歆然说了句"不好意思，你等我一下"就追了出去。

"岑矜！"

街道熙熙攘攘，但男人的音色因为过于熟悉，总能精确无误地破开嘈杂，跑进她的耳朵里。

岑矜步子一顿，她眼眶升温，唇瓣颤抖，不得不死命咬住嘴。

女人走得太快了，某个瞬间，吴复放缓脚步，思考要不要再追了。

他微喘着，胸腔一起一伏，最后还是往前跑去，拦住她的去路。

岑矜没有再走，停了下来。

虽然她极力整理好面部表情，但红了一片的眼圈无法蒙混过去。她就这样绷着唇，使劲盯着他。她的眼神不算瞪，只是逼视，有种少女的委屈与不服。

吴复怔愣，但只一瞬，"知道自己刚刚在干什么吗？"

"我怎么了？"她微扬起下巴，可一点也不傲慢、居于上风，反显得顽钝。

"她是谁你不认识？"吴复看着她，眼神是残忍的冷静。

"认识啊。"岑矜口吻平淡，"你们什么时候关系这么好了，我之前一点没看出来。"

他并未正面回答，"得罪甲方对你有什么好处？"

岑矜勾唇，睫毛细微挑动，"对我没好处，但对你绝对有坏处。"

吴复仍在质问："项目掉了，你就高兴了？"

岑矜轻轻一笑，"哇，原来项目都是靠你跟女人吃饭得来的啊。"

"闹够了吗！"男人面色终于有所波动，"你要整个团队为你的脾气买单？"

"怎么了，心疼人家？烦请你别再把私欲上升到工作了。"她的语气仿佛一根嚣张的食指，一下下狠抵他的胸膛，"谈道德，你远不及我。"

吴复哼出一声轻笑，"到底是谁把私人感情带进工作？难道不是你？今天你是舒服了，你的疑神疑鬼得到发泄了，其他人呢，谁都跟你一样有你这样的家庭背景？想请假就请假，想摆谱就摆谱，你没后顾之忧，别人也没有？你算什么啊岑矜，有本事自己开公司掌管生死，何必跟我们一样为别人辛苦打工？公主，从温室里出来吧，世界不是围着你打转的。"

岑矜的心被揪扯，口气变冲："你说什么呢！"

"我说什么？你理解能力没这么差的，岑大文案。"吴复讥讽至极，"还要我说得更清楚？"

岑矜眼波轻晃。

"因为工作我没拉黑你。"男人脸色阴凉，一字一顿，"这是我给你最后的体面。"

撂下这句话，吴复掉头就走。

有泪从右眼滑了出来，岑矜极轻地吸了下气。身侧人影幢幢，各有奔赴，只有她一动不动，宛若弃物。

她动了下腿，试图融入人流，却发现连抬足的力气都荡然无存。

岑矜撩开散落的碎发，缩起了肩膀。她鼻腔严重发堵，无法喘息的压抑感霎时将她盖过。

岑矜从包里抽出一张纸巾，边擦泪痕边走。她像个身患腿疾的人，走得异常缓慢，手上的动作也格外轻，生怕抹花了她化了一早上的妆。

妆是给谁看的，此刻似乎完全不重要了。

快到公司时，岑矜从衣袋里取出手机，取消了吴复的微信置顶。

她的指腹在删除联系人这几个字眼上停顿片刻，直接摁了下去。


岑矜在公司待到了晚上八点。

下午大家都回来了，还临时开了个短会，吴复主持，复盘今日表现，外加完善方案。

同事都不大，还处在自命不凡的年纪，所以聊得极其亢奋。

期间，她与吴复没有过一次目光接触。

散会后，临时担工的那个新人在微信上跟岑矜简明扼要地说了下进度，准备将任务归还。

岑矜：不用了，我不跟了。

同事：你不想跟了？他家对我们很满意的，成为他们的固定合作代理不是没可能。

岑矜：他家对谁都这样，提案时和蔼可亲，没出效果马上判死刑。

同事：啊？

岑矜：醇脆这个项目撑死一个月。

同事：那也能学到不少东西。

岑矜：所以送你啦，好好干。

男生感激不已，岑矜淡淡一笑，关掉了聊天框。

她清楚自己已不属于这里。

岑矜晚上回到家，斟酌许久，发了条请辞的消息给老板。

老板第一反应是不解，极度不解。

老板：我们可没有临时添加"不允许办公室恋情"的公司制度。

岑矜笑了下，并无打算隐瞒。

岑矜：刚好相反，是我要离婚了。

老板：跟丈夫没有冷静期，跟公司也没有吗？

这话有几分情意，瞧得岑矜眼眶湿润。

岑矜：我们必须走一个，你想留哪个？

那边沉寂良久，权衡出答复。

老板：我让轩轩跟你交接。

岑矜破涕为笑。

岑矜：谢谢你了。


李雾晾完衣服，又坐到桌前温书。

男生睫毛半敛，眼底有两片灰影。他的侧脸浸于冷白的光线中，有种与外界割离的寡情。

室友各玩各的，寝室里好像根本没多出个人。

不多久，到睡觉的点了，他们一齐留意起这位"与世隔绝"之人，你看看我，我看看你，相互使了好几个眼色后，成睿重咳了一声。

李雾并未被打断思路，只虚瞥来一眼，像在看一面没有内容的白墙，旋即又回到书本里和笔记上。

成睿挫败地喊："李雾！"

"嗯。"他总算回神。

成睿指指顶灯，"我们要上床了，你咋办？"

李雾顿了下，"啪"的一声按亮台灯。

林弘朗仰天长啸，猛搔后颈，"十一点半了，睡觉吧。"

李雾想了想，说："好。"而后合上书，放进背包。

这么好说话的吗？成睿微微张嘴。

四个男孩噔噔爬上床，躺回被窝里。

短暂寂静后，冉飞驰忽然开口，"睡得着吗？不如开新人卧谈会吧。"

成睿嗤笑起来。

林弘朗闷头躺着，毫无反应。

成睿把自己的一只抱枕丢过去，对面床上的人当即扯掉耳机，杵起脑袋，"搞什么你！"

成睿没好气道："聊天了！别一个人听歌了行不？"

"聊什么啊？"

成睿提出致命的问题："李雾，你觉得我们班哪个女生最好看？"

李雾一时不知怎么说。

"你秒睡了？"

李雾实诚地回道："不知道。"

"怎么可能不知道？"成睿明显不信，"一眼看过去，陶婉文最好看。"

李雾解释："我还不知道我们班女生的名字。"他初来乍到，谁是谁都对不上号。

"胡说，下午陶婉文还跟你说话了，她没跟你说她名字？"

"什么时候？"李雾努力回忆。

"英语课之后！"成睿语气夸张。

李雾无话可说，翻了个身，半边脸陷入枕头，他悄悄摸出枕畔的手机，按亮。

屏幕上并无新消息，他的心沉下去一些，夹杂着些许自己也无法理解的空落。

他想起白天还未完成的计划，果断打开浏览器，搜起"皇马"的意思。

结果网页刚一跳出，一条短信提醒陡然浮现。

李雾提气，匆忙切进去看。

**岑矜**：今天怎么样，还适应吗？

李雾心绪得以平息，快速打字回复。

**李雾**：嗯。

**岑矜**：好，早点休息。

没了吗？他手指搭在手机边缘，无端心烦意乱，在想要不要回个"晚安"。

"李雾！"成睿注意到他床上有光，忍不住控诉，"你怎么能偷偷玩手机，还有没有点参会素质啊？"

李雾手一顿，正要灭掉手机，那端又蹦出一条消息，好像在问一个入园第一天的小男孩。

**岑矜：有没有交到新朋友？**

## 14

李雾盯着这条信息看了会，怕她过多操心，回了个"有"。

事实上，这一下午，只有室友、前排男生，以及成睿口中那个叫陶婉文的女孩主动跟他搭过话，其余的一个都没有。

他们习惯了固定圈子，对陌生闯入者都抱有天然的畏惧，比起交流，他们似乎更喜欢远远观察。整个下午，除了去厕所，李雾也一直待在自己座位里。只有这点方寸之地能让他平心静气。

他也发现，他的课程确实落下了一些，每一门都是，名校的学习进程都像是拉快进度条一般。

岑矜很快给了回复。

**岑矜：男生女生？**

李雾怔了下，耳郭微微升温。

**李雾：男生。**

**岑矜：嗯？没有女生吗？**

言语间，似乎还有点讶异和失望。

李雾极快敲了两个字"没有"。

岑矜：那就专心学习。

李雾：嗯。

岑矜：晚安。

李雾：晚安。

岑矜这么问不是没道理的。

平心而论，李雾生得不错，尤其现在长开一些了，五官添了锐气，浓眉高鼻，眼睛大而清，是那种典型的浓颜系少年长相。

几天接触下来，她发现这小孩给人的观感与他的情绪息息相关。

倘若待你坦诚，他就会显得脆弱易欺；但如果刻意疏远，他面部的锋利感能逼退大部分人。

他穿着她挑的衣服，竟没一个女生跟他搭讪？岑矜不大相信。

但转念一想，可能是她对李雾已产生母爱滤镜，所以看他哪都好，别人就未必了。

岑矜没再深想，开始思考自己今后的打算。

她辞职得过于突然，一个月后到底何去何从，她还没一点头绪。

回忆过往，她的每一次决定都如此冲动，高考志愿、大学恋爱、出国读研，还有之后的结婚、怀孕，都伴有一些自我意识过剩的心血来潮。

但她也清楚，这种心血来潮的资本，是因为她没有后顾之忧，即便万丈跌落也必定有家人撑腰。

思及此，岑矜赶忙给父亲打了个电话。

对面接得很快，岑矜甜*丝丝*地喊道："爸！"

那边也应得中气十足："嗯——"

"谢谢你。"岑矜说，"今天那小孩已经开始上课了。"

岑父语气欣慰道："好、好，这样你也能放心了。"

岑矜叹了口气，说："爸，妈妈怎么样，还在生我气吗？"

"气呢。"父亲话里带笑，"睡前还跟我说了你一通。"

岑矜垂眼，盯着自己睡裙上的一小块花纹，"帮我跟她说声抱歉，我给她发了微信，她没回我。"

"哪会真的跟你气？妈妈跟女儿没有隔夜仇的。"岑父笑她多虑，"你妈好得很，多关心自己。这两天还在休息吗？"

岑矜说："没，今天上班了。"

"见到吴复了？"

"见到了。"岑矜决心坦白，"我准备离职了。"

"啊？"父亲有一瞬诧异，但很快理解，他刻意使语气平缓妥帖，"行吧，都这样了再待在原来的单位也难受。"

但岑矜听得明明白白，她抬手猛搓额角，好像这样才能把汹涌而来的酸楚给驱离似的，"我可能真的要离婚了。"

她哽咽道："感觉自己白活了这么多年，一事无成。"

"瞎讲！"岑父声音急了些，"刚帮人家小孩念上书，光这件事，就能在你的功德簿上记上重重的一笔，怎么就一事无成了？"

岑矜语速因焦虑而变快："今天我问老板，选吴复还是选我，他选了吴复。我就是比他差劲。"

岑父回道："他比你多两年工作经验，职位比你高，要担负的责任也更多，你这个问题的预设就不在同一起点，没有可比性，我要是你们领导我也选吴复。"

"我知道，可就是太真实了。"岑矜深而轻地吸气，"我活得太轻松了，不是吗？"

"矜矜，女儿。"听筒那头传来轻轻的叹息，"你不要因为这些事全盘否定自己，生活不可能一帆风顺，工作不顺心可以再换，婚姻让你痛苦也可以结束。最重要的是敢于选择，你这些年都在做选择，也都为自己的选择负起了责任。你没错，这不是你的问题。"

岑矜用手背使劲擦拭着湿漉漉的左脸，带着哭腔一股脑往外倾倒，"可我不想跟吴复分开……爸爸，我不想离开他……我不知道是习惯了还是还爱他，一想到不能再跟他一起生活，甚至不能再跟他说话，我就觉得不适应，难以接受，为什么我不能洒脱一点呢？我知道已经无法挽回了，清楚结果已经是这样了，没办法再回到过去了。但我真的受不了，受不了这段关系要这样收尾，受不了我是被放弃的那一个……"

每每想起这些，她都觉得自己碎成了一抔齑粉，再也拼凑不起来。

短暂沉默过后，岑父也很无奈，"我也帮不了你，婚姻是双向选择。"

婚姻是双向选择，谁不知道呢。

一座吊桥有两根桩基，无论哪根抽离，就是穷途末路了。

岑矜做了个漫长的梦，有一年她与吴复去山间度假，那里有条玻璃栈道。她恐高，一步都不敢迈，吴复宽慰无果，就背起了她。

她扒着他的肩膀哇哇大叫："我们这样会不会压强很大，让玻璃开裂掉下去啊？"

吴复道："那就死一起好了，反正老了之后也要合葬的。"

她不依，腿乱扭，执意要下来。

吴复放开了，回身对她笑道："这么贪生怕死？"

她不答，只把手递给他，气鼓鼓说："你牵好。"

那一天，她与他十指交扣，走完了全程。

但梦里的结尾，是她手一空，吴复突然不见踪影，整个栈道也在刹那间空无一人。四面环绕的黝黑的山川如鬼祟一般将她笼在其中，她恐惧不已，大声嘶喊他的名字。

岑矜被惊醒，背后有汗，面颊冰冷，她轻轻摸了下脸，一手的泪。

她捻去指腹的泪渍，眼神空洞地盯了会儿吊灯，而后蜷起身体，极度压抑地低泣起来。

到底是现实恍若一梦，还是梦境映衬现实？岑矜无从得知，她只知道，往后的日子都是煎熬，不知多久才能结束。

每一天，岑矜都在绝望而热切地期盼。

每一天，她都避免与吴复有正面接触。

不知是谁走漏风声，公司同事多少听说了二人的变故，没人再拿他俩的关系逗趣。

那天中午的冲突影响甚微，他们团队成功拿下醇脆项目，吴复忙得不可开交，每天大会小会一堆，岑矜虽身在工位，却早已游离于团体之外。

她已经物色好下家，是家新锐广告公司，主做社交的，近两年风头正盛，业内口碑极佳。

应聘的职位是资深文案，但她也表达了想要往策划方向转型的需求。

岑矜先前在人际方面有些疏懒，只喜欢坐在电脑跟前咬文嚼字，现在却有了打破舒适圈的意向。

岑矜的个人能力不赖，之前参与的项目都是大品牌，手持不少漂亮案例，所以面试还算顺利。询问过最快到岗时间后，对方表示期待她的加入。

每天虽说是度日如年，但一晃也挨到了周末。

周六晚六点多，岑矜准时下班。

她坐进驾驶座，如出狱般松了口气，但很快拥堵又让车变成磨蹭的铁罐。好不容易熬完下班这段路，岑矜开进小区，停在快递柜前取东西。

岑矜把一堆快件搬进后备厢，打开淘宝一一清点，唯独有一个盒子无法对号入座。

岑矜瞥了眼单号，想起是之前商场缺货的那双鞋。

一个疏忽几天的名字呼之欲出，岑矜取出手机，看了眼时间。

她阖上后备厢，重新回到车里，掉头驶出小区。


李雾坐在书桌前，撑头算着一道几何大题。

下午一放学，室友就欢呼雀跃，各回各家。这会儿只剩林弘朗在收拾东西。

他边哼歌边把作业往挎包里揣，制造出细碎响动。李雾听在耳里，一时有些浮躁。

临行前，林弘朗奇怪地看了眼李雾，"你不回去吗？"

李雾瞄他一眼，低低"嗯"了声。

"我先走了啊。"林弘朗拉上包链，将它一下甩到肩头，"明晚见。"

李雾颔首，"好，再见。"

林弘朗一走，宿舍里只剩下他一个人。

李雾怕费电，把顶灯关了，改换台灯照明。灯光把他瘦长黯淡的影子斜斜地打到门板上，他用余光瞥见那个影子，倏地就无法再往下书写。

他搁下笔，半晌又将它捡起，夹在指间晃动两下。

几秒后，少年再次搁笔，倒向椅背，整个上身也随之垮下来。

他眼睑微垂，目光散漫了些，就瞧着那支笔在纸上滚远，渐停。

他抬起一只手，从抽屉里拿出手机，点开讯息界面。

聊天内容还停留在那个夜晚，他入学的第一天。

之后岑矜再没联系过他。

李雾抿了下唇，刚要把手机摆回原处，它突然在手里振起来。

看见来电人的名字，他心跳陡然加快，忙不迭按下通话键。

"喂，李雾？"

女人语气平平淡淡，却足以让他的周遭增亮十度。

"嗯。"少年顿了下，"是我。"

"晚上有自习吗？"

"没有。"

"放假了是吗？"

"嗯。"

"我在你学校正门，收拾下东西过来吧。"

"啊……"一种出乎意料的狂喜喷薄而出，瞬间将他淹没，他反应迟钝起来，无法及时应对。

"啊什么？"女人声调扬高了些，"周末了，不回家吗？"

家。

家……

李雾挂了电话，旋即起身，把书本、试卷快速往包里塞，检查过门窗，跑出宿舍楼。

夜气清凉，往他肺里汹涌地灌着，身后的书包也哐当作响，不断撞击他的背脊，可少年好似浑然不知，一路往校门飞奔，笑容怎么也收不住。

## 15

岑矜坐在车内，出神地盯着不远处的校训石碑，不一会儿，暮色中跑来一道人影。

她眯眼辨认了下，果真是李雾。

是她的错觉吗，这才几天没见，李雾似乎又长高了点。

但变化最明显的还是他周身弥散出来的气息，刚来那两天，他低迷、沉闷、难以适应，但这会儿好多了，他不再那么紧绷，那种汩汩涌动的朝气老远就能感觉出来。

他看起来跟校内陆续走出的男高中生已无太大差距。

岑矜弯眼，打了两下双闪吸引他的注意。

少年步伐一顿，慢了下来。他朝这看，眸子黑而亮。

岑矜降下副驾驶的窗户，冲他招了下手。

所有兴高采烈及时收敛，李雾抿了下唇，走过去。

他停在外边，微微喘气，胸腔起伏，眼睛一眨不眨地看她。

岑矜蹙眉，"上车。"

李雾回过神来，拉门坐了进去。

车里有股浓郁的鲜香味，他没忍住动了下鼻端。

"还没吃晚饭吧？"岑矜不着急打火，从杯架里提出一杯关东煮，递给他，"旁边便利店买的，你先垫垫肚子。"

李雾接过去，问："你吃了吗？"

从接触他到现在，这是他第一次反问自己，岑矜讶然，也问："怎么，你要请我啊？"

李雾稍有怔忪，眼睛看向别处，不吭一声。

岑矜不再拿他逗趣，"我不饿，你先把里面的吃了，吃完我再看看去哪吃正餐。"

"嗯。"李雾老老实实地把一串肉丸子塞进嘴里。

抬手时，他腕上的电子表露出一角，从岑矜眼皮底下一闪而过。

她瞧见了，欣然发问："手表好用吗？"

李雾急于回话，忙将丸子挤到腮帮里，含糊不清道："好用。"

他脸颊鼓出一块，有种滑稽的可爱，岑矜看得想笑，"吃吧。"

少年认真咀嚼起来。

岑矜发现，看李雾吃东西，好像比看那些吃播视频还要……下饭？毕竟吃播都带有无法避免的浮夸，但李雾不一样，他吃得真诚，乃至于虔诚。

少年侧目瞟来一眼，他眉心极快地蹙了下，头接着埋去别处。

虽幅度甚微，但岑矜还是全看在眼里，她会心一笑，"好了，你吃你的，我不看了。"

她转脸拨弄手机，看手机里的消息。屏幕将她的脸映得莹白。

李雾用余光轻扫过去，而后抬手，搓了下自己略烫的耳朵。

等李雾吃完，车才上路。

岑矜关心起他的学习情况，"怎么样，上课吃力吗？"

"还好。"李雾坦诚道。

他没有打肿脸充胖子，一直在努力追赶。虽有课程落后，但不是空出一大截，只要肯挤出时间恶补，还是能顺利跟上的。

岑矜又问："任课老师呢？"

"比以前学校的好。"

"废话。"

李雾无法反驳，这确实是句废话。

"这几天有没有碰到过齐老师？"

李雾说："课间见过一次。"

"有跟他打招呼吗？"

"嗯。"李雾语气略微发飘。一周以来，他大部分时间都闷在班里，出去一趟也目不斜视，几乎不与人目光接触，还是齐老师迎面先认出他来，他才给予回应的。

"宿舍生活呢，室友人应该不错吧？"岑矜对寝室环境还是耿耿于怀，"做朋友可以，但别被同化，还是得爱干净。"

说到这里，岑矜不由得想起前年第一次到李雾家。

那间房子家徒四壁，但被收拾得相当整洁。李雾爷爷也被照顾得很好，面部不见污斑。李雾曾端来两碗清水，他的指甲干净整齐，这在他们考察过的孩子里相当少见。一般孩子穷到一定程度根本无瑕或不在乎这些，但李雾不同，即便身陷囹圄，他也有自己的坚持与傲骨。

一些回忆就这么涌现出来，岑矜以为自己不可能记住。毕竟那一天的她，全程不语，更别提碰那碗水。

思及此，她又瞥了眼李雾握着关东煮杯的手指，瘦长且骨节分明，指甲仍修剪得一丝不苟。

岑矜感慨地长叹一息，语气放柔道："在学校有什么让你不舒服的地方，一定要跟我讲。"

李雾说："好。"

"如果我有让你不舒服的地方，你也要告诉我、提醒我，行吗？"她宛若约定地说。

李雾不说话了。

"看来是有？"岑矜侧目，并不意外他的反应。有些事上，她的确喜欢咄咄相逼。

李雾大脑短暂空白过后，说："没有。"

明明应该有的，某一时刻，他有所抵触，有所抗争，但现在一点都记不起来了。

岑矜轻笑一声，"拍马屁呢？"

"但是……"她没忍住给自己脸上贴金，"遇到我算你走运。"

李雾轻嗯一声，极浅地勾唇。

岑矜生出久违的惬意，"待会儿想吃什么？"

她又说："我知道你不挑，但应该也有那种很想吃的吧，从小就向往的？"

李雾不语，又摆出那副闷样。

岑矜瞥他，知道他说不上来，便趁着等红灯的间隙，调出手机里的美食应用软件。

她目不斜视，单手把手机递出去，"上面有店，你自己挑，喜欢的点进去给我就行。"

李雾接过，没有立刻依她所言。

岑矜扬眉，"这次把选择权交给你。"

李雾愣了愣，挑眼看她，短短一下。

见他还不动，岑矜改口："我有选择困难症，请你帮个忙。"

李雾总算开始划屏。

"跟小孩说话真累。"岑矜呼气，好似终于吸到氧气。

李雾的手指在屏幕上停了会儿，尝试提出建议："你做决定就行了……"

"我不要。"女人快速回道。

李雾闭嘴了。

跟大人说话真累。


李雾最后挑的地方是一家家常菜馆，人均不贵，不在寸土寸金的商业街，是个巷子深处的苍蝇馆子。

岑矜反复确认道："确定吗？这家？"

她以为他会选快餐店这些很能满足孩子的假期仪式感的地方。

李雾点头。

"好。"她打开导航。

饭馆位置不算太偏，只是停车之后还要走上一段石砖路。

这里环境比岑矜想象中要好，面积虽小，店内布置却格外用心，兼具烟火气与人情味。

上菜之后，岑矜尝了口，眼睛一亮夸道："你还挺会选。"

李雾不自在地揉了下鼻子。

只能说七分努力，三分运气，他挑得比测验还仔细，把价格、地址、评价全都筛了个遍，才定的这家店。但在得到岑矜认可前，他也是不安的。

好在她还算喜欢。李雾扬眼，留心她更多的反应。

不想女人也刚好看回来，还夹着一大坨肉，丢进自己碗里。

"吃啊。"岑矜下巴一抬。

李雾忙把它放进嘴里，心不在焉地嚼着。

"不好吃吗？"她目光炯炯，发现他在分神，自己夹了一筷子接着试，"这肉烧得不错啊。"

李雾硬着头皮点头。

岑矜注意到墙角的饮料筐，"汽水喝吗？"

男孩子都爱喝这些，她是过来人，她知道。

李雾摇了下头。

岑矜抿抿唇，招呼人，"老板，给我拿瓶雪碧。"

"一瓶吗？你……"柜后的女人望望他俩，稍一斟酌，"还有啤酒、王老吉，要不要？"

岑矜斜了眼李雾，"不是，我弟喝。"

少年动筷子的手顿住。

老板笑道："还有冰的。"

"就常温吧。"

老板拿了雪碧，走到他们这边，麻溜地就着木桌边"砰"一声开盖。

瓶内的气泡滋滋上涌，甜气四溢。

岑矜接过，将吸管插进去，摆在一边，没动。

等老板背身离去，她才将汽水瓶推到李雾肘边，继续吃自己的。女人面无波澜，甚至平静得有一种好整以暇的意味。

李雾把雪碧揽过来，吸了一口，沁人心脾。他脑袋低着，突然低笑，不知笑什么，大约是笑自己。

岑矜挑唇，也跟着忍俊不禁，"不是不喝吗？"

"不想让你多花钱。"李雾正色道。

"这才几块钱。"岑矜不以为意，"小时候喝过吗？"

"喝过。"

"跟那时候味道一样吗？"

"嗯。"


晚饭后两人回到家，岑矜安排李雾去书房做作业，自己回了卧室。她四仰八叉地躺回床上，身心舒畅。上班时的憋屈一扫而空，人果然还是要转移注意力的。

岑矜握起手机，看到一条微信新消息。

她点进去，是妈妈的回复。

**老妈：**听你爸说你要离职了？

发信息时间就在三分钟前。

岑矜赶紧坐正回复。

**岑矜：**是。

她故意撒娇地追了一句。

**岑矜：**您不气我了呀？

老妈懒得打字，回了段语音，还是没好气，"气有什么用，气了你就听话了？"

**岑矜：**是啊，听话是不可能听话的，这辈子都不可能听话的。

她的嬉皮笑脸让岑母不气反笑，恩怨一笔勾销，"小孩现在怎么样？"

岑矜索性打语音回去，"托我爸的福，有学上了，今天周末我就把他接我这来了，他一个人待学校太可怜了。"

"你就是心肠太软。"老妈似是想起旧事，"吴复条件也不怎么样，你非要跟他结婚，现在倒好，现在被踹出门的却是你。"

"什么啊，是我自己走的好吗？"岑矜对妈妈的形容颇有异议。

"房子呢，那么好的房子不能就这样白送他吧，首付跟装修钱基本是我们家出的，他还贷才还多久。"

"再说吧，这几天公司忙，他可能根本顾不上这事，我已经把他微信删了。"

"你几岁啊，还删人。"岑母无法理解，又严厉告诫，"找个律师帮你看着点，你自己也放灵光，别又脑子不清醒。"

"知道了。"岑矜听得心烦起来，刚把这事抛却脑后，又被老妈拎回眼前。

婚姻里这些千丝万缕、细枝末节，真是让人厌烦透了。

她转移话题道："妈，你知道吗，我这几天有了个新感悟。"

"什么？"岑母嫌弃，"你哪来这么多感悟！"

"当妈是不容易。"岑矜啧了声，"就是跟胜州那个小孩相处后才知道的。"

## 16

临睡前，岑矜去看了眼李雾。书房门扉紧闭，次卧空无一人，看来他还在学习。

她停在书房外，叩了两下门板。

不一会儿，被人从内打开。

　　两人目光相撞，岑矜问："还在写作业？"

　　李雾怔了怔，"嗯。"

　　"这么多？"岑矜望了眼书柜高处的挂钟，"都十二点了，在学校每天也这么晚？"

　　李雾也转头看时间，"老师布置的已经写完了，在做别的。"

　　岑矜百感交集，分不清是欣慰还是心疼，"要不给你叫份消夜？"

　　李雾摇头，"不用，晚上吃很饱了。"

　　"好，冰箱里有鲜奶和面包，你要是饿了就去拿。"岑矜交代着，"我先休息了，你明天多睡会儿，我叫你起床。"

　　李雾没有拒绝，安静地点了下头。

　　岑矜转身离去，并顺手为他带上了门。

　　李雾如释重负，走回书桌。

　　之所以说如释重负，是他仍不擅长与她相处。

　　他第一次看到这种状态下的岑矜，以往她都化着妆，有张精致且充满距离感的脸，但刚刚的她素面朝天，唇几乎没有血色，眉眼淡然和顺。他无法辨别这样的她是好是坏，是褪色了还是增添了纯粹的少女感，但可以确认的是，她有着明显的脆弱感，这种脆弱感有些陌生，又引人靠近。

　　他想跟她多说些什么，让她也早点睡，或者他能自己起床这种关怀的、免于让她操劳的话语。

　　可到最后，他还是一言未发。

　　倘若他说了，明早她大概率不会叫他。

　　不知何故，他期待在有限的相处时间里，获取她更多的关注。

　　李雾坐在原处，双手狠搓一下面颊，又看了会儿墙面。上面挂着几幅冷色的油画，其中一幅是草野，仿佛能流动起来。

　　他忽然什么也做不了了，索性收起讲义，回到卧室。


　　次日，李雾醒得很早，他本就不贪觉，在浓溪念书的时候，他每天不到四点就醒了。

山野还一片黑寂的时候，他就给爷爷煮好了饭。李雾自己会吃一些，剩余的则装进不锈钢餐盒，留在爷爷床头给老人当午饭。

这种生物钟延续至今，在学校时，他也很早张开双眼。怕下床会吵醒室友，他就平躺在床上，盯着天花板，到六点半室友闹铃响起才起床。

当下亦是如此，只是面面相觑的对象变成了岑矜家的吊灯。

不知过了多久，窗缝射入一隙微光，眼看着那光愈来愈暖，愈来愈亮，门外有了动静，时近时远，似在外面来回穿行。他屏气聆听，等待许久，仍没盼来敲门的声音。

时间的维度被拉长，流动得异常迟缓。

李雾挨不住了，拿起床头的手机，才扫一眼时间，屏幕倏地黑下去，有通电话打入。

他看见名字，飞速接听。

那端一秒静默，而后不假思索地质问："你在玩手机？"

李雾大脑短路一下，否认："没有。"

"那怎么秒接？"女人端起家长的架子，"醒了不起床还偷偷躲房间玩手机吗？"

李雾百口莫辩，不得不极力自证清白："只是刚好看时间。"

那头半信半疑道："手机介意给我看看吗？"

"不介意。"李雾翻身下床，快步走出房间。

岑矜正在厨房捣鼓她新买的咖啡机，半自动的，外形复古，比之前的胶囊机更有质感，但难度也随之升级。

公寓厨房是开放式的，因而整个客厅盈满了丰厚的香气。李雾才一出来，就仿佛一脚踏进了咖啡杯里。

岑矜听见门响，停下打奶泡的手，稍稍回头打量起少年，他脸上不见一点惺忪之态，刚睡醒才有鬼。

岑矜收回视线，撇撇唇，而后抽出张湿巾慢条斯理地擦手，"手机呢？"

李雾把手机放至台面，态度冷静而诚恳。

岑矜拿起来，检查了一下主页，又翻了翻网页浏览记录，并无她揣测之中的手游软件或乱七八糟的娱乐网站。

非要吹毛求疵的话，就是那些关于"皇马"的搜索记录了。

岑矜有些意外，问："为什么搜皇马？"

李雾垂手站着，"班里总有同学问。"

岑矜这才想起那件外套上的花纹，的确含有相关信息。

她转脸看回去，"是我考虑不周，光顾着好看了，没注意衣服上……"她止声，目光停顿在他的肩膀，"怎么就穿着短袖，不冷吗？"

李雾眨了眨眼，为她的跳脱迟钝一秒。

"去把外套穿上。"岑矜把手机搁回料理台边。

李雾小跑回房，火速套上卫衣，又回来她身边，行动敏捷得像只训练有素的猎犬。

岑矜斟了杯咖啡，杯身小巧，上面涂着浅蓝色的飞鸟与花草图案。

她一手执杯，一手拿手机，把它们一同递给李雾。

李雾刚抬臂，她往回缩手，警惕地问："你咖啡因不过敏吧？"

李雾接了个空，"不知道。"

"算了。"岑矜交回到他手里，兀自嘀咕，"总要当尝螃蟹的人。"

她吩咐："端去餐桌吧，我一会儿就过去。"

李雾垂眸看看手机，又看看冒着热气的咖啡，确认自己侥幸过关。

他把手机收回裤兜，回身要走。

岑矜瞟他后背一眼，忙叫住他："等下。"

李雾驻足，刚要回头，颈部有了轻微的拉扯感。

"别动。"女人语气稍急，他忙跟中了石化咒似的僵在那里。

"帽子反了。"兴许是穿得太急，少年的卫衣兜帽还鼓在脑后，他却全然不知，岑矜伸手给他调整了一下，使其回归常态，而后不咸不淡道，"好了。"

她松开手，继续斟自己那杯咖啡。

李雾呆滞片刻，闷头快步离开原地。他的耳朵像是要被点着了似的。

李雾心不在焉地品着她亲手做的咖啡，有点苦，又很醇。他平生第一次喝到这种东西，格外珍惜地小口喝着。

没多久，岑矜端着两盘自制的西式早点过来，怕李雾用不惯刀叉，她特意带了双筷子给他。

她落座，敛目切自己跟前刚煎好的吐司片，声音不徐不疾道："醒了不起来，待床上干什么呢？"

李雾握筷子的手一停，"就躺着。"

"什么都不干？"她诧然。

"嗯。"

"不如起来看书。"

"嗯。"

岑矜不禁扬唇，每回她问东问西，李雾就自动变成一台没有感情的回答机器，也不知道有没有在心里反抗过千万次。

岑矜咳了声掩饰笑意，咽下一小块面包，"昨天几点睡的？"

"你走后没多久就睡了。"

"那就好。"她无故愉悦，"没必要熬到半夜，学习还是要讲究劳逸结合的，休息好了才更有精神学习。"

"嗯。"

"咖啡好喝吗？"她留意到他已喝掉一半的咖啡。

李雾说："好喝。"

岑矜也尝了口，自我点评："还行。"

她又问："下午什么时候晚自习？"

李雾说："六点半。"

岑矜掂量少顷，道："我四点送你回去。"

"好。"

吃完早餐，已临近中午。

日光漫入屋内，将整间房子照得静谧慵怠。

李雾又回了书房温书，岑矜则搭着毯子，窝在沙发里玩手机，还得开着静音，公放都不敢。家里多了个学生，她无法肆无忌惮，活动空间恐怕也只剩一半，最心累的是还得以身作则，不能给人家孩子错误示范。

真不可思议，她竟心甘情愿做这种牺牲。

好在他只待到下午四点。

这么一想，岑矜又有了点盼头，等李雾一走，她又能为所欲为、回归本我了。

一点多，岑矜点了份套餐送去书房，她甚至都没有进去，只在门外递给李雾，好像探监一般。

谁能想到，这个一年前还住在小土窝的小孩，会成为她书房的主人。

岑矜关上门，叹了口气，慢吞吞地挪回沙发。

她看了眼时间，枕着手躺倒，徐徐叹出口气。

人不能闲下来，一闲就容易胡思乱想。在这个发呆的空隙，岑矜的手又不自觉地点进公司微信群，开始翻看这两天吴复说过的每一句话。

都是与工作相关，掺杂着一些趣味横生的调侃。

他总是这样如鱼得水，那时在大学外联部，仅凭一己之力就拉到过不少赞助。别人问起他当中的窍门，他都笑眯眯地说出卖色相，可大家从未见他谈过一段恋爱，戏称他是一台清心寡欲的中央空调。

岑矜成了唯一的例外。

所以当他拉着她向部员们宣布恋情时，大家都很惊讶，说他藏太深。

可不是，连她自己都没看出来，原来他这么喜欢她的吗？

可为什么说不爱就不爱了呢？

岑矜可能永远也找不出答案了。因为这份感情，她甘愿当他六年的下属，甘愿在他的光芒之下，她的想法与才华都是欣然为他卖力的贡品。

好在还有二十来天，她就能彻底摆脱吴复了。哦，她差点忘了，光是离职并不能换来真正的放飞与自由，她还背负着这段名存实亡的婚姻。

思及此，岑矜点进通信簿，给吴复打电话，企图快刀斩乱麻。

逃避可耻且无用，只会把人拖延到心力消沉，斗志全失。

岑矜拨出去三次，男人都在占线状态。

看来他已经将她屏蔽，寂寥与讽刺兜头淋下。岑矜按掉通话，没有感情地笑了下，当即点进公司群，噼噼啪啪打字。

**岑矜**：吴复，什么时候办离婚手续？电话都不敢接，还怎么把我变前妻？

按下发送，岑矜分外解气地蹬开缠在腿上的毯子。她的姿势，就像一只蝴蝶，终于挣脱了冗茧。

# 17

本来聊得热火朝天的群里，一时沉寂下来。

几秒后，同事们开始起哄，女性居多。更有看热闹不嫌事大的，跟着帮她喊吴复出来。

岑矜难得舒心地笑起来，下一秒，手机里来了电话。

用头发丝都能猜出是谁，岑矜按下接听。

她仿佛手执胜者的徽章，好整以暇。

吴复的声音在耳畔响起："想干什么？"

岑矜撇了下嘴，"联系不上怎么离婚？"

男人口气居高临下，"多大了，还这么幼稚。"

"是你幼稚吧，快三十岁了，玩拉黑，是你这个岁数的男人该干出来的事吗？"岑矜溢出笑声，"怎么，去办手续还要提前预约你的档期？"

吴复也奇怪，"不是你先删我微信的，我会屏蔽你吗？伤敌一千自损八百就是你的处事态度？这样闹到群里不难看吗？"

"明显是你更难看，"她毫不让步，"反正我要离职了。"

女人的蛮横让吴复无话可说，只能转移话题道："协议看过了？"

岑矜冷然道："看或不看有什么区别，不过是份自私鬼的自白书。"

"你都不知道协议上写了什么，就在这大呼小叫？"吴复似是被她逗笑，"急不可耐地搬走，然后这么多天都躲着不肯面对，这会儿考虑明白了？开始嚷嚷了？还理直气壮跟我说协议都没看。我劝你先把协议看了，一个字一个字好好看清楚，不然这婚我也不敢离。按你间歇性发疯的脾气，没准签过字还要回头反咬我一口。"

"也有你怕的事啊。"岑矜寡着张脸，心冷得像隆冬的湖水一样。

他们一言不合就吵架，不管不顾地针锋相对，是从什么时候开始的呢？

至亲是夫妻，至疏也是夫妻，他们好像都懒得为对方考虑了，不再畏惧被这种反目的情绪裹挟，甘当仇敌。

"我不像你，吴复，我根本不在乎我能拿到多少东西，因为你缺的我都有，你不缺的我也有，我跟你在一起什么都不图，而你跟我在一起就未必了。看完协议让你净身出户，你愿意吗？"

岑矜完全不在意了，哪怕去碾碎一个男人的自尊。

电话那端寂静几秒，音色平缓了。好像乌云密布的天，终究激不下一滴雨，"感受到了吗，你给人的压迫？你的高人一等，绝不示弱。你总是臆测我，指摘我。那件事之后，你动不动就认为我出轨，认为我因为孩子的事情对你有了偏见，可我到底为什么跟你在一起，又到底为什么要跟你分开，你还不清楚吗？"

"可我又是为什么跟你在一起？当年顶着父母的压力拼尽全力也要跟你结婚，现在看来不是白费劲是什么，先提离婚的是你，难道我还要感谢你？"岑矜的口腔很干，她狠狠下压着喉咙，"你是出息了，可对我而言也什么都不是了。吴复，认清你自己，你一点也不无辜，不要把自己摆在受害者的位置。"

岑矜停顿一下，"更何况，以前的我也这样，我一直是我，那会儿你能忍受，现在就受不了了？不要为自己的变心找那么多站不住脚的借口。"

"你以前真是这样吗？"吴复没有迟疑地反驳，好像早就忘光了妻子过去的模样。但他并不激烈，相反格外平静，"也许我们都变了，这段婚姻走不下去，我们双方都有原因。"

岑矜狠咬着牙道："是的，烦请你不要一直问责于我，坚持'一个巴掌拍不响'理论的人始终是你。"

男人声音略显疲倦，急求画一个句点，"够了。我不想再跟你继续这种无意义的争吵，这种相互责备从去年开始就没停下来过。我待会儿会重新加你微信，你通过一下，我把协议的电子版传给你，你仔细看一看，有不同意的地方就圈出来，我们再商量。岑矜，我没你想得那么不堪，我只希望我们好聚好散。"

话音刚落，吴复挂了电话。

客厅瞬时死寂。

岑矜环住靠枕，好像抱住了一张盾牌，可以帮她抵御一些本不存在却足以让她浑身冰凉的无形袭击。她眼眶慢慢"涨潮"，要委屈死了，愤懑死了，明明吴复是叛逃者，为什么到头来反倒视她为屠灭爱情的刽子手？

岑矜用手腕拭去眼角的湿润，打开微信，同意了吴复的好友申请。

下一刻，离婚协议书的传送提醒弹跳出来。

她点下接收，死抿着唇，一页页看起来。

吴复的离婚协议条理清晰，公正合理，足以裱进律所当范文。可也是这样无可挑剔的一份协议，仿佛一把磋磨许久的刀，就这样切下来，只为与她彻底划清界限。

岑矜关掉协议书，去看他们的聊天界面。

整面屏幕没有一个字，没有一句话，说什么都是多余，这就是他们的婚姻现状。

可曾几何时，他们是那样心有灵犀，无话不谈。即使是异国恋那段最难熬的日子，他也会含笑盯着她在视频里挤眉弄眼，好像看一夜都不会腻。

太讽刺了，这些或喜或悲、或气或笑的鲜活时光，到头来只是一个文档。

岑矜吐出一口气，关掉页面，而后精疲力竭地侧头栽向沙发。

李雾设了个三点五十分的闹铃，提醒自己及早收拾东西，好在四点准时出发返校，不耽误岑矜的工夫。

但等了近一刻钟，女人还是没来叫他。

李雾离开书桌，轻轻打开书房的门。

他走回客厅，率先映入眼帘的是沙发上阖目而眠的岑矜，她的姿态并不舒展，相反有些戒备，手里搭着个靠枕，一部分毛毯滑到地上，好像淌落的咖啡。

她睡着的状态跟那晚在车里的很像，有种苍白与空灵之感。

李雾无声无息看了一会儿，走过去，捡起地上的毯子，小心翼翼地搭到她身上。

可惜岑矜睡得不沉，她在轻微的触碰里转醒，下一刻就抬起了眼皮。

她对上少年的视线，后者似被当场抓包一般急忙直起上身，喉头滑头，有点不安。

岑矜眼神聚起焦来，撇开抱枕问："几点了？"她完全没注意到身上多出来的盖毯。

"四点十五。"李雾说。

"啊？"女人木了下，才后知后觉地抓头发，从沙发上弹起。她一下子离他好近，李雾的眼睛眨动两下，下意识后退半步。他目光闪避，只用耳朵捕捉着她的哈欠和自言自语的嘟哝："还要去学校，差点忘了……"

岑矜打算绕过他去洗脸，李雾也跟着让，两人方向想到一起，岑矜直接被挡住。

岑矜当即换边，他也忙着变，结局如出一辙，历史总是如此相似。

岑矜顿足，盯着面前这堵人墙，冷声问："这是在干吗？"

李雾赶紧侧身，让开大片空间，"不是故意的。"

岑矜不言，快步走回卧室。她明显情绪不佳。

李雾长舒一口气。

去学校路上，岑矜冰着脸开车，一言未发。李雾性子内敛，更别提主动开腔。

路过一条小吃街时，浓郁的鲜辣味飘进车厢里，岑矜匆匆往外瞥了眼，终于发话："要不要买点吃的带去宿舍？"

李雾立即道："不用了。"

"晚自习前还来得及去食堂吗？"她问。

李雾说："肯定来得及。"

她凉飕飕地勾唇，"你们男的还真自信。"

女人莫名的话里有话，李雾完全摸不着头脑，只能解释说："来不及也可以课间买。"

"哦。"岑矜应得不咸不淡。

这一刻，李雾醒悟过来，他被迁怒了。

下午待在书房时，他就隐隐听见岑矜在客厅打电话，语气不快，应该是与人起了争执。但她家隔音效果太好，女人声音宛若隔着深水，他也没有窃听的癖好，每个人都应当有秘密。

李雾不明所以，沉闷下来，不想再给岑矜添乱。

身侧气压陡低，岑矜感受到了。

因为自己的坏心情，她已经多次误伤到这个男孩了。他明明才是这段婚姻里最无辜的受害者。岑矜的心隐隐作痛，赶忙整理好面色，同他寒暄："你们食堂吃得怎么样呢？"

"比之前学校好多了。"李雾坦诚回道。宜中食堂菜色丰富，应有尽有，不像他之前就读的县高，很多时候是学生自己带米带菜，然后支起一口铁锅，乱炖一气，将就饱腹。

岑矜又问："每天都吃些什么？"

李雾想了想，给不出具体答案，"饭……菜。"讲完也被自己滞住，噤声不语。

岑矜同样无言以对。

岑矜斜了眼他清晰到扎眼的下颌线，"以后每周回来称重。"

"称重？"李雾完全跟不上她这些突如其来的要求。

"嗯。"岑矜的态度如下达指示，"把体重数据记下来，我要看到你长肉。"

"嗯。"李雾心猿意马地应着，大脑早已被"每周回来"四个字带偏，人不自知的振奋，连自己被形容得像养猪一样也无知无觉。

他扬唇看向窗外，生怕岑矜有所察觉。

红灯时，岑矜瞄见他略鼓的左脸颊，问："你笑什么？"

那块少年气的"膘"在顷刻间平整下去，再无动静。

岑矜只是随口一问，并不确定李雾到底是在笑，还是不服气地绷唇。她想起吴复形容她的词，再次看向少年的后脑勺，"李雾，我会给你压迫感吗？"

视线里，男生的肩膀有一刻僵滞，但他很快否认："不会。"

"还是有的吧？"这个微动作再明显不过，她无法视而不见，"跟我讲真话。"

李雾回过头，语气分外笃定："是真话。"

他浓黑的眼睛完全不像在骗人。

余光里，绿灯亮了。

岑矜重新正视前方，弯了弯唇，声音也松散不少："好，那我暂且假装相信。"

## *18*

李雾到校时还不到五点，屋里没开灯，室友好像一个都没来。他环顾一周，把包挂到椅背，刚要抽本书出来，阳台厕所突然传出吼叫："谁啊？谁来了？"

李雾被惊得一顿，辨出是成睿的嗓音，也适当抬声回道："是我，李雾。"

"哦！你啊！"成睿说，"我也刚来，在拉屎！你要用厕所吗？我可以速战速决。"

李雾静默两秒，"不用。"

成睿似乎没有就此结束对话的打算，"你回家了啊？"

李雾道："对。"

成睿又问："你家有亲戚在宜市？"

李雾不懂他为什么要在那种环境里像对山歌一样跟他搭话，解决完了出来说不好吗？他不再作声，坐回书桌前，掀开物理题册。

"李雾？"成睿不依不饶。

李雾撑住额角，太阳穴隐隐作痛。

"你怎么不理我啊——"

李雾忍无可忍，"你好好拉。"

"还凶我！"成睿嗔道，"你别被林弘朗同化啊！理我一下吧，蹲着很无聊好不好！"

李雾呼了口气，问："你手机呢？"

"摆桌上充电呢。"成睿提出无理要求，"你去看看几格电了，把它拿给我。"

李雾立刻装凭空消失。

过了会儿，成睿总算出来了。他走回自己床下，面色有种刻意的低沉，声音也没好气，"李雾，我真是错看你了，我还以为你跟他们不一样。"

李雾转了下笔，侧头看他，"对不起。"

这次换成睿被堵，他让他道歉了吗？

他这位新室友长得很不错，尤其眼睛，总自带忧郁天真，很深又很纯，能瞧得人无故自责起来。

成睿嬉皮笑脸道："我开玩笑呢。"

他又问："你吃过饭了吗？"

李雾回："还没。"

成睿发出邀请，下巴朝门摆高，"我也没有，一会儿一起？"

李雾说："好。"

趁其他人不在，成睿决定去剖开他的身世之谜，毕竟他对李雾好奇已久。

男生当机立断把椅子拖过去，停在他身旁，等他视线一转来自己脸上，成睿就压低声音问："李雾，你是不是家里出事了，然后被你亲戚收养才转学过来的？我绝对不告诉别人。"

李雾顿了下，不知如何回答，但想想他说得也大差不差，就点了下头。

成睿磨了下后槽牙，自负于自个儿的侦查能力："我就知道，我太聪明了！福尔摩睿。"

李雾面无表情，瞥了他一眼。

"你亲戚对你是不是不太好啊？"

李雾说："对我很好。"

"那你怎么老去贫困生窗口买饭？"成睿断言，"肯定是不给你钱用。"

"不是。"他斩钉截铁，甚至带了点逼迫，"别乱说。"

成睿不懂他为何突然严肃，还一副要生气的样子，委屈巴巴地觑他一眼，"我也是作为好兄弟心疼你，今晚我请你吃吧。"

"不用。"他转回去看书。

"书呆子。"成睿撇嘴，划船一样把椅子滑回去，跟地面擦出尖锐的声响，以示不满。

李雾蹙了下眉，继续读题，静了一会儿，他长吸一口气，主动与成睿说话："今晚我请你。"

成睿受宠若惊道："真的？"而后又小声问，"吃贫困生窗口吗？"

李雾说："不是。"

成睿抚胸，笑容真诚，"好嘞！"

从食堂出来，他们又去了趟小卖部，成睿投桃报李，请李雾喝饮料，他一口气喝下半听可乐，打着饱嗝，强行跟李雾勾肩搭背。他比李雾矮了一头，像是挂在他肩上似的。

他们的兄弟情在刚刚的交心谈话跟私人饭局上得到了质的飞跃——成睿单方面这样认为。

而李雾微锁着眉，有些分神，似乎在盘算什么。

天色已晚，太阳谢幕，回巢的鸽群划过霞与夜的交界处。

他们回到寝室，林弘朗已经到了。

他赤膊坐在椅子上，垂首端详自己的腹部，还把它弄得一张一弛。

"变态啊。"成睿一进门就夸张地大叫。

林弘朗爆了句脏话，直接攥了个纸团砸他。

成睿灵巧避开，"你在干吗？"

林弘朗套上短袖，自鸣得意起来："我昨天洗澡，发现自己好像有腹肌。"

"没看出来。"成睿越过他，"我去找找放大镜。"

林弘朗懒得搭理，看向立在书桌前瘦高挺拔的李雾，突然起了较量的心思，问道："李雾，你有吗？"

"什么？"李雾望向他。

"人家肯定有啊，这年头谁没个腹肌啊。"成睿帮李雾灭林弘朗的威风。

林弘朗昂起脑袋，直勾勾地看着他，"腹肌，有吗？"

李雾还琢磨着下周要怎么省吃俭用才能将请成睿的这顿找补回来，只说："不知道。"

"看下不就知道了。"

成睿眼珠在他俩身上来回转悠，唯恐天下不乱，"就是！李雾！是骡子是马，拉出来遛遛！"

李雾一脸疑问，"为什么要看这个？"

"你好装啊。"林弘朗不屑，"就看看，都是大老爷们看看怎么了？有就有，没有就没有，磨磨叽叽的干吗？"

李雾只想尽快结束这些纠缠，好让他静心理账，便直接单手掀起卫衣下摆。

整间寝室鸦雀无声。

李雾未曾关注过这些，不清楚自己到底有没有，抿了下唇问："有吗？"

他语气透出些微不耐烦，但在外人听来，就是隐含挑衅的意味。

成睿目瞪口呆，海豹式鼓掌，一个字称赞道："牛。"

林弘朗沉寂片刻，干巴巴道："也就跟我彼此彼此。"

成睿笑起来，嘲讽的意味不言而喻。

"笑什么！"林弘朗瞬间暴跳如雷。

李雾松开手，暗吁口气，终于能坐回去专心盘账了。


翌日，岑矜很早就到了公司。同事们可能又熬了大夜，放眼望去几乎不见人，而这阵子她在做工作交接，手头的任务锐减，人落得清闲，过上了早睡早起的公务员生活。

刚刷卡进去，前台说有她的东西，之后就从后边抱了束花出来。

花的包装很眼熟，是岑矜一直订周花的花店送来的。她接过去，皱了下眉，打开微信，给花店发消息，问是不是搞错了，她上周已经退了。

老板回得很快。

**老板**：是以我个人名义送的。

岑矜愣了下。

岑矜：是什么花？

老板：忘忧草。

岑矜抿唇笑起来。

岑矜：我新东家离这不远，不会跑掉的。

老板：姐姐，你也太俗了，我难道只是为了留客？

岑矜内心有几分告慰。

岑矜：无论如何，谢谢。

老板：不客气。

岑矜熄了屏幕，将那束花插进玻璃瓶，放在固定位置。

入座后，岑矜搭着下巴，凝视起这束花，它就像一团明黄的火焰，点燃了这片消沉已久的狭小天地。

也点燃了她。

她取出嵌于花丛的卡片，掀开。

上面是一行小字"何以忘忧，不困于心"。

岑矜垂眸，真真正正笑起来，她完全没想到，有一天她也会为这种"鸡汤"热泪盈眶。

之后几天，岑矜强迫自己跳出主观情绪，直面同事的目光，甚至与吴复对视，哪怕他们言语寥寥，一天都说不上几个字。

当她不再给自己画地为牢，这段日子好像就没有预想得那么煎熬。

在这期间，岑矜找了认识的律师朋友帮忙复核协议，确定离婚日期后，她去征求吴复意见，男人似乎有些异议，说那天刚好有工作，让她再做安排。

他们的聊天不再激烈，相互撕咬，字里行间理性得仿佛在进行一场友好的圆桌会议。

这种状态说不上来。岑矜只觉得抽离，她目睹着身体里的另一个自己——或许是一个更强悍也更坚韧的自己，又或许是一个完全心灰意冷的自己，在帮助和推动她完成这些。可这也不是逞能，而是麻木，无关痛痒。

亲朋好友都关切地留意她的动向，并盛赞她干净利落，给她安上各种好听的头衔，但她却没办法从中汲取任何慰藉与成就。

岑矜只能将其形容为，励志其外，致"郁"其中。

一个傍晚，岑矜提早下班，约了朋友出去聚餐。

朋友名叫春畅，文艺得好似笔名，当初岑矜也是被这个名字吸引，才有了与她深交的想法。她们就读于同校同系同专业，大学时就住同一栋宿舍楼，工作后又在同一间写字楼，二人的缘分不言而喻。

两人约在大堂碰面，刚到一层，岑矜就远远看见春畅。

她背对自己在玩手机，并未注意这边。

岑矜窃笑一下，打开微信，拉长腔调给她发语音："回——头——"

女人似乎看了微信，下一刻就转过头，冲岑矜灿烂一笑，随后飞扑而至，给了她一个热情的熊抱。

岑矜抵开她，"够了啊。"

"宝贝！"春畅拉住她两只手，上下打量，"让我看看你怎么样了。"

"挺好。"岑矜轻描淡写，"没缺胳膊少腿。"

春畅笑出声来，"那就行，还能自个儿吃，不用人喂。"话落猛拍她后背一下，"走，想吃什么，今天姐姐请客。"

岑矜乜她一眼，"想吃那个人均一千二的海鲜火锅。"

春畅岔了下气，咬牙道："行！走！"

吃完火锅，她们还去清吧听歌，喝了点小酒解闷。

晚上十点多，岑矜已然微醺，索性把车丢在公司，跟朋友一道打车回府。

夜景流晃，沿途她取出手机看了眼，就见李雾发来消息说他已经领到校服。

岑矜敛眼打字。

**岑矜：试过了吗？合不合身？**

李雾回了个"嗯"。

岑矜想起那天的买鞋风波，不大相信。

岑矜：方便让你室友拍照给我看下吗？

李雾：……

这串省略号让岑矜"闻"出了反抗的意思，可惜酒劲作祟，她不甘心作罢。

岑矜：怎么了，不愿意吗？

那边再无动静。

半晌，简讯框里传来一张照片。

岑矜点开，男生身着蓝白校服，干净而挺拔，夸一声小白杨也不为过。只是他神态姿势俱不舒展，浑身上下都在诠释八个字——别别扭扭，皱皱巴巴。

岑矜手背抵唇，嗤嗤地轻笑起来。

春畅见她对手机笑得旁若无人，也将脑袋凑过来，"看什么呢？"

下一秒她惊呼："嚯，这谁啊？"

岑矜睫毛微挑，懒懒地吐出三个字："我儿子。"

## 19

"你儿子？"春畅有些不可置信，"你开始追星了？"

岑矜把手机抬高了点端详，"至于吗，他也能媲美明星？"

她不可思议地扬声，却完全没发现，自己说这些话时抖出来的得意。

春畅又贴过来，"我刚才没看仔细，但粗粗一扫着实不错。"她试图抢夺手机，"再给我看看！让我认真看看！"

岑矜扬手避了下，本不想给，无奈友人的眼神过于可怜，她拿她没辙，把手机赏了过去。

春畅兴冲冲捧过，盯着李雾的照片，放大又缩小，缩小又放大，研究细胞成分般琢磨了好一阵他的五官和身材，而后嘶出口气，"可以啊……个子也高。"

她脑袋越垂越低，眼珠几乎要贴上手机。

岑矜摸了下眉梢，嫌弃道："有点过了啊。"

"不是。"春畅端正坐姿，笑容盈盈，"我多久没见过穿校服的小帅哥了，你就体谅下老阿姨吧。"

岑矜把手机抽回来，揣进兜里，"你们杂志不拍帅哥？天天能见到明星男模的好吧。"

"你不懂，那些基本都是包装过的帅哥，这个一看就好纯，那个眉眼，绝了。"春畅还在回味，末了不忘回归重点，"不过这个帅弟弟是谁？"

岑矜一顿，不知从何说起。

见她神情稍滞，春畅指她，笑意诡秘。

岑矜与她对视，"你还记得前年我跟你说过的资助小孩的事吗？"

"嗯，你跟我骂了三天三夜。"

岑矜轻叹一声，道："照片里的就是那小孩，他家里出了点事，我帮他转来宜中念书了。"

"这算捡到宝吗？这小孩之前就这么好看？"春畅啧啧称奇。

"这不是重点，谢谢。"

"所以他现在跟你住一起？"春畅眉毛抬老高，一惊一乍，"啊！天哪！"

"人家住校。"

临睡前，岑矜突然想起还没回李雾短信，点进消息界面。

方才春畅的大呼小叫还绕梁不绝，她打开这张相片，重新审视起来。

李雾长相不赖这件事岑矜一直清楚，但也没到春畅口中形容得那么夸张。

兴许是闺蜜那些绕耳的溢美之词有了效果，此时相片里的少年看起来好像是要比以往更顺眼一些。

少顷，她收回视线，顺手将这张照片设为李雾的联络人头像，而后把手机丢到一旁，戴上了眼罩。

这一晚，李雾没有等来岑矜的回复。

他靠着床头栏杆，抿了抿唇，责问起罪魁祸首："成睿，你这张照片好像拍得不太行。"

成睿喊冤道："哪不行了？我快跪在你面前把你拍成两米八了。"

"背景有点乱。"反正不是自身问题。

成睿被怄到，笔挺挺地坐起，阴阳怪气地指床下，"那现在下去重拍？就拿林弘朗的白短袖当背景，拍完能直接让你办护照。"

林弘朗喊道："去死。"

冉飞驰在黑暗里嘎嘎笑起来。

李雾彻底失语，耳郭微微泛出点红。他把手机丢回枕边，躺了下来，借此装隐形，降低存在感。他翻了个身，强令自己入睡。

一夜无梦。

翌日，李雾一贯如常起了个大早。晨曦从不太遮光的窗帷透进来，好似鸡蛋薄膜后那盈盈晃晃的蛋清一般。

室友仍在酣睡，鼾声与呼吸声此起彼伏。

李雾开机，点入短信栏，聊天记录依旧终止在自己的那张照片上。

少年眼底的光黯了些，随后胳膊一垂，拿着手机虚搭回被子。

李雾洗漱完，跟室友结伴去吃早餐，回班。

好在一到教室，那些几乎能把他缠进死胡同的情绪顷刻平息了。

这里是他的无菌乐园，能摒除杂念。

下课铃响，成睿过来约他如厕，顺便在走廊吹吹风。李雾摇头拒绝，就坐在桌后看书，自成一隅。

他总是腰线笔直，仿佛对学习充满敬畏，偶有疑问也鲜少求助同学，而是跑去各科老师那里请教。

这种态度，老师、家长自然人见人夸，但在同龄人眼里，就有那么一点"装"，又有那么一点"迂"。尤其是他少言寡语，一板一眼，像一棵孤松误入起风的桦木林，与周遭的喧哗格格不入。

"你又在看书啊，我倒要看你期中考多少。"每次前座男生回头搭话，李雾都在看书，他自讨没趣，忍不住冷嘲起来。

"不知道的还以为下个月就高考了。"他同桌复议道。

李雾笔尖一顿，欲言又止，突然侧面传来一声干号："李雾！"

李雾仰脸看过去，眉心微皱。

窗框后站着满脸不胜其烦的成睿，以及三个不认识的女生，她们新奇地盯了他几秒，或掩唇，或拨刘海，而后嘻嘻哈哈互挽着跑开。

这种情况从他转校第二周开始变得与日俱增。

成睿嫌弃地回来班里，见李雾前座去别人那玩了，直接在他椅子上岔腿坐下，面朝李雾，把下巴搁他书上，"烦死了，一群外班的女生，下次要收参观费。"

李雾抬眼，不解其意，"怎么了？"

成睿歪头道："你真的假的？"

李雾不明所以。

"你不会不知道这帮女的在干吗吧？"成睿搓了下毛刺刺的脑门，而后炸音道，"来看你啊！帅哥！"

"有什么好看的。"李雾不以为意，继续算题。

"哇，拽，人家好喜欢。"成睿作呼吸不畅状，捏嗓重复，"人家好喜欢哦！"

李雾无语。

成睿盯他片刻，有了致富新思路，"李雾，把我给你拍的那张校服照发我一份呗。"

想起这茬，李雾的心下沉几分，"要这个干吗？"

"我想拿去打印出来卖，一张二十块钱。还有，你有网络社交号吗？这个也能卖，绝对供不应求。"

李雾彻底无语。

"我们五五分成，可以吧？这样你就不用再吃贫困窗口。"成睿已开始畅想未来，"我周末回去也有钱充游戏币，一举两得。咱俩的生活质量都得到显著提升，我想谁都不会拒绝这种赚钱的买卖吧。"

李雾并不买账，"不行。"

"你这人怎么不知变通呢，浪费姿色，天理难容。"

李雾垂眼提笔，周身透出冷肃，拒绝进一步沟通的态度不言而喻。

出师未捷先碰壁，成睿想再说点什么，恰逢李雾前桌回来，只能被赶鸭子似的轰走了。

成睿不甘心地挪回过道，准备归位，这时走廊又有女生叫李雾名字，他直接凶神恶煞地冲那嚷嚷："看什么看！名花有主了！"

全班死寂，几秒后，重回喧嚣。

李雾也愣了，偏过头看他，满眼不解。

成睿瞪回去，作用刀刎自己脖子状——得不到就毁了你！

李雾结结实实吃了个哑巴亏，不气反笑，唇角微起，略显无奈，又带有警告。

成睿登时头皮发麻，灰溜溜回了自己位子。

吃完午饭回到寝室，就仿佛重返被下过咒的世界，那种压迫感再度袭来，李雾只想快点找个出口，落座后，他几乎是下意识地从抽屉里取出了手机。

屏幕上有短信新提醒。

顷刻间，李雾身心放松，他靠回椅背，将它打开。

**岑矜：昨天忘记回你了。**

**岑矜：好看。**

少年勾唇，笑意自眼底漾开来。他不动声色地侧眸，偷扫一下室友，发现他们并未注意此处，才放心将视线停回第二条消息的那两个字上。

他看了会儿，把手机倒扣回去，忽然就有些坐立难安。

他单手搭上桌缘，琴键乱弹般点了好多下，像是无处发泄。是根本无法缓解这种开心。

李雾又将手机翻回来，撑着头，第三次阅读这条短信。

不能再看了。

他告诫自己，把它放回抽屉，关牢，好像私藏了一盒宝藏似的。

李雾安静须臾，从书立里抽出本英文教材，翻至末尾，开始轻声背诵。

宿舍里的声音顿止。

男生嗓音低而清沉，节奏有序：

"adolescence，a-d-o-l-e-s-c-e-n-c-e，adolescence。"

"adore，a-d-o-r-e，adore。"

"adult，a-d-u-l……"

下一刻，身畔传来室友的集体辱骂："神经病啊，大中午背单词！要不要这么装！"

## 20

转校的第三周，李雾迎来了第一次年级测验，也就是高二上学期的期中考试。

这次考试对他而言，并不只是某一阶段学习成果的检验。他就像一颗飘浮的蒲种，能否在更大的天地里扎稳根基，就看最后成绩给予他怎样的反馈。

周五中午，交完答题卡从考场出来，李雾心不在焉地复盘着一些选项，心里对成绩多少有了点数。

他敛目把考卷叠好，和笔袋一齐放进背包，而后直接提上往前走。

成睿追过来勾住他的肩，"你溜得太快了吧？"

李雾被他的动作拉回神，旋即问了一道自己并不确认的题目："完形填空第十八题你选的 retire 还是 retreat？"

"你问我？我都忘了考什么了。"成睿难以置信地指自己脸，"你不如问我双休打算做什么。"

李雾后知后觉道："这周双休？"

"嗯。"

他再次确认道："真双休？"

"当然，你学傻了吧？"成睿的语气如要叩他脑门，下一秒，他注意到室友微变的神态，纳闷道，"你突然笑什么？"

李雾迅速撇唇，加快步伐，"没什么。"

成睿跟上，有些意外他的反应，问道："双休你也会高兴啊，我以为你巴不得一天四十八小时都在学习呢。"

李雾顿步，"一天不是二十四小时吗？"

成睿傻眼，"你这人有没有一点幽默感？"

李雾领会过来，黑眸望向他，毫无感情地翘了下嘴角。

被敷衍的感觉太明确了，成睿忍不住骂了句脏话。

隔壁班也刚散场，一时间走廊上挤满了学生，好像水管里拥挤的鱼群。

李雾目不斜视地走着，一副沉静的样子。

这个年纪的男生，巴不得露出各色内搭短袖来体现个性，只有他一丝不苟地将校服外套拉至顶端，完全封锁自己。

有女生频频回头朝他这看，胆大的则直接等他路过，再故意跟小姐妹窃笑，互揉着挤上前去，只为与他擦肩。

李雾的胳膊被撞了一下，步伐有一刻停滞。

四周人太多，根本找不到始作俑者，撂给他的只有清亮的碎笑。

李雾有些无措，这段日子里，他依旧难以适应城里陌生女孩们直白且勇敢的行为，只能微侧着肩，快步远离人群。

成睿跟着他拐下楼道："我要是你，我就'碰瓷'了。"

李雾问："怎么碰瓷？"

"立即抓住肩膀，愁眉苦脸。"成睿扶住栏杆，有模有样地表演起来，痛号出声，"谁啊！谁撞我！指不定就碰到个漂亮的了……"

"可以停了，我用不到。"李雾一面给出合理反应，一面回避着四处拢来的目光。

"那你问！"

回到寝室，李雾从抽屉里取出手机，斟酌片刻，敲字"我们这周双休"。

他拇指一顿，又删干净，更换表达方式。

**李雾：我们周四周五期中考试。**

检查了一下有无错字，他发送出去。

度过了焦灼难耐的二十秒，对面回了消息。

**岑矜：下周？**

李雾微吁口气。

**李雾：这周。**

下一刻，电话过来。

机身好像近临沸点的锅子，在手中嗡嗡振开来。

他匆忙起身，握紧手机，大步流星走去阳台。

按下接听，那边立即传来语气不佳的问询："这周期中考你才告诉我？"

男生眼皮微抬，留意到室友都奇怪地往这望过来。

他马上背身，看向窗外银杏的一处枝丫，上头扇叶攒簇，好像栖满了金蝶。

李雾不知如何应答，维持了近半分钟的失语状态。

他只是不想让她跟着操心。

"考完了吗？"许是看他沉默，那边平和下来。

李雾说："还没有。"

"下午还要考什么？"

"还有两门。"

"这周六还上课吗？"

"不上了。"她终于问到重点，李雾小心答着。

"那是双休？"

"嗯。"

"我今天下班去接你。"

"好。"少年的脸上漫出笑意。


理综是李雾的强项，最后一门生物结束，他身心放松，快跑着下了楼，直奔寝室收拾东西。

尽管这种高效毫无意义，无论他在多短时间内万事俱备，等待的人只会在固定时间点到达这里。

只是，准备的过程能让这段空白变得容易熬一点。

岑矜下班不算早，但她还是跟前两周一样，从路边小店里给李雾带了份章鱼烧。

她似乎能理解那些在产假期间一边在群里骂骂咧咧、一边忍痛哺乳的女同事们了，投喂孩子的确是件身心愉悦的事。


这份快乐终结于李雾上车，他拒绝了她的供食。

他边扣安全带边说："这会儿不饿，你吃吧。"

岑矜的脸微微下拉，考虑诸多因素，她选了最有可能让他食欲不振的一种可能道："没考好吗？"

李雾看向她，"应该还好。"

"还好是多好？"岑矜没有盖，随手把章鱼烧盒子搁上中控台，任由柴鱼碎的鲜味充盈了整个空间。

李雾讲不上来，变更说辞："就不差。"

"有年级前三十吗？"她突然狮子大开口。

李雾安静了，坦诚道："应该没有。"宜中天外有天人外有人，他有自知之明，不会夸下这种无谓的海口。

岑矜没有再说话，拿过那盒章鱼烧，插出一颗，自己嚼起来。

能一次吃下整粒章鱼烧的都是神仙。

里面的爆浆烫得岑矜直嘶气，她抽出两张纸，吐了出来。舌尖的灼热感强烈，她拧了瓶水喝。

刚要盖上瓶盖，眼一偏，李雾正在看她，晦暗里，他眼睛明亮，神色并不十分明显。

"看什么！"她没好气，"你不吃，浪费吗？"

李雾往自己的窗那边偏了下脸，好像要把什么情绪随风送走，片刻回过头来，"我出去扔。"

他视线落到她右手，包着章鱼烧碎渣的纸正被她团在手心。

岑矜以牙还牙道："不用，我会扔。"说完就开门下车，去找最近的垃圾桶。

再回来时，打开车门，少年端端正正地坐在副驾上，在吃那盒章鱼烧。

岑矜怔了一下，坐进来，想说点嘲讽他的话，最后只拨着方向盘冷淡道："你怀疑我投毒吗？"

"不是。"要怎么恰如其分地说出真心话，他只是想让她吃，因为她也刚下班，也还没吃饭。

岑矜非打破砂锅问到底："那是？"

少年犹豫了一会儿，如下定决心般说了出来："怕你饿。"

他音色略沉，好似有点难以启齿。

"哦……"可岑矜的气却瞬间被这三个朴实的字眼纾解，她瞥他，压制住那份"没养一头白眼狼"的喜悦，平声静气道，"那留一半给我。"

李雾顿时展颜，"嗯。"

回到家，考虑到李雾刚考完试，岑矜主动问起他要不要用电脑，或者看电视。

李雾摇了下头，熟稔而沉默地往书房走。

岑矜油然而生出一股不忍。她忙叫住他，手在身前交叉，故作自然地邀请："别这么紧绷啊，才考过试，放松一下没什么的。"

李雾回头，"我以前也用不到这些。"

他语调诚实，并无卖惨嫌疑，可听起来就是惨得要命。岑矜没料到这茬，完全愣住，少刻才找到应对方式，"那现在更应该试试。"

"想看什么？"她走去茶几找遥控器，"动漫？还是综艺？"

岑矜屋内的电视机外形别致，完全打破传统模式，底部并无电视柜承托，只有四只纤细的纯黑腿架支撑。与其说是电视机，它更像是个干净简洁、面积可观的白板，好像能随时上去写字一样。

李雾站着没动。

"过来。"女人立在荧幕前，浅色毛衣上有缤纷光彩。她的神色充分展现着耐心余额已不足，"坐沙发上去。"

李雾不再推辞，"我去放书包。"

"嗯。"她已不看他了，手执遥控器，盯着屏幕点头。

李雾快步走回房间，将背包挂好，就重返客厅。

岑矜切了会儿台，对李雾的喜好毫无头绪，只好回头问他："你有喜欢的吗？"

"都可以。"他说。

岑矜提议："不如看电影吧，想看什么类型？"

"你选。"

无数海报与影名在岑矜脑袋里旋回，突然她灵光乍现，激动地回头说：
"漫威好了，你绝对喜欢。"

"好。"

"嗯……"她转回去，切到选影界面，喃喃自语，"钢铁侠……哪呢。"

李雾盯着她的背影，一股暖流令他不自觉地挑起唇角。

怕李雾孤身一人不自在，岑矜卸完妆，切了盘蜜瓜，陪他一道看
起来。

他们各占沙发两端，岑矜强压着剧透的欲望，如平常那般窝好身子，
叉了块蜜瓜小口咬着。

见味道不错，她用另一根叉子叉了一块，侧过身叫李雾。

电影播放到托尼在地下基地研造钢铁盔甲的雏形，男生双目一眨不眨，
俨然身临其境，两耳不闻窗外事。

岑矜加大音量道："李雾。"

他终于转过脸来，大眼睛还带着观影途中骤然被打断的懵懂感。

岑矜笑了笑，歪了下身，把蜜瓜递出去。

当晚，李雾做了个梦。

梦的情节与电影开头某个片段相似。李雾惊坐起来，胸腔沸腾，身后
已然湿透。


## 21


李雾双休，闲暇的时间多，岑矜也跟着降低紧绷感，熬了个大夜。

日上三竿，她才从床上爬起来，没换睡衣，套了件粗线毛衣就出来了。

次卧的门大敞着，透出满室明晃晃的光。

她转头去书房找李雾，果不其然，他坐在里面全神贯注地看讲义。

岑矜抬手叩两下门框，把他视线拉拽过来，"什么时候起的？"

李雾诡异地结巴起来："七，七点。"

岑矜狐疑地看他一眼，"刚考过试作业也这么多吗？"

李雾说："没有也会自己找着做。"

"我要是有你一半刻苦，这会儿已经定居首都了。"岑矜感叹着下单外卖，"半个小时后出来吃饭。"

"好。"

岑矜坐回沙发，头发随手绕了个丸子。她无所事事，打算看会儿微博打发时间。

不料一上来就是"醇脆"的广告，画面清新，一位当红流量小生手执酸奶杯，对着屏幕前所有人露出了含糖量极高的笑容。

光看风格都知道这张海报出自谁手，她切进小组群。

**岑矜：我看到开屏了，销量不爆对不起你的用心良苦。**

顺便点名了一个名字。

被夸的那位设计哈哈大笑，谦虚地回了条语音："主要代言人好看。"

岑矜笑了下，刚要再跟他胡侃几句，突然来了电话。

岑矜瞥见名字，脸色黯了几分，摁下接听。

吴复开门见山道："这两天有空吗？"

岑矜说："有。"

"找时间面签纸质协议吧。"吴复安排得有条不紊，"周一上午我可以请假，我们去把离婚手续办了。"

"好啊。"岑矜轻飘飘应道。

那边沉寂几秒，说："你妈给你的东西还在我这，我下午给你送过去。"

岑矜双腿屈上沙发，麻木地发出一个鼻音表示同意。

他继续说："下周办完过户，我会搬出清平路的房子。"

岑矜垂眸看自己的指甲盖，"我以为你会要房子。"

"九百多万的房子不是谁都负担得起的。"吴复不卑不亢，"当时买那边主要还是为了让你高兴，按揭与首付的钱我只拿回了我出过的一半，你没必要再用这些事变相攻击我。"

岑矜无辜道："我有吗？你太敏感了。"

"我们彼此彼此。"

岑矜笑了一声，"你是不是到现在都觉得，流产的事影响了我，让我受挫，性情大变，直接导致我们的婚姻走到这种地步。"

吴复没有否认："是。"

岑矜轻轻摇了下头，好似对面能看到一般，"不是，不关小孩的事。你还记得我坐小月子休假那会儿吗？有一天你回家，我坐在客厅喝饮料，你很冷血地说，还想生不出小孩吗？我只是买了杯果汁。我说，就算真不能生小孩又怎么了？你回了我什么，你说那样的婚姻还有什么意义可言。那会我很惊讶，我以为你会担心我身体，担心我情绪，但你更担心我还有没有繁殖能力。我的爱人身份在一次流产之后对你而言变得毫无价值，你对孩子的重视远超我们过去那些年的感情累积。而这些话，你恐怕都不记得了。"

"我……"吴复欲言又止，语气变得虚弱，"现在再说也同样没意义。"

"我知道。"

可永远都无法翻篇了。它们就像深入骨髓的疤，不去触碰还不要紧，但每每揭开来看，还是血肉模糊。

"所以别说了。"

"那句话对我伤害很大，我到现在都记得，我必须说！"岑矜没有就此作罢，"可能从那天开始，我对你的爱里，就有了恨意。你能明白吗？'岑矜至上主义者'。"

"要翻旧账我也能写下三百页演示文稿。"吴复不愿再为旧事纠结，"下午我再找你。"

书房门没有关，女人不大不小的声音顺着走廊传进李雾耳里，他搁下笔，用力搓了下眉梢。

她的口气听起来异常平静，但这种平静并不像不在意，而是万念俱灰。

他捋起袖口看了眼电子表，第一次发现学习的时间这么难熬。

早餐和午餐并到了一起，所以岑矜点了不少家常菜，有荤有素有汤，鲜香四溢，漂漂亮亮摆了一整桌。

可她兴味寥寥，吃下小半碗饭就靠回椅背玩手机。

李雾扒着饭，多次挑眄看她，她也浑然不觉。

等少年起身去添第二碗，岑矜才分出半寸目光过来，"这周体重称了吗？"

"嗯。"

她把手机摆回桌上，"重了吗？"

"重了零点三五千克。"他特地精确到小数点后两位，以显对她要求的重视。

岑矜因他严谨的后缀单位而怔愣，在脑子里转换为公斤才反应过来，"这算什么，尿个尿就没了。"

她忽然前倾身体，细细审视起他来。

李雾瞬间如坐针毡，吞咽的动作都变为缓慢。

女人视线在他脸上转了一圈，最后停到他面前的碗口，"我看你吃得也不算少，是不是平时学习太辛苦了？"

"还好。"他永远这个答案，以不变应万变。

岑矜换了个问法："饭卡用多少钱了，在机子上查过吗？"

李雾清楚地记得自己每一笔账目，"三百二十六块九毛。"

"才三百？你一日三餐只吃白饭吗？"岑矜难以置信，"还是只喝汤？"

他声音低了些道："就正常吃。"

"啊——"岑矜低号一声，双手盖头，"我不用你给我省这种钱，不需要，更不要你还，你可不可以对自己好点啊。"

李雾被她突如其来的抓狂惊到，直接握着筷子顿在原处。

岑矜垂下手，也因此把头发带得散乱了些，她冰冷地看向他，"所以你在我面前都是装给我看的？"

李雾眉心一紧，"什么？"

她下巴挑高，"在我能看到的地方吃这么多，吃得这么起劲，转头回学校了又饥寒交迫。"

李雾抿了下唇，"我没有。"

"那三百多是怎么用的？"

李雾手汗都要出来了，他嗓音沉闷，"账本在学校，没带回来。"

岑矜完全词穷。

李雾接着吃饭，动作小心，连远一点的菜都不太敢夹。

他能感觉到女人的目光仍在自己脸上游走，久未离去。但他无法去直视她的面庞，辨析她的脸色，只能猜测她在以什么样的情绪看待他。

他并未辜负她的好意。他必须为自己正名。

李雾咽下最后一口饭，放下筷子，做了会儿心理建设，逼迫自己望向岑矜，"光凭吃饭就能判断一个人对自己好不好吗？"

岑矜搭腮，"当然，都不好好吃饭还怎么长身体，还怎么健健康康，还怎么有力气面对学习和生活？"

李雾深吸一口气，道："你也吃得很少。"

岑矜顿了下，以为自己没听清，微微侧耳，"什么？"

"你也吃得很少。"他几乎一字不差地重复，面容平静。

他是在教育她？岑矜有些反应不过来，接连眨眼，"我本来胃口就这样。"

李雾说："我也每顿都吃饱了。"

"你意思是我自己都不吃饱，没资格要求你是吧？"她声音已有抬杠的倾向。

"我没这个意思。"她的脑回路怎么不跟他一致，李雾只觉困扰。

岑矜盯他两秒，手一伸，把自己先前没吃完的那碗饭拉回来，还抓起筷子，在桌上猛顿一下，而后赌气一般开始低头吃饭。

只一会儿碗底就干净了，她又抬起眼来瞪他，黑瞳逼压。

李雾第一次见到她这一面，有点蒙，又想笑。

但少年并未表态，仅半垂着眼皮，根本不敢看她。

"我饱得都要吐了。"岑矜还想再夹些菜，但终究是吃不下了，她皮笑肉不笑，"现在有资格要求你了吗？"

"从三周三百变成每周三百，这个能做到吧？"

"用不到这么多。"

"那就努力用到。"

"嗯。"


下午，岑矜化完妆，换好衣服就出了门。

走前她叫了个熟识的阿姨过来打扫，叮嘱李雾多留心门响。

李雾隐隐猜到岑矜是要去见她丈夫，但最终结果如何还是未知数。电话里的冲突并不鲜明，谈拢的可能性也非为零，模棱两可的状态让这段婚姻关系的走向扑朔迷离。

尤其岑矜还打扮得很漂亮，秋风萧萧的天气还穿着一字领的红裙，还光腿，锁骨横在皮肤里，好似两把洁白的匕刃。

同色的唇衬得她盛气凌人，不容小觑。

李雾烦躁又懊恼地转了会儿笔，仰回椅背，无法专心读书。

不应该这样。

他知道。

但已经这样了。

没办法。

这时，门铃响了。

他快跑到玄关，刚要去握门把，指纹锁响了一声，门被人从外打开。

四目相对。

男生瞳孔骤缩，因跑动微喘的气息也趋缓。因为来人并非岑矜口中的钟点工阿姨，但并不陌生，他几乎是下一秒就认出了他。

男人的惊愕不比他少，他凝视他片刻，眼神转为微妙的审视与刺探。

"你哪位？"他问。

"你不认识我了吗？"下一刻，少年以一种自己也不曾预见的无畏坦然迎上他的目光，"我是李雾。"

第二篇章　挣脱束缚

「我喜欢你。」他颤抖着说。
「姐姐，我喜欢你很久了。」

## 22

岑矜房子里突然多出一名异性，这是吴复始料未及的。

他不想过多展露自己的惊诧，便及时遏住情绪，询问他的身份。

男生看起来有些面熟，并且认识自己，从他眼神中就可以断定。

可等他报出"李雾"这个名字时，吴复还是没能控制住自己更深层次、也更为复杂的情绪。

岑矜竟将这个孩子接过来了！

这一瞬间，他觉得妻子有点陌生。

诸多猜疑在吴复心头盘旋，他决定启唇确认："你怎么会在这？"

他态度平和斯文，而少年的眼神并不友善，"岑女士帮我转来宜中念书了。"

吴复皱了下眉，"你们现在住在一起？"

"我住校。你找她有什么事吗？"

少年言语坦诚，态度却已如这间房子的一位主人。

吴复低头看到他穿的拖鞋，带着明显的鸠占鹊巢的意味，"岑矜有东西落在我那了，我给她送过来，但联系不上她人，我担心她有什么事，就直接过来了。"

说完吴复就后悔了，他并不需要对这个男孩解释一个字。

"她在家吗？"他又问。

"不在。"李雾立在门框内，眉眼锋利，身高给人一种十足的压迫感，

"出去了。"

吴复不得不重新观察起他来，"她去哪了你知道吗？"

"不知道。"

吴复暗自泄了口气，他们的关系似乎没有他想象中那么亲密。

他把手里的购物袋递给他，"先交给你，你记得给她。"

李雾应了声好，接过去。

"你好像长高了不少。"吴复随手整理了下领口，做最后的寒暄，"那会儿你还没岑矜高。"

李雾看了他两秒，弯下嘴角，"现在已经比你高了。"

他的笑容并无力度，却无端有些怵人。这种直率的敌意与排斥，也只有这个年纪的男孩子才敢表露，成年后他们会慢慢学会戴上世故的面具。

吴复也淡淡地笑了，"你在怨我没帮你吗？"

李雾单手插回卫衣兜里，"没有。"

两个字，听起来像是赌气。

吴复临时决定再与他交涉几句。

"我想说，其实我们是没这个义务的。"他故意用了"我们"这个称谓拉开差距，"岑矜她是个好人，她比较理想化。但理想化需要前提。"

李雾没有说话。

"她把你看作必须负责的对象，不是每个人都必须遵守这种矜贫救厄的理想主义，人的主观想法与客观条件不可能永远一致……"

吴复停止了说教，因为他从男孩的眼中读出了毫无保留的攻击性，这种眼神令他如鲠在喉。

这个少年根本不在意自己被如何形容，如何描述。

他对他的恶感似乎只源于一个出发地。

吴复感知到了这种不对劲。

可正因李雾不打算隐瞒，吴复才更不想当面揭穿。

他知道，脱口的一刻他将在战局中居于下风。

岑矜的事已彻底与他无关。他只求尽早摆脱，不会再做无谓的牵扯。

他笑了一声，问："你多大了？"

李雾说："十七。"

刚要再问他两句，衣袋里的手机突然响了，吴复取出来看了眼名字，旋即接通："喂。"

他重新看向少年的眼睛，"嗯，我在你这，东西给李雾了。你在哪？好，我待会就到。"

挂断电话，吴复把手机揣回兜里，"你不怕我告诉她吗？"

李雾问："告诉她什么？"

吴复说："你自己知道。"

"怕。"少年不假思索，"但我想让你知道。"

吴复会意一笑，他显然不会帮他提供这种捷径。


下午四点多，岑矜坐在清平路的星巴克里等来了吴复。

男人穿着风衣，脸上没架镜框，看起来年轻了一些，似乎回到了大学时代。

当然，重返旧时光的不只他，岑矜亦盛装赴约，她殷红的裙摆从椅面淌落，好似一大瓣花。

他们不像即将劳燕分飞，更像是爱侣间的初次约会。

两人目光对上，吴复稍有怔忪，而岑矜只是弯唇一笑，"我没帮你点东西。"接着解释起自己的无故失联，"刚去新公司交了些材料，手机忘车里了。"

"没关系。"吴复落座，从公文包里抽出两沓文件，长话短说，"你再检查一下。"

岑矜接过其中一份，信手翻阅起来。

纸张冰凉，印满了没有温度的文字与数字。

她看得格外专注。吴复则去收银台点单，回来后他又从包里取出一支钢笔，夹在指间把玩，不时看看笔，再看看她。

　　不多久，岑矜把协议平摊回桌上，以内腕按在最后一页，"我看完了，没有任何问题。"她手指轻叩末页的右下角，"在这里签字是吗？"

　　"对。"吴复把钢笔递过去。

　　岑矜挑眼看他，"你呢？"

　　吴复说："你先。"

　　岑矜蹭掉笔套，没有迟疑，提笔在"女方"两个字后面写下全名。

　　她重新望向吴复，"需要按手印吗？"

　　"要的。"吴复取出一盒印泥。

　　岑矜扬了下唇，"你准备得真是充分。"

　　"习惯罢了。"岑矜总丢三落四，查缺补漏已成为他的专长。

　　岑矜不再吭声，将拇指的红色指纹覆盖到自己的名字上。

　　吴复做了同样的步骤。

　　第二份，依旧如此。

　　两人各执一份，从此分离。只等工作日去民政局彻底结束夫妻名义。

　　这时，收银台小哥唤了一声"吴先生"，吴复起身，去取自己的饮品。

　　男人的衣服刚飘离桌角，岑矜就抿紧唇瓣，急速红了眼眶。

　　她微微往上看，极力吞咽着哭意，在他回来前将神态调回正常模式。

　　吴复落座，呷了口咖啡，将自己那份协议收回包里，而后看向岑矜："岑矜，你今天很漂亮。"

　　"谢谢。"女人声音并无感情，"我每天都很漂亮。"

　　吴复笑了起来，"现在不带丈夫滤镜了。"

　　"我以为你早就没这种东西了。"

　　吴复勾着唇垂眼，没有再说话。

　　他说起别的事，"你什么时候带那小孩来宜市的？"

　　岑矜说："他打电话求助我的当天。"

　　吴复露出一种了然，"难怪。"

"难怪什么？"

"没什么。"吴复点到为止，询问她的工作，"听说你要去奥星了？"

岑矜靠向椅背，"嗯。"

"怎么不找家甲方待着？"

"比起虐人，我更喜欢竞争。"她双手环胸，散漫里透出一丝傲慢，"期待跟你狭路相逢。"

吴复微笑，端起咖啡，做了个干杯动作，"我也是。"

岑矜跟吴复一道走出店门，她脚底倏地一阵浮软。她头晕目眩，仿佛随时会昏倒，这种感觉无法形容，不知是解脱，还是力竭。

她扶住路边的一只栏杆，看向对面的广告牌。

吴复取了支烟出来，瞄她一眼，女人立在冷风里，好像一枝傲霜的玫瑰，他忙把烟夹嘴里，腾出手脱自己的风衣。

他含糊不清地问："冷吗？"

"免了。"岑矜直接抬手回绝，"不冷。"

吴复耸了下肩，将半脱的袖口套回去，取出打火机点烟，眼睛却未从她苍白的脸上离开。

岑矜鼻端微动，"什么时候开始抽烟的？"

白雾缭绕，吴复拿开烟，"我说从我们第一次失去孩子后开始，你信吗？"

岑矜定神看他两秒，"我信。"

"也不多，每天就一支。"他注意到她微拧的眉心，当即摁灭烟，把它丢进了腿边的垃圾桶，"当时我的情绪不比你好，是有孩子的原因，但更多是你。"

岑矜的嘴唇微弱而急促地抽搐两下，完全不看他，"就像你说的，现在讲这些已经没有意义。"

"是没有。"吴复望向延绵的车流，"你怎么过来的？"

"开车。"

"好，我先走了，周一见。"

岑矜都不知道自己是怎么开车回家的，世界好像下了一场滂沱大雨，她神经质地打开雨刮，却一点作用都没有。

她也不管家里还有谁，换好拖鞋就泪眼婆娑地把自己关进房间，号啕大哭。

她闷在被子里，许多记忆如走马灯一样从脑中跑过。

有吴复每天一大早送来寝室的热气腾腾的早点，有他们在日本望见的漫天烟火，还有婚礼上抛出的洁白捧花，第一次产检结果出来时，男人高高托抱起她，好像她才是他的孩子一样……到最后，是放到她面前的离婚协议。

她突然想起了他那天的话，"岑矜，我想我们可能不太适合继续生活在一起了，我们无法再给对方提供任何正面的情绪价值，这种婚姻继续下去对双方而言都是一种损耗跟折磨。尽管很不舍，但长痛不如短痛，我们还是分开吧。"

那这些又是什么啊。

晚上八点多，岑矜才收拾好情绪，洗了把脸，从卧室走出来。

外面黑黢黢的，只有书房的门缝里透出一线光亮。

岑矜头痛欲裂，额角突跳不停，只能逼着自己往那走。

她懒得敲门，直接扳把手打开，随后把自己半张脸放进里面人能注意的范围内，"吃过饭了吗？"

少年从桌后扬起脸，只是盯着门缝后的她，半响没搭话。

"问你吃了吗？"她语气变急。

他终于回神，"还没。"

"不饿？"

"不饿。"

岑矜用袖子搓了下鼻头，略带鼻音的声音像是被晒蔫了一样，"我饿，我要吃东西。"

李雾当即起身，"中午的还没吃完，我去热一下。"

他走来她面前，高瘦的身躯一下将屋里的光遮去大半。岑矜有限的视野又暗了下来。

她没动，他也走不出去，只得干站着。

"怎么老关灯。"女人没头没尾地问。

李雾说："省电。"

"要你交钱了吗？打开。"

李雾的心跳漏了一拍，紧张地去摸开关，想将书房四角的射灯打开，不承想按错地方，竟将顶灯也一并熄灭。

黑色的潮涌瞬间覆没整间房子。

李雾的心跳彻底乱了，他喉结滚动一下，慌里慌张地用手去压墙面上所有的凸起。

啪、啪、啪、啪。

极强的光线取而代之，将二人重新裹入白昼之中。

少年的呼吸急促到自己也无法理解。

"对、对不……"李雾低下头，看到女人噙满泪花的双眼，就再说不出一个字了。

他的心脏被紧紧攥住，挤压不出任何声音。

她似乎也不在乎自己是否体面了，只垂下头，长吁一口气，给他腾出地方，而后转身离开。

李雾亦步亦趋地跟上，并帮她把沿途的所有灯一一打开。

屋子里的所有美丽的角落逐一显现。

岑矜径直走去餐桌，坐了下来。她仰头望向停在桌边的少年，眼里已无泪光，只是有些浮肿，"去热饭。今天换你照顾我。"

李雾一怔，脑袋被这几个字烫到，轰地一下热起来了。

他转头走去料理台，将中午的外卖一盒接一盒地放进微波炉。

厨房里颇为沉闷，除了不时"叮"一下的提示音，再无人声。

热完米饭，李雾对着整面柜子的餐具犯起了愁。岑矜喜欢收集器物，杯碗碟盘多种多样，姿态各异。最后，他选了只白釉粗陶碗盛满，端到桌上。

岑矜中午就用的这个，应该不会出错。

李雾把筷子递给她，女人马上低头吃饭。

李雾欲言又止，"菜……"

但见她吃得那么专心致志，李雾不再多言，回身去把菜挨个移过来。

摆完这些，李雾才坐去她对面，慢慢吃自己的，并用余光偷瞄她的动静。

岑矜开始夹菜，每夹一筷子就会扒上一大口白饭。他第一次看到她吃这么香，这么主动，好似胃被打通一般。

她端高了碗，把最后一粒米也刨干净才把碗放回去。

女人坐在原处，深深地吸气、呼气，眼里慢慢有了神，她面朝李雾道："吴复带来的东西呢？"

李雾转脸示意客厅，"在茶几上。"

岑矜没有立即去查看，问道："他进来了吗？"

李雾说："没有。"

她眼光闪烁一下，"你给他开的门？"

李雾稍稍停顿，嗓音闷了几分说："他有指纹。"

岑矜怔了下，后知后觉地起身，抄起手机往玄关走，她停在门板后，跟着提示操作，很快删掉了属于吴复的指纹记录。

她处理完，刚要返回餐桌，视线骤停在餐厅里那个侧影上。男生坐姿端正，垂着眼，鼻骨挺直，进餐的样子一如既往。

她看了他一会儿，心奇异地静谧了。

她叫他："李雾。"

少年回头。

岑矜指了下门，"吃完来录个指纹。"

"哦……"少年应话的语气变慢，手上动作却愈发快了。他继续埋头扒饭，筷尖敲得直响，好像生怕有人跟他抢似的。

## 23

录好指纹后，李雾将两人的碗洗净，又把厨房收拾一通才回到客厅。

岑矜正坐在沙发上看书，她很喜欢蜷在边角，再用毯子将下身完全包裹，好像只有这个姿势才能给她带来足够的安全感。

李雾观察了一会儿，没有立刻去书房，而是坐去了一旁的藤编椅上。

他双手交叉着放在腿上，一动不动，也一言不发。

岑矜翻着页，余光留意到右边这个身影，便将书放低，声音淡淡道："坐着干吗？"

李雾手指微曲，好似费了很大劲才说出口："你好像心情不好。"

岑矜用手指卡着书页，将它随意搁在膝盖上，"不光心情不好，头还特别疼。"

他讷了下，道："家里有止痛药吗？"

岑矜还是看着他，"作业写完了？"

李雾点头，"嗯。"

岑矜问："突然问我的事干什么？"

她忽然警惕，神态微带了然地说："吴复跟你说什么了？"

李雾摇头，"没有。"

"你好好学习。"岑矜重新打开书，用动作宣告谈话结束，"别管大人的事。"

李雾一时失语，感受到了女人浑身上下的排斥。他当即起身，回了书房。

录入指纹带来的愉快并未维持多久，就迅速被一种更深刻也更无力的憋屈吞噬了。他拎起脚边的背包，将期中考试的考卷尽数抽出，开始一门接一门地重做。

学习是唯一能让他回归自我的方式。

只有面对单词、诗词歌赋、细胞、元素与物质的时候，他才能获得绝对的公平对等、心安、归属，无关情感，也无关年纪。

他的专心与刻苦也得来了应有的回馈。

周一上午物理课，分发考卷后，张老师不急着评讲，特别提了下他的名字，"李雾这次的物理成绩是我们班第一，放实验班都是排得上号的。"

全班一阵惊嘘。

张老师难掩得意，又冲台下撒气，"你们怎么学的！人家还是转校生，刚来还不到一个月，你们呢，好意思吗？"

不知是哪个男生插话喊道："他名字反过来就是物理！一看就天赋异禀！"

众人哄笑。

李雾也跟着轻挑嘴角。

下课后，张老师把他叫去了办公室。

张老师神态自若，对他的态度也比初见时更为和气，"李雾，这次物理考得不错，你其他几门成绩我就提前了解了一下。"

李雾立在桌边"嗯"了声。

"除了英语稍微薄弱，其他都不错。"张老师感叹地晃了两下头，"想不到啊，真是想不到。"

李雾问："英语考了多少？"

"一百二十一。"张老师并不十分确定，偏头问英语老师，"王琛！李雾是考了一百二十一分吧？"

王老师翻出成绩单对了下，"对。"

闻言，李雾面色沉郁了些，似乎并不满意。

张老师重新扬眼看他，注意到他的神色，说："班级名次和年级名次还没排，但全班前十应该稳了。"

她语重心长道："你刚来宜中，我还担心你不适应，但短时间内能有这种成绩真的很不错了。对自己要求高是好事，但不要逼太紧知道吗？每天除了学习，也要多交朋友，劳逸结合。"

李雾应道："好。"

张老师又说："回头我给你调个座位，换个英语成绩好的，你们互帮互助。"

李雾点了点头，"谢谢老师。"

"嗯，你回去上课吧。"

回到班里，李雾的座位上聚了一圈男生，成睿的声音在其中最为突出，"一百四十八，怎么考的啊？"

李雾走过去，发现他们在围观他的物理答题卡，如在欣赏微缩奇观一般。

大约是感受到主人的逼近，几个男生不约而同地回头，又步调一致地给他让道。

成睿还沉浸在他整洁利落、无可挑剔的书写里，摊饼般将他的答题卡来回翻面好几次，啧啧称奇。

李雾在他身侧站了会儿，伸手将其抽回。

成睿这才反应过来，回眸看他。

李雾不露声色，问："看够了？"

成睿这才讪讪起身，恭维地挤出笑，"错的那道填空是不是为了藏拙？"

"真算错了。"李雾叹了口气，坐回位子。

成睿仍流连在他座椅旁，"我不信，你这小子坏得很。"

李雾扬眸，"你物理考了多少？"

"告辞。"成睿脚底抹油，立马开溜。

第二天，期中考试班级的名次表被张贴到相应班级的教室门后，多数人争先恐后地挤过去看，剩下的要么不以为意，要么坐在座位上叹气。

李雾频频朝那张望，心急促地跳，在想要不要过去一探究竟。

好在成睿比他本人还操心，第七次仰脸的时候，他已从人群中麻溜钻出，兴冲冲地跟他挥手，高昂的声音几乎盖过课间的喧闹，"李雾！你第六！你也太牛了吧！"

一时间，班里人都朝他看去。

李雾低头，想从此潜伏在书立后。

成睿走到他桌边，说了句语文老师听了要吐血的话，"好替你骄傲啊，我好开心啊，这就是一人得道鸡犬升天的感觉吗？"

李雾忍俊不禁，又正色问："上面能看到年级名次吗？"

成睿愣了下，"你等下。"

他又奔回去，蹦蹦跳跳地找李雾的名字，末了才回头对他笑容灿烂地做手势。

八十九名。

李雾的脸瞬间垮了下来，他靠回椅背，许久纹丝未动，低落且无所适从。

成睿跑了回来，"你怎么回事，八十九名很牛了好吧，干吗一副心如死灰的表情？"

李雾仰脸看他，眼底的神采骤减，"没有进前三十。"

"大哥，前三十都是实验班的变态好不？你这样很讨人嫌的好不？我要是林弘朗，看到你这副死相已经一拳上去了。"

李雾不解道："为什么？"

"天啊……"成睿望天长啸。

因为没有达到年级前三十，李雾便不想主动告知岑矜自己的期中考试成绩。

他怕她对自己失望，只能日复一日地拖延着，祈祷她不会主动问起。


周四晚上，岑矜请公司所有相熟的同事吃散伙饭，吴复不在其中，他谢绝了她的邀请。

餐后，大家还结伴到KTV唱歌。岑矜给他们点了大包间，自己则端着杯子坐在角落里打拍，看他们闹，看他们笑。光点斑斓，她好像观看一场影片的观众，身在局外，静静凝视着故事里的人们，光鲜亮丽，抑或痴癫疯魔，从人变成了妖洞中的兽。

岑矜被二手烟呛到大脑发晕时，借着去洗手间的工夫出来透气。

她将门关紧，彻底隔绝掉里面的歌声，只身倚墙而立，取出了手机。

已经深夜一点多了。

回到家，岑矜蒙头大睡。

婚变后她第一次睡得如此彻底，如此香甜，仿佛刑满后松绑。

翌日下午，她回了趟公司，抹尽自己这几年的所有痕迹。

吴复刚好在场，主动过来帮她整理，岑矜因此省了不少事。

两人并肩走出门时，背后响起成串的掌声与尖叫，激昂的程度不亚于他们当初在露天婚礼互换钻戒那会儿。

岑矜步伐一顿，释怀地笑了起来，鼻腔却酸热难耐。

上车前，她抽了下鼻子，望向面前的男人，弯了弯唇，"谢谢。"

吴复注视着她，"需要个离别拥抱吗？"

"别。"她当即拒绝，怕被撞出已摇摇欲坠的泪，"我走了。"

"好。"他还是看着她，"再见。"

"再见。"

岑矜坐回车里，看着吴复渐行渐远，再也不见，才用力揉了下鼻子，收回目光，掏出手机给春畅给发消息。

岑矜：我自由啦！

损友的泼冷水功夫堪称一流。

春畅：想哭就哭吧。晚上出来喝酒，两边肩膀都给你留。

岑矜酝酿了一会儿情绪，发现自己现在跟干海绵似的挤不出一滴泪，理直气壮地回消息。

岑矜：真不想哭，前阵子哭伤了，身体里已经没有任何液体了。

春畅：离婚这么惨的吗？"二八"年华就要走上卵巢早衰的道路吗？

岑矜：滚啊。

春畅：什么时候去奥星？

岑矜：下周一。

春畅：你要休三天？辞职直接整个小长假？

岑矜：对啊。

春畅：我都想跟风了。

岑矜：别吧，别冲动。

春畅：也是，贫困容不得我任性。你那高中生弟弟呢，怎么样了？

岑矜完全没料到，春畅竟对李雾如此记忆深刻。

相较之下，自己这个"半监护人"可谓不负责到极点。她已经近一周没联系过他，连关心他期中考试成绩的事都抛诸脑后。

思及此，岑矜赶忙补救。

她切至信息栏，想发条问成绩的短信过去，下一秒，脑中闪过上周接他放学那晚，提起成绩时少年并不积极的反应，更何况，这几天他也没主动告诉她成绩……

会不会是考得不太好？

岑矜沉吟，退出短信界面。

她转变思路，回归微信，找出"齐老师"，严谨周全地编辑消息。

岑矜：齐老师，您好。有件事可能要麻烦您一下，就是我想知道李雾这次的期中考试成绩。他一直没有告诉我，我担心是他没考好所以不愿说。就不当面询问了，想从您这边走个捷径。如果可以的话，希望您可以将他每门成绩都发给我，这样我也方便知道他的具体情况，好查缺补漏，对症下药。谢谢您。

岑矜按下发送键，单手搭上方向盘，焦灼地等起来。

三分钟后，那边有了回复。

是一张横截的长图，小图隐约能够看出是成绩条。

外加一条文字消息。

齐老师：李雾他考得很不错，尤其是物理成绩，班级第一，非常优异。数学也不错，总分在班里排第六。我跟张老师都很意外，你要多表扬、鼓励他，这孩子学习非常刻苦，有韧性又有冲劲，前途不可限量。

岑矜长舒一口气，快速回了句"谢谢，我会多为他加油鼓劲"后，就点开那张图仔细审阅起来。

一排学科挨个看下去，岑矜不由得露出欣慰的笑意。

只是，这笑意并未保持多久，就转为微愠与怀疑。

岑矜微微眯起了眼，所以，并不是她因个人事务繁忙到完全顾不上这小子，而是他早在学校里混得风生水起，懒得向她汇报佳绩？

## 24

周六傍晚，岑矜照旧去接李雾。

她提早打了电话，到场时男生已经在校门口等着了，他双手插兜，笔直地立在风里，脸被光影修饰得轮廓分明。

男生似乎也注意到了她的车，停下的一瞬，他毫不犹豫地走了过来。

上车后，李雾习惯性地抽了下鼻子，却没嗅到任何香味。

岑矜以为他鼻塞，问道："受凉了？"

李雾说："没有。"

岑矜反应过来，"哦，我没买吃的。"

李雾轻轻点了点头，脸色晦暗，情绪不明。

岑矜开车上路，李雾瞄她，欲言又止。

女人目视前方，周身气息沉抑，话明显少于以往，看起来更不易亲近。

李雾开始胡思乱想，又不敢多问，只好转头看向窗外，任霓虹流窜过眼底。

岑矜是对李雾有意见，因为他的无视，一礼拜过去了，他不曾向她坦露半分有关自己成绩的消息。

她在等他何时开口。

显然，少年作风稳定，发挥如常，一如既往地以沉默应付一切。

回到家，岑矜败下阵来，叫住了换好拖鞋正要往书房走的李雾。

她在沙发坐下，微抬下巴示意旁边那张单人椅，"坐。"

李雾好不容易沉淀下来的心又开始起伏，他对这只椅子有心理阴影。上周此刻，他就是在这被她驱赶。但他还是听话地坐了下来，将背包放到地上。

岑矜环臂，面色略显阴沉道："你有什么事要告诉我吗？"

李雾心头登时警铃大作。

他稳住情绪，试探问："什么事？"

岑矜歪了下头，盯着他，"我不问的话，你是不是打算一直瞒着我？"

李雾蹙眉，掌心微热，"我不知道你指的是什么。"

岑矜闭了闭眼，不再含糊其词，"你期中考试的成绩周一就出来了，为什么到现在还不告诉我？"

"没考好，就没跟你说。"

岑矜被"没考好"三个字噎了下，"那就一直不说吗？"

李雾回道："你问的话我会说的。"

"现在跟我说。"

李雾当即打开书包，从笔袋里取出一张细长的成绩条，把它递给岑矜。

岑矜不是第一次看这个东西，毕竟之前已经观赏过电子版，可纸质版拿到手里又是另一回事，更实在也更有成就感。

她心情愉悦，装模作样地演出刚知情时的那种惊喜与认可，"嗯？这不考得挺好的吗？"

李雾不言，须臾才说："没有进前三十名。"

岑矜看他，"有人要求你第一次考试就必须到达前三十名？"

李雾顿了顿，道："没人。"

岑矜弯唇，又垂眼看一遍，抬头问："这张成绩条可以送我吗？"她解释，"我想贴在生活手账里做个记录，纪念你第一次考试顺利。不方便的话我可以复印一份。"

李雾微微一愣，"好。"

他紧张感消失殆尽，微低下头，抿下唇角。

"李雾，你好棒啊！"岑矜将他的分数看了又看，口气突然变得绵柔，好似极其满意地搓了下他的脑门，"再接再厉。"

李雾的耳朵红透了。原来开心与心痛一样，都会令人窒息。

下一秒，女人回归正常语调说："这周作业多不多？"

"多。"

"你去写吧，我自己待会儿。"

李雾嗯了声，快速起身往书房走。终于能背对她了，可以无所顾忌地笑。快累死了，他跟这些差点倾泻而出的笑意战斗了好久。

听见书房门关上的响动，岑矜立马取出手机，给春畅发消息。

岑矜：我按照你教的方式表扬过他了，这小孩好像没什么反应。

春畅：怎么可能？你不会养了头高冷怪物吧。

高冷怪物？岑矜回想片刻，同意她的说法。

岑矜：他基本不主动跟我说话。

春畅：你确定是照我教的一个字一个字夸的？这段时间学习辛苦了，能取得这样的成绩说明你的努力没白费，你才来宜中多久就这么优秀我真为你骄傲，你简直太棒了。

岑矜：没，太肉麻了，我只说了你好棒。

春畅：你说的是亲子关系里最没营养的话。

岑矜：我真的不会夸小孩啊，太难了吧。

春畅：不然你把他微信推给我，我帮你夸，绝对天花乱坠让他信心爆棚。

岑矜：又来？放过孩子吧。

春畅：我怎么了，想让好友列表多个好孩子有什么错？

岑矜：没错，但也没门，请勿干扰我们家名校预备生。

岑矜：而且他没有微信。

春畅：是什么山顶洞人？他是生在什么控制欲极强的家庭，连个微信都没有。

岑矜无话可说。

晚餐时分，岑矜脑内还徘徊着春畅的控诉，遂发问："李雾，你有微信吗？"

桌对面的少年扬眼，"没有。"

她又问："你室友用吗？"

李雾回："用。"

岑矜奇怪地问道："他们没要过你微信吗？"

"问过。"

"你就说不用？"

"嗯。"

岑矜默然，"注册一个吧。"

她一手搭腮，另一手舀饭又撤回去，"方便联络，现在几乎没什么人发短信了。"

"嗯，好。"李雾继续吃饭。

"会注册吗？"

他一顿，"应该会。"

岑矜瞟他一眼，又问："QQ 有吗？"

李雾不再专注于吃饭，有些不明就里地望向她，"没有。"

这回岑矜看他真像在看一位年迈的老爷爷，她心情颇为复杂地说："快吃吧，吃完饭全部搞定。"

吃过饭，两人回到客厅。

岑矜直接将他手机要了过来，把这两个大众化的社交软件全部安装上去。

她轻车熟路地输入信息，等到取名那步，她把手机交还回去，"喏，自己输网名。"

李雾敛目，蹙眉想了会儿，又看向她，"叫什么？"

岑矜笑了下，摊手，"我怎么知道。你想叫什么就叫什么好了。"

李雾顿觉棘手，"我不知道。你的网名是什么？"

"我？"岑矜指了下自己，"我在公司的英文名。"她一边说一边取出自己的手机，调出个人资料页给他看。

李雾定睛看名字那栏，只三个字母：Gin。

他毫无头绪，只能输入两个字——他的本名，而后又递给岑矜，"好了。"

岑矜接过去看，一副"我就知道"的表情，她又把手机传回去，"还有头像，杂七杂八的，这些都你自己来吧。"

男生编辑起个人信息，眼睛一眨不眨，认真到如搞科研一般。

岑矜看得想笑，等了会儿问："好了吗？"

李雾抬眸，"好了。"

"加下我吧，Gin0802。"

李雾下意识地问："你生日是八月二日吗？"

"对。"岑矜通过他的好友申请，"你呢？"

"一月二日。"

岑矜眉梢微扬，"元旦假期？"

"嗯。"

"那我记一下。"女人眼皮微垂，给他备注，还一字一字地低声念道，"李雾零一零二……好，这样就不会忘记你生日了。"

就在她分心的这微不足道的十几秒里，有人已经弯起嘴角，窃喜起来。

岑矜退出备注页，瞥了眼过于空白的聊天界面，选了个表情包发过去，且算打招呼。

李雾听见提示音，忙点开看，是一张猫脸的"嗨"，脸圆圆，眼圆圆，憨态可掬。

他看了会儿屏幕，又去看岑矜，女人刚巧也看着他，四目相触，她竖起没握手机的那只手，手指小幅度前后舞动，"嗨。"

她在学那只猫。

李雾情不自禁地笑出来，万物复苏，明亮干净。

笑完又飞速偏脸，腼腆地垂下眼。又厚又长的睫毛等同于掩耳盗铃，嘴边的酒窝还是立刻出卖了他。

"哇，你终于笑了。"岑矜搭头叹气，如取得重大实验进展，"让你笑一次可真不容易。"


临睡前，李雾纠结了会儿，还是没耐住好奇，点开了岑矜的朋友圈。

仿佛打开了一本极其珍贵的私密日记，这种窥探让他心生耻意，又隐隐刺激。

男生的手指定格在第一条状态上。那是一张照片，发布于周一下午，她拍下了自己的离婚证，并大方地展示给所有人。

今天开始是自由人啦，耶！

字里行间，轻快得如同在宣布好消息。

李雾无法阻止笑意涌向眼角眉梢，他腾地从床上坐起，激动到甚至有些口干舌燥。他翻身下床，轻手轻脚地走出房间，去冰箱找水喝。

李雾一口气灌掉半瓶水，似乎还没有睡意，决定去书房看会儿书。路过茶几时，上面有处反光从他的余光里一晃而过，好似忽明忽灭的星星。

李雾驻足，眼尾斜过去，发现那是袋两寸照片，被人信手丢在茶几上，当中几张已从纸袋中滑出，赫然跃入他的视野。

李雾俯身拣起最外面那张，照片里的人是岑矜。

女人微微含笑，肤色白亮，眼中有星芒，温柔地望向了他。兴许是图片修得太过，完全不及她真人好看。

李雾的视线移回茶几，审视着剩余那几张，神色隐晦难辨。

李雾未做过长时间的挣扎，放下水，倾身调整剩余的几张照片，他将它们小心外移，摆成原先的状态。而自己手里这张，则被小心地收回掌心。

李雾双手握拢，快步逃离犯罪现场，紧张到不能呼吸。

他瘫靠到书房的椅子上，拎起短袖的领口扇两下风，平复了好一会儿，才谨慎地将照片夹在笔袋内侧。

少年此刻大脑兴奋，翻过卷子，开始做数学题，白天还有点费劲的大题轻易被他攻克。他奋笔疾书，流畅自如。

写完演算结果后，李雾发现水瓶落在客厅了，又疾步穿越走廊，回去取。

来来去去，窸窸窣窣，岑矜自然有所留意。

她按着软被挺起上身，拿过手机切到主屏扫了眼，又看看门，十二点半了，这小子还在干吗？

她百思不得其解，又懒得下床，就从微信上发消息给他。

岑矜：干吗呢？还不睡觉。

李雾并未秒回。

而门外，片刻消停。

过了会儿，终于有消息过来。

李雾：睡不着，起来做题。

世间怎么会有这么热爱学习的人，岑矜叹为观止。

她不想打压他的积极性，但必须规范青少年的作息。

岑矜：几点了？睡觉！

李雾：好。

关灯、关门的动静依次响起，接着再无声息。

岑矜重新靠回床头，正要将中途被打断的工作简报看完，微信里又来了新消息，还是李雾发来的。

李雾：吵到你了吗？

岑矜连用三个问号。

岑矜：你说呢？？？

另一间房内，灯光昏暗，少年枕臂躺下，内心明灿。他挑着唇，抱歉又懊恼，但还是笑。

**李雾**：对不起。下次不这样了。

就这一天，就这一晚，就当是首战告捷的奖励，让他肆无忌惮一回吧。

## 25

去奥星报到的第一天，岑矜特意卷弯了发尾，为了让自己看起来更加老练。

新同事们显然不太在意这些细节。到部门后，岑矜与大家简单打了个照面，椅面还没坐热乎，就被叫去了会议室。

奥星位于宜市商业中心的一间摩天大厦里，与岑矜的老东家相隔不到八百米。

作为广告行业的后起之秀，奥星的氛围明显要年轻活力许多，整间公司的布置都是与奥星商标一致的红白色调，看起来大胆且明快。

初来乍到，岑矜便被委以重任：一家跨国快餐企业的圣诞宣传项目，国内广告的部分被他们公司一网打尽。

这次的项目是大投放，甲方企业财大气粗，同时也以傲慢刁钻的名声在业内声名远扬，奥星不敢轻慢，组建的团队少说有十余人。

岑矜到场颇早，于是安安静静地坐在椅子上等着。不一会儿，空旷的会议桌就乌泱泱围满了人，基本都自备笔记本电脑。

目及之处皆是年轻面孔，但神采飞扬的寥寥无几，一看就没少被熬夜加班荼毒。

进入正题前，这次提案的创意总监起身，特别介绍了一下在场唯一一位生面孔："岑矜，我们的新文案。"

他是港市人，寸头，只穿了件纯黑短袖，胳膊上的肌肉偾张，讲话时眉飞色舞，方言口音明显，"众所周知，奥星招人先看脸，这点在岑小姐身上得到了很好的体现。"

众人哄笑，都朝岑矜看过来。她垂了下眼，只能回以浅笑。

男人话锋一转道："但岑矜去年曾参与过 M 记中秋新品的营销项目，经验可能比在座各位都要丰富。"

岑矜莫名被夸，不好意思起来，她摇手，表示难当此任，"都是划水，千万别对我抱太高期望。"

"太好了。"总监挑眉，抿出一个一拍即合的笑容，"你也千万别对我们抱太高期望。"

大家还是笑，气氛融洽。

简单的迎新仪式结束，男人的脸色变得庄重，俯下身操纵鼠标。

投屏上旋即展示出一段简短且极具时尚感的演示文稿动画，他的语气也变得沉稳："这次部分视频的最终呈现效果可能会跟我们之前提到的有些出入……"

岑矜回到工位，在电脑上登录微信，特意去成员列表找这位新上司的号码。

新上司有一个反差极大的英文名——Teddy。

她讶然地扬了下眉，将自己群内的备注改为：奥星 -Gin。

她之所以会关注部门老大，倒不是因为对他产生了异性间的兴趣，而是新领袖的氛围感与吴复截然不同。吴复很君子，再天马行空的想法都透着慎重，但 Teddy 不同，他有种野羚羊一般的桀骜奔放。

隔壁桌的女生见她主屏一直停在 Teddy 的资料页上，凑过来提醒道："你可别对他感兴趣，他是女人得不到的男人。"

岑矜心领神会地关掉，"没有，只是想了解下新上司。"

"我就想呢，你混这行这么久，怎么可能没这种敏锐度。"女生又把椅子滑回去喝咖啡，"加个微信吗？我叫路琪琪。"

岑矜通过了她的好友申请，她的网名叫 lucky。

女生去看看手机，突然一愣，看过来低声问："你刚离婚？"

岑矜点了点头。

路琪琪竖起大拇指，"还发朋友圈，牛！"说完将了将八字刘海，好奇道，"怎么离的？"

"别八卦了，图交了吗？"一张崭新的工牌被放到岑矜桌上，同时撂下的还有一句称赞，"照片拍得不错。"

说完就像风一样走了，路琪琪甚至没来得及回嘴。

岑矜记得这个辨识度很高的男低音，奥星人事部的张爵。面试时她曾跟他有过一面之缘。他是个戴眼镜的卷毛男生，双目总带着睡不醒的感觉，不像搞人力的，更像是技术部门的骨干成员。

岑矜刚要收起新工牌，路琪琪已快她一步抽走工牌，举高，看了一会儿，才从电脑后探出一只眼睛，"确实好看耶，所以证件照是哪家拍的？"

"景元商场三楼那家。"

"哦，谢谢……"路琪琪应着，把工牌还给了她。

不知为何，岑矜对路琪琪的自来熟并不排斥，她身上有股子跟她气味相投的磁场。

暂且将其命名为"春畅磁场"吧。

二人不再闲扯，岑矜回归工位，群里刚好有人找她。

**奥星 -Teddy：厉飞，你把视频方向跟岑矜说下。**

岑矜回了个"1"表示在听。

**厉飞：**他家的经典翅桶，我们想做个类似超级玛丽的像素游戏动画短视频，但是背景是圣诞，你能完善下吗？需要个剧情，突出产品，最后得有个广告语。

**岑矜：**大概有些想法。

**厉飞：**你先写着，回头发我就成。

**岑矜：**多久需要？

厉飞：*最快呢？*

岑矜：*今晚。*

厉飞：*好。*

重回这种工作节奏，岑矜稍有些不适应，毕竟由闲入忙难。

下班时分，她肩胛发酸，不由得舒展手臂，伸了个懒腰。

路琪琪咬着棒棒糖，瞟来一眼问，"累了？"

岑矜靠过去看她的显示屏，女生正在调整海报里二维码的尺寸。她问："这是圣诞新套餐？"

路琪琪挖苦道："是啊，看起来跟我平时吃的完全不是一个东西。"

岑矜问："你什么时候下班？"

"快了吧。"路琪琪拿起手机看了眼，嘴角微抽，"也就三个小时之后。"

岑矜莞尔，回头收拾起包。

路琪琪从牙关拔出棒棒糖，不可思议道："你要下班了？"

岑矜眨了眨眼，"我没事了啊。"

"你稿子交啦？"路琪琪杏眼圆睁。

"嗯，厉飞感觉还行，先拿去给动画导演看了。"

"哇哦，这就是 4A 广告公司出来的人吗？"路琪琪惊叹，以头抢键盘。

岑矜但笑不语，挎上包走人。

路过总监办公室时，突然有人扬声叫她："岑矜！Gin！岑小姐！"

岑矜回头，Teddy 正站在独立办公间的玻璃墙后冲她招手。

她绕去他的办公室，在门边停下，待到里面人点头，才快步走进。Teddy 示意她去沙发上坐，岑矜就找了个单人座安顿自己。

男人给她拿了瓶纯净水，也跟着坐下来，"你要回去了？"

岑矜"嗯"了一声。

他牙齿白得耀眼，笑容充盈着和气与善意，"来这里第一天，感觉如何？"

岑矜如实答："还不错。"

Teddy说："这两天比较忙，周末聚聚吧，大家一起吃顿迎新饭。"

岑矜温文一笑，"好啊，我来买单不介意吧？"

"不！我不同意，我很介意。"Teddy偏棕的瞳色总是看起来深情款款，"请把这个机会让给我。"

岑矜弯了弯唇，"没问题。"

同一个晚上，李雾还在教室里伏案写题。

下午班会后，他不再背靠后墙孤身一人，而是往前连调了五排，还多了个英语课代表的同桌。好巧不巧，这位课代表正是室友成睿心心念念的陶婉文。

换座后女生甜甜地笑着同他打招呼，出于礼貌，他也应了一句。

结果晚自习前，李雾和成睿结伴去吃饭，成睿杀气腾腾，眼神跟要吃人一样。

李雾头大，愣是不敢再跟陶婉文多说一个字。

第二节课，数学老师掂着一沓试卷进班，说要来个随堂测验。

这一刻，整个十班，只能用哀鸿遍野来形容。

老师充耳不闻，含笑传发试卷，大家只能暗自泣血地写上大名，硬着头皮答题。

教室里悄无声息。直至老师出门接了个电话，许久未回，班里才窃语四起，如发酵初期不安分的面团一般。

李雾的笔尖发出沙沙声，他眉心微皱，仍聚精会神地在草稿纸上算着，突然他胳膊肘被轻拱一下。

李雾侧眸，就见新同桌用手背小心翼翼地推来一张叠好的纸条。

他眉间拧得更紧了，去看陶婉文，女生束着马尾，两颊刘海自然垂坠，遮住了侧脸，神色难辨。

李雾云里雾里，只能将字条握回手心，展开来看。

上面只有几个字：你微信号多少？陶婉文。

李雾微怔，将纸条按原貌叠好，放回抽屉，而后再无下文。

下课铃响，老师回班收卷，有男生还没写完，高嚷着"求放过"，讲台后的中年男人笑着击碎他们所有的侥幸心理，"写多少算多少！"

李雾收拾好背包，一动不动地坐在原处。

陶婉文的座位靠走廊，她有条不紊地收拾好包，拉着熟识的同班女生一块走了。

李雾这才如获大赦般起身，往教室门口走。

早在门边恭候多时的成睿一把勾住他的后颈，直接跳起来猛搓他后脑勺的头发。

李雾缩了下脖子，撂开他的手，"干什么？"

成睿笑容烂漫，"恭喜你，通过人性考验了！"

李雾对他的话不知所云。

成睿咋舌，"纸条啊。"

李雾问："什么纸条？"

"我写的纸条。"

李雾这才反应过来，顿觉荒谬，"你写的？"

"当然了，不然怎么是考验呢。我让陶婉文传你的，她还以为我是要跟你作弊，哈哈，通过人性考验了，从此你李雾就是我成睿一辈子的好兄弟。"成睿脸皮厚过岩层，毫无心理负担地继续与他勾肩搭背，"来，好兄弟一生一起走。"

李雾无话可说，躲开他的肩膀闷头走，半天才蹦出冷冰冰的两个字："有病。"

成睿第一次听他骂人，"刚才那是什么史前奇观？应该摄像录下来。"

李雾双手揣兜，持续疾行。

成睿穷追不舍，"你发什么火，不是陶婉文本人写的让你伤心了？是不是？"

李雾顿足否认："不是。"说完继续往楼下走。

"那你为什么不等我？"成睿小跑跟上。

李雾还是头也不回。

成睿开始嚷嚷，拉下脸来求原谅道："我错了，我知错了！下次我不这样了好吧！"还趁机架住他胳膊，再不撒手，嘻嘻哈哈跟他一道回了寝室大楼。

李雾洗漱完毕，看了会儿化学笔记，就把它放至一旁，取出抽屉里的手机，打开微信。

第一件事还是去看岑矜的朋友圈。

女人的状态依然停留在那张离婚证照片上。

他知道她刚换公司，想关心一下，却又不知如何提起。

李雾内心纠结了好一会儿，脑内的理性大军终究丢盔弃甲，按上键盘，开始敲字。


同一时刻，岑矜坐在床上，把笔记本电脑摊在跟前，专心翻看着Teddy 传来的客户以往的案例用以参考。

不得不说，小羊的确是位非常尽责且很会照应人的上司。

突然，手机里传出微信提示音。

她拿起来看，有些意外。

**李雾：今天怎么样，还适应吗？**

岑矜疑惑地歪了下头，怎么觉得这句台词有点眼熟。

她当即切到短信里认证猜想，果不其然，这小孩转学的第一天，她给他发过一模一样的内容。

岑矜截图发过去。

**岑矜：抄袭我？**

李雾无语。

他立马认罪，又解释说，不知道怎么问合适。

岑矜被他的真诚逗笑，敲过去四个字。

岑矜：很好，谢谢。

男生良久没再回复，也不知道是不是突然困了，毕竟每天都孜孜不倦，头悬梁锥刺股的。

结果，刚要放下手机，那边又发来消息。

李雾：有没有认识新同事？

岑矜不可置信。她抿了下唇，急速输入文字发送出去。

岑矜：学上瘾了是吗？ 睡你的觉。

对面沉默须臾，而后是听话的回复。

李雾：哦。

李雾：晚安。

## 26

李雾发现自己的照片被岑矜设成了通信簿头像。

他还放大再三确认，最后关掉屏幕，把手机塞回枕头下方。

李雾兀自弯了会儿嘴角，再强行镇定下来。

室友的谈论声这才从四面传来。

成睿忽然想起一事，"李雾，你还没社交账号吗？"

李雾沉默半刻，道："现在有了。"

"嗯？"成睿如听到爆炸新闻，"那还不赶紧加我？"

李雾摸出手机，"你号多少？"

成睿报了串英文和数字，几秒后就收到李雾的好友申请。

成睿低头看他资料，一时无言，而后哀号道："这头像都能叫那些女生喜欢，世上还有没有天理了？"

林弘朗好奇，问道："什么头像？"

成睿说:"微信原始头像。"

冉飞驰笑喷。

李雾赧颜道:"我不知道该用什么。"

成睿兴致勃勃地推荐起来:"我给你,我这一堆漫画头像,保证女生一看到就更喜欢你。"

说完就去相册里精挑细选,一股脑传给李雾,"快看,全发你了。"

他还重点圈出其中某张,说:"我用这张当头像的时候,附近好多女生加我,吸引力致命。"

李雾点开,是张黑白基调的逆光吸烟的男人头像,男人下巴尖削,透着一股子散漫颓靡。

李雾问:"用这个不会被老师说吗?"

"不会的!老师管你呢。"

李雾怎么听怎么不靠谱,不予理会,保持自己的"老人头"风格。

"李雾!你怎么还不换!"成睿不依不饶,"这个头像绝对增加你的好感度。"

后半句如击缶,李雾心底有了一丝动摇,他决定试试。

几秒后,隔壁床传来成睿心满意足地拍大腿的声音,"这就对了!"

成睿的头像很快得到验证。

第二天中午下课,李雾回到寝室,收到了岑矜的质询。

岑矜:头像怎么回事?

就在几分钟前,似乎是掐准时间来找他算账似的。

李雾:室友建议换的。

岑矜:什么室友?

李雾:成睿。

岑矜:问你名字了吗,我是说你室友怎么不教点好的。

李雾忍笑到面部发僵,咳一声,整理神色。

李雾:我不知道用什么头像。

岑矜：自己照片都比这个好。

李雾：不想用。

岑矜：吸烟头像就想用？

李雾：马上换。

他嘴上应得信誓旦旦，手却迟迟未动。

过了会儿，女人回来检查。

岑矜：怎么还不换？

李雾：还在找。

岑矜语塞，看来她心中人畜无害、一心向学的小柏木已有被城里歪脖子树侵蚀的趋势。

思及此，她胃口全无，搁下叉子，反复刷新李雾的头像。

"你吃饱了？"对面的路琪琪啃着中翅，满嘴满手的油。

奥星有间自己的自助餐厅，菜品规格都不输五星酒店。

岑矜撑额脱力，喃喃道："小孩好难管啊。"

路琪琪一个后仰，"你已经有小孩了？"

"不是。"岑矜放下手机，更改说辞，"家里弟弟，叛逆期。"

路琪琪撕了条鸡肉含进嘴里，"多大了？我也有个亲弟弟。"

"十七。"

"我弟十五，是挺难管教的，老跑黑网吧偷偷上网，打了都没用，我爸妈快愁死了。"

路琪琪的这番言辞更让岑矜忧心忡忡。

李雾生于大山，心思纯净，花花世界于他而言随处是陷阱，尤其他还这么年轻，是非难辨，善恶难分，很容易迷失自己。

幸而吃完午餐回到工位，再打开软件界面，少年已换掉抽烟的头像，取而代之的是一张书架照片，复古棕黄色调，整张图几乎被厚厚的书脊填满。

李雾：行吗？

岑矜当即被取悦，露出满意的笑颜。

岑矜：这还差不多。不说了，午睡去。

李雾：好。

头像一事就此揭过。


周六放学，李雾没等还跟同桌贫嘴的成睿，一路快跑回寝室。

他收拾好东西，在电子表上调了个闹铃，提醒自己记得买东西。准备妥当，李雾才微喘着坐回椅子，开始翻今天的历史笔记。

男生的字迹齐整俊逸，写满一页，字迹清晰。

不一会儿，寝室里没了人，岑矜也发来消信说今天可能要晚一点。

李雾回复问她几点。

岑矜并不确定，只能给个区间，晚上七点到七点半。

字里行间不曾提及具体事项，但两人已形成一种心照不宣的默契。

李雾忙将闹钟后调，才继续背那些冗杂的历史年份、人物事件。

晚上六点五十分，电子表准时响起来。

李雾旋即起身，背上包往外跑。

树影晃荡，少年飞奔在大道上，黑发被风吹拂着。

休息日，学校人去楼空，小卖部也空荡荡的，略显伶仃，只有两三个学生在说笑。李雾快步往里走，停在柜台边扫视着。

他来的次数不多，一只手数得过来，而且都是成睿连哄带骗带他来的，所以对商品的摆放位置不太熟悉，只能在货架间左看右看，且行且寻。

老板瞅了眼他茫然无措的后脑勺，伸手招揽，"来来来，找什么呢？"

李雾回眸，"有热牛奶吗？"

"有啊。"老板敲了下收银机旁的迷你恒温柜，"热的都在这呢。"

李雾走回去看里面颜色各异的牛奶种类。

"要什么口味？有普通的，还有香蕉的，草莓的也有。"

这么多……李雾纠结了会儿，想到岑矜始终热衷的某样饮品，问："有咖啡的吗？"

"那不如直接喝咖啡好了。"老板替他选出两样，一个雀巢罐装咖啡，一盒咖啡牛奶，"你要哪个？"

李雾呼出一口气，手腕擦过额角，"还是牛奶吧。"

李雾刷完卡，走出店门，握着牛奶揣兜，又看眼时间，再次朝校门冲刺。

晚上七点整，岑矜的车还没到。

时间一分一秒流走。

手中奶盒的温度并没有明显降低，但李雾还是不放心地卸下书包，将它揣进内袋，再拉好重新背回身上。

七点二十二分，眼熟的白车别开车流，缓缓停在不远处。

夜色暗淡，李雾的双眼却像擦燃的火柴那般亮了起来。他抿了下被冷风吹干的唇，朝那边走过去。

刚一上车，便是女人抱歉的声音："来晚了，有点堵车。"

她抬眸看过来。

李雾说："没事。"

岑矜把手放回方向盘，掉头，"我从公司过来的，待会还得回去，就直接把你放小区门口了，你自己回家。"

李雾微愣，先是"哦"一声，又说："你忙的话，我可以自己乘车回家。"

岑矜的睫毛被沿街的灯火镀成金色，"真忙到那种程度，我会提前跟你说的。"

她之所以不辞辛苦来接李雾，是对路琪琪吐槽弟弟的话言犹在耳。

她很担心在某段失责的时间里，好好一孩子就被毒害、被污浊，真的不务正业地跑去黑网吧。

这是岑矜所要面临的难题。

而李雾截然不同，此时此刻，他满脑子思忖的是怎么把书包深处的牛奶合理地交到女人的手里。

车里两人各怀心事，一路无言。

眼看离小区很近了，李雾不想再忍着，掀过书包，扯开拉链。

细微的响声引来岑矜的注意，她视线一掠而过。

少年背脊发热，他找到那盒牛奶，探了探盒身，尚有余温，这才握在手里把它取出来。

女人也在此刻停下车。

"到了。"她转过头提醒。

李雾的胸膛急剧地起伏一下，决心将牛奶递出去。他面色涨红，所幸车厢内并不明亮，有阴影遮掩。

岑矜怔了怔，没有立刻接，只注意到那是一盒牛奶，奶棕色的包装，有咖啡豆的图案。

李雾无法连贯地组织借口，说："之前，以前都是你带吃的来接我。"

岑矜思索片刻，欣慰感霎时将她笼罩，"给我的吗？"

"嗯。"男生轻声应下，生怕她不接受，"反正也是用你的钱买的，拿着。"

最后两个字，低而急，莫名带着破罐破摔的强势。

岑矜接了过去，牛奶还是温的。她举高，粲然一笑，"谢谢啦，我等会儿到了公司喝。"

成功了。

李雾在心底握拳。

"我下去了。"少年飞速拉上包链，急于下车释放内心的得意之情。

"好，再见。"

"嗯。"他关上门，与她道别。

等车驶远，李雾吁一口气，这才放肆地弯起嘴角。他往小区里走，多次回头，哪怕全然不见岑矜的车了。他徐行几步，又一阵疯跑，这一路长砖铺盖，花木摇曳，好像有欢快的乐章，而他似走在琴键上。

## 27

华灯初上，岑矜带着那盒牛奶回到了公司。

一个美工正坐在她的工位上跟路琪琪同享一碗烤冷面，见她过来，美工立马挪地，只留下一股鲜香。

岑矜放下包，坐回椅子，把牛奶搁到桌上。

岑矜的工位很清爽，只有一台全黑的台式机和陈列文件用的白书架，除此之外就摆放着眼药水与纸巾盒。

她抽出一张纸巾擦了下被风吹潮的鼻端，才重新拿起那盒咖啡牛奶。她刚要摘下吸管，手一顿，又把牛奶放回去，取出手机，调整角度，对焦拍了一张照片。

而后才关了手机，戳开锡箔口，开始品尝。

路琪琪偷瞄她一连串的动作，好奇心被勾得老高，"你这仪式感也太强了吧。这是什么牛奶，很好喝吗？"她胃里的馋虫开始乱叫。

岑矜又吸了一口，咖啡味很淡，还甜得过分。她看向路琪琪，实话实说："味道不怎么样。"

路琪琪眨眨眼，不明白了，"那你在那大张旗鼓地拍什么？"

岑矜不答，只递去一个只可意会不可言传的得意的眼色，把牛奶放好，勾唇望向显示屏。

她敲了两个字，突然想起李雾的晚饭问题还没解决，又点开软件下单一份日式套餐。

付完款，她截了张图给李雾，告诉他给他叫了晚饭，记得吃。

男生应得很快。

李雾：好。你吃过了吗？

岑矜：还没，但是喝过了。

那边不再秒回，少顷，才有了新动静。

李雾：好喝吗？

岑矜微微扬眉。

岑矜：你没喝过吗？

李雾：没。

岑矜：还不错。

李雾：嗯。

他一如既往的惜字如金。

岑矜怕打搅他做功课，不再多言，关闭对话框，望回字迹繁密的屏幕，开始对照着文档里的标注梳理内容。

修改完毕，岑矜把新版传给厉飞，这才想起去看时间，显示器右下角的数字已显示是九点。

她单手覆到颈后，一边按压着酸僵的部位，一边去看路琪琪的工作进度。

不料女生已经伏案打盹，她双手垂挂在桌斗里，脸颊的肉被桌面挤成一坨，半张着嘴，睫毛一颤不颤，看来已经酣然入梦。

这女孩才毕业两年，还保有一份不拘小节的稚嫩。

岑矜盯着她看了会儿，忽然有些羡慕，如今的她，死都不会允许自己在外面露出这种睡相的。

不过……

她收回目光，抓起键盘边已经冷却的牛奶，排遣般一口气吸尽。

托李雾的福，她好歹还能蹭点校园的青葱气。


临近十点，岑矜才回到家。

一进门她就愣住了，玄关灯破天荒地开着。

她的心跟着暖了一度，倾身换好鞋，往里走，左右环顾。

视线所经之处，有样东西吸引了她的注意力。

是袋未开封的外卖，被放在茶几的正中央，还系着死结，一看就拆都没拆。

岑矜皱了下眉，喊道："李雾。"

书房门紧闭，里面的人肯定听不见。

岑矜只得走过长长的走廊去敲门，指节才在门板上敲了一下，里面就传来迅疾的脚步声。

岑矜留心听着，唇角悄然起了弧度。

她在门被打开的那一刻调整好表情，沉静地与门内的少年对视。

李雾站在里面，瞳仁自带光亮，"回来了？"

"嗯。"岑矜往后偏了下头，"晚饭怎么没吃？"

"忘了。"他不假思索，"写作业写忘了。"

岑矜抿出一个礼节性的微笑，话里有话道："怎么没忘记拿呢？"

李雾一秒静音。

岑矜知道他葫芦里卖的什么药，说："我在公司吃过了。"

李雾道："嗯。"

"去吃掉。"岑矜轻叹一声，"要饿死了吧？"

"不饿。"

"那是饿过了。"她回身去卧室，同时叮嘱，"热一下再吃。"

岑矜卸完妆换了身家居服出来，李雾已经在厨房吃饭了。

岑矜坐回沙发，他也遥遥看来一眼。岑矜做了个扒饭的动作示意他继续，少年立马低头专注地吃饭。

岑矜并未挪眼，不知是不是灯光的原因，李雾的皮肤似乎白了点，头发也长了，漆黑的碎刘海垂下来，遮住了少部分的额头。

他已然是个城里的小孩了。

看来他适应得不错，岑矜放心了些，收回视线，翻阅起微博。

万籁俱寂，屋内仅有李雾进餐的声音，不徐不疾。

岑矜听得犯困，倦懒地把背埋进靠垫里，莫名有些享受此刻的安宁。

过了会儿，岑矜听见李雾整理塑料袋的响动，回过头去，就见他已经起身，在有条不紊地收拾外卖盒。

他大概又长高了些，面积狭窄的厨房衬得他人高马大。

岑矜记不得之前订校服时测量的身高了，遂问："李雾，你上次量了多高来着？"

少年抬起眼皮，修长的手指利落地将塑料袋拎手打出一个结，"一米八四。"

"哦……"岑矜若有所思。

李雾半蹲下去清理垃圾桶，餐厅的光线一下子又亮了点。

岑矜看着他将灰色袋子放去门外，又轻带上门，才道："我再给你买几件衣服吧。"

毕竟人家小孩刚赠她一盒极有安慰效果的热牛奶。

李雾愣了一下，停在鞋柜旁，"你买好几件了，而且在学校都穿校服。"

"不冷吗？以后外面也要添羽绒服了吧？"岑矜想起自己刚刚穿着大衣去取车都被冻得瑟瑟发抖。

他走回来，"还好。"

岑矜让他到椅子上坐，自己则抖了下毯子，盘腿坐正，"我们这跟山里一样冷吗？"

李雾说："不一样。"

岑矜来了点兴趣，"哪边更冷？"

李雾没说哪更冷，只回："宜市要温暖一点。"

岑矜颇为受用地微微一笑，刚要接话，就听少年一本正经地解释原理："这边有城市热岛效应，山里海拔高，植被多，气温会更低。"

岑矜的面色僵住，将自夸悉数咽回，冷淡地"哦"了一声。

"嗯。"李雾注意到她忽而转低的情绪，虽不知因由，但也不再吭声了。

"作业写完了吗？"岑矜打算用这句话结束交流。

不想他说道："写完了。"

岑矜问："那刚刚在书房做什么？"

李雾说："背历史和政治。"

岑矜划着手机屏，忽然想到什么，问："你们是不是要会考了？"

李雾点了下头。

岑矜说："下个月吗？"

李雾还是点头。

"应该不吃力吧？"岑矜想了想，抬眸看他，"你学习能力这么强。"

猛一被夸，李雾不自在地摸了下后颈，"也不是都行。"

"嗯？"岑矜把手机翻转过去，不再看，"哪门有问题？"

李雾说："英语。"

岑矜蹙眉道："这也不是会考科目啊。"

"就是……"男生回到磕巴状态，"英语不好。"

他的手微微握拢，问："你英语好吗？"

岑矜随手摸了下耳后，轻描淡写道："我在英国念过两年书。"

李雾怔住。

岑矜腾地起了炫技的心思，凝视李雾片刻，她随口讲了一段不短不长的英文念白。

极为标准的英音从她淡红的唇中流淌而出，随意但优雅，连贯又流畅，如曲谱，如诗诵。跟他们课堂上早读时那些用于应付学业的死记硬背完全不同。

李雾听傻了。

"听得懂吗？"岑矜莞尔问道。

李雾回神，"可以再说一遍吗？"

岑矜欣然应允，以更慢的语速复述同样的段落。

李雾大概听懂，并不非常确定，"是讲《丑小鸭》吗，安徒生童话？"

岑矜笑起来，"对，这是我最喜欢的一个故事。"

她不在这段话上多作停留，转而关心起他的学习，"如果需要的话，我可以帮你请位专业的英语家教。"

"不用了。"李雾一瞬间气馁和失落，几乎是下意识地拒绝，转而放缓语气，"别花钱了，我自己会努力的。"

岑矜"嗯"了声，不再开口，接着玩手机。

客厅一时陷入沉默。

那点看似冠冕堂皇的小想法以失败告终，李雾局促地坐了会儿，说："张老师给我调了座位，现在跟班里的英语课代表坐一起。"

岑矜瞥他一眼，"现在坐第几排？"

"第四排。"

岑矜打趣道："那你后面人可惨了。"

李雾纳闷，"为什么？"

岑矜突然挺直腰杆，双臂交叠，煞有介事。

女人有种别样的神气，李雾明白过来，也敛目笑了下。

两人又不再说话，岑矜重新看手机，顺手将碎发勾到了耳后。

李雾注视她片刻，站起身来，"我去看书了。"

"好。"岑矜瞥他一眼，颔了颔首。


周一午间，李雾没有休息。

他去了趟学校图书馆，宜中的图书馆全天开放，且规模可观，但利用率与之成反比。若非班级刻意组织，主动过来借书的学生寥寥无几，尤其这个时段，放眼望去，根本不见几个人，只有文山书海与日光浮尘。

头发花白的管理员老头坐在前台，见有学生过来，还有些意外。

"高几的？"他伸手要卡。

李雾把校园卡递过去，"高二的。"

老头刷了下，歪头示意他进去。

李雾没有那么多时间慢慢找寻，索性直接问起他来："老师，我想问下，这边有全英文阅读区吗？我想找本书。"

老头诧异地瞟他一眼，去看电脑，"哪本？"

"《安徒生童话》。"

老头哼笑一声，连摁几下鼠标，查到了他想要的结果，"有，在B5书架。"

李雾道了声谢，往里走。

李雾方向感不错，站在原地分析了会儿书架序号排列的走向，他快步走向目的地。

架子上有两本一模一样的《安徒生童话全集》，他抬手抽出一本，从目录里找到《丑小鸭》那篇。

男生的手指搜寻着页码，又迅速翻至相应页面。纸张带起的气流掀动了他的头发。

故事配有插图，一群毛茸茸的小黄鸭里，只有灰扑扑的家伙格格不入……很快，他找到了岑矜口中的那段话。

走出图书馆后，李雾一下被日光刺得眯起了眼，他适应了一会儿，才勾着唇跑下阶梯。

走道上，少年的影子被拉得老长，跟樟叶的荫翳混在一块，一时分不清哪处是人，哪处是枝干。

李雾回到寝室，书桌上凭空多了个快递，刚要开口问询，坐那翻漫画的林弘朗开口道："我去门卫拿快递时看到的，顺便帮你取过来了。"

李雾道了声谢，去看快递单，下一刻，他的心加速跳起来，是岑矜的地址。

李雾迅速取出，是只黑盒，盒身印有一个品牌标志，里面装着一个全黑小巧的MP3，除此之外就是说明书、耳机和充电器，并无更多东西。

他坐下去，按照说明书调节设备。

播放列表里已经下载好了多部全英文学作品，第一本就是《丑小鸭》。

李雾怔忪片刻，戴上耳机，按下播放。耳中立刻有男声念诵，发音专业且纯熟。

他听到了刚刚在图书馆确认过的那句话：

"To be born in a duck's nest, in a farmyard, is of no consequence to a bird, if it is hatched from a swan's egg."

生于乡间的鸭子窝又有什么关系，重要的是你是一只天鹅。

李雾牵起唇角。

她在鼓舞自己，他确信。

## 28

最后一片枯叶瑟瑟发抖着从枝权脱离，盘旋至地面的时候，高二年级结束了最后一门会考科目。

李雾跟冉飞驰同一个考场，交卷后，两人对着答案朝外走，刚一出门，就看到顾妍在走廊上等人。本还相谈甚欢的冉飞驰搁下一句"我还有事"，便冲顾妍直奔而去。

李雾立在原地，少顷，他呵出一口白雾，独自一人下了楼。

李雾回到宿舍，罕见地没有看书。他脱掉外套和校服，坐回床上听MP3。

他靠向墙面，插上耳机，与世隔绝。

这段时间，他反反复复听这些英文作品，听到滚瓜烂熟，有些段落甚至能背出来。但证明自己的机会完全没有。

近一个月的时间，岑矜都忙得焦头烂额，每周末都是送他到小区大门后就赶回公司加班。

她晚归晚起，即使他们同处一室，也碰不上几回面。

微信里的聊天内容更是少得可怜。

他烦闷地待了会儿，扯下耳机，决定下床看书。

成睿与林弘朗互拉互揉着进了宿舍，林弘朗百般嫌弃，成睿嬉皮笑脸。

成睿抬头看单腿踩在扶梯上的男生，"要去哪？"

李雾往下连踩两级，而后矫健地跃下，"能去哪，看书。"

他语气冷淡，成睿不由得多看两眼，"你没考好？"

"不是。"李雾拉出椅子坐下。

成睿走过去假模假样地给他按肩，"那是怎么了呀？"

李雾静默两秒，耸了耸肩，只说："没事。"

室温本来就低，李雾还跟台制冷机似的。成睿牙关打架，当即转换话题："冉飞驰人呢？"

林弘朗嚼着口香糖，开了局王者，头也不抬，"肯定嗨去了。"

"哦嗨——"成睿邪笑。

李雾听得心烦意乱，啪一下将书阖上，套上校服就出了门。

成睿听见关门声，奇怪地回头问林弘朗："他怎么回事？"

林弘朗还沉浸在自己刚刚的三杀里，漫不经心道："你管他呢。"

李雾在操场上待到了七点。

待到天幕都变成厚重的蓝黑色，不见弯月与星辰。

他迎着涌动的凉风，边默背单词与句型，边一遍遍在橡胶跑道上漫无目的地走，好像这样才能过滤体内的那些心浮气躁。

可一点用都没有。

李雾从兜里掏出手机，扫了眼没有任何消息提醒的屏幕，像在看一间四面白墙的空房。

刺骨的风钻透外套，让他愈发气结。李雾离开操场。

他回到宿舍，冲了个澡，捎本书回床上看。

他主动给岑矜发了条微信。

**李雾：我考完了。**

李雾用手叩着屏幕等了几分钟，那边有了反应，忙点开来看，就两字。

**岑矜：好的。**

片刻又多问一句。

岑矜：放假了吗？

李雾：没，明天还有课。

岑矜：嗯，今晚好好休息。

末尾四个字，就是在结束对话，李雾再熟悉不过了。

他试着继续下去，开始输入"你还在加班吗"，敲着敲着，手又停住。男生盯了会儿闪动的光标，把这几个字尽数删去。

临近晚上十点，冉飞驰还没回寝室。

成睿盘坐在床上东张西望，"冉飞驰呢，怎么还没回来？"

林弘朗瞥眼手机，"消息没回，电话也没接。"

话音刚落，隔壁忽然传来高亢的男中音："查房了！人都在吗？"

"今天突然查房？"成睿冷汗直下，飞速把手机塞回被窝，"李雾！快关灯，快关灯！"

李雾抬眼，一下没反应过来。

"快点！"成睿火急火燎地催。

李雾这才靠向床头，伸手将开关全关上。整间寝室登时伸手不见五指。

隔着道墙，查寝老师的嗓音清晰可闻："人都在是吧……嗯，都给我早点睡，明天还上课呢。"

然后是稀稀落落的"老师晚安""老师再见"。

李雾第一次遇到这种事，坐在原处，纹丝不动。

林弘朗探出半个身子，小声提醒："傻坐着干吗，快放俩枕头到冉飞驰被窝里！"

李雾压低声音问："这样就不会被发现？"

林弘朗说："听天由命。"

走廊上的鞋履声越发逼近。

李雾当即起来，倾身大步跨至冉飞驰床上，刚要抽他枕头，门把手咔嗒一动，显然是来不及了。

走廊的白炽灯的光线照进来。

随之而来的还有门框处的高大黑影。

"人都在吗？"男教师严声厉色，举着手电乱扫。

李雾迅速别过脸，稳住呼吸。

男老师走了进来，仔细环顾全场。

靠门的那张上铺有些异样，被褥、枕头还板正地叠放着。他顿生不快，"睡这张床的学生呢？"

他瞄了眼厕所，门开着，黑漆漆的，显然也不在那里。

心惊胆战地躺了好一会儿的成睿坐起身，揉眼故作惺忪状，"啊……老师早。"

男老师被他逗笑，"早什么早！"随即又严肃脸，"这张床谁睡的？人呢，哪去了？"

整间寝室的人静悄悄地僵持着，无人开口。

"说啊！"那老师又是一吼。

形势不容多想，李雾定了定心，沉声报出自己的名字："李雾。"

成睿轻嘶，但未再启齿。

黑暗中，他字正腔圆，已下定决心顶罪："是李雾的床。"

老师抬高手电，同时比照起住宿生名册，"高二十班的李雾是吧，你们知道他人去哪了吗？"

光打在李雾身上，他岿然不动，"不知道。"

林弘朗开口帮忙扯谎："回家了。他今天考完试回来说被子太薄，回去拿被子了，明早肯定就回来了。"

男老师明显不信，冷哼一声，往表格里打了个叉，又训责了几句才离开这里。

待到门外的脚步声渐远，成睿才喘了口气，猛搓手臂，"吓死我了，我这会儿还满身鸡皮疙瘩。"

李雾闷声不语，回到自己那边。

成睿看着他不紧不慢的身姿，开始大声拍马屁："李雾，我从来没见过比你还义气的人，你是男菩萨下凡吧？我看我们寝室以后不用再开灯了，光凭你的圣光都能顺利生活到毕业。"

"德行。"林弘朗冷嗤一声。

李雾没有搭腔，只铺开被子，躺回去。

成睿还是好奇他在这短短两分钟内的心路历程，"不是，李雾，你当时怎么想的？怎么就顶包了？"

李雾这才说话："我就一个人。"

成睿明白过来，他越发对这位后来的室友刮目相看，装啜泣："我太感动了，李雾，以后你就是我男神。"

李雾不予理会。

只是他之前没住过校，也不懂规矩，就翻身问了句："之后会怎么样？"

成睿说："去办公室挨批，最不济叫家长。"

"啊？"李雾腾地坐起。

"怎么了？"

李雾猛搓一下头，此刻后悔也来不及了。


岑矜凌晨才回到家，洗漱完已近半夜两点，她困得不行，倒头大睡，直到被闹钟唤醒。

岑矜半张开眼皮，想看看时间，不想竟有两个未接来电。

来电人姓名赫然是"张老师"三个大字。

岑矜立马给对方回电。

电话一下子打通了，气势唬人，好在语气不算凶悍。

"是李雾家长吗？"

"对，我是……"岑矜无法确定自己的身份，迟疑两秒才说，"我是他姐姐。"

"李雾昨天夜不归宿。"

"啊？"岑矜一愣。

姜还是老的辣，张老师成功套话，"所以你也不知情？"

岑矜沉默，"嗯。"

张老师又问："那他就没回家，对吧？"

岑矜还是"嗯"，已经暴露了，再去圆谎也无济于事。不过她也好奇，李雾怎么会彻夜不归，不在寝室的话又会去哪里？

"黑网吧"三个字开始在岑矜脑中徘徊。

"你来学校一趟吧，你跟他说说。平时多用心一小孩，以前的生长环境又特殊，我就怕一个不小心走歪路。"张老师轻叹一声，无奈道，"今天问他也不跟我说实话，我就不懂了……"

岑矜简单收拾一下，只化了淡妆，就赶往宜中。

路上她数次加速，迫切地想知道实情，又有些生气，对自己和李雾都有。

到达宜中时，正值下课，廊间喧闹，岑矜拎着手提包一路疾行。

驼色大衣将她裹得凹凸有致，外加她恃美行凶的气场，沿途的少男少女都自觉为她让道，边目送她的背影边窃窃私语。


高二教学组的办公室窗明几净。

岑矜一眼就瞧见了里面的李雾。少年侧立着，上身被窗台的绿植遮去大半，他面部波澜不惊，日光融融，好似一帧青春电影画面的截图——如果他并未被罚站的话。

岑矜提了一口气，又缓缓平息，才抿出浅笑步入。

张老师率先发现了她，招招手，"这边！"

少年方才转过脸来，清亮的眼底终于有了细微的波动。

"张老师。"岑矜停到李雾身畔，狠剜他一眼，又含笑看向老师，"让您担心了。"

不知为何，她有力量的这一瞪并没有吓到李雾，反倒戳到了他某一根神经，他不得不侧了侧脸，抿紧唇止笑。

"昨晚去哪了？"跟老师抱歉完，岑矜问他，"如实跟老师讲。"

李雾一声不吭。

"哎？你说话啊。"岑矜来了脾气，语气也随之尖锐。

李雾安静了会儿，说："回家了。"

完全是胡说。可少年眼神安定，毫不闪躲，岑矜都快信以为真了，不由得顿了顿，"什么时候？"

"考完试之后。"李雾音色平稳，有理有据，"你昨天加班，我睡觉的时候你都没回家，后来早上你没醒我就来学校上课了，所以你才以为我根本没回去。"

岑矜近乎被诱导，睫毛急促地扑动两下，忽然偃旗息鼓，再吐不出一个字。

二人四目相对少刻，上课铃响起，岑矜才如梦初醒。

她转头去问老师："我能单独跟他说两句吗？"

## 29

得到张老师同意，岑矜与李雾一前一后走出办公室。

走廊上，学生们如争相归巢的小麻雀，不一会儿就全回了教室，不见人影。

岑矜停在白色栏杆旁，李雾也跟着站定。

女人回过头，凛凛道："你现在真是厉害了。"

李雾一言不发，全无刚刚那种从容不迫，与办公室里判若两人。

"回家。"岑矜说，"真回家了吗？"

李雾低声道："没。"

"昨晚去哪了？"岑矜看向他，视线不由得被男生的睫毛吸引，因为它们真的太长、太浓密，尤其他还半垂着眼，好像两片鸦羽色的小扇子。

李雾还是不语。

岑矜就平静地盯着，平静地说话："这会儿已经上课了，我还要去公司，你还想耽误自己、耽误我多少时间？"

少年总算扬眼，说道："我一直在寝室。"

"那老师为什么找你？"

他照实坦白道："我帮室友顶包了。"

岑矜微愣，"为什么？"

李雾说："没为什么。"

岑矜失语两秒，再给他机会，"为什么？"

一模一样的问句，只是施压感增倍。

李雾喉头微动，一点点被撬出了话，"因为室友没回来。"

"没回来你就帮室友顶包吗？"岑矜一时都不知道要怎么评价，"你是什么老好人，交朋友还需要尽这种义务？"

"情况特殊。"他仍拒绝言明具体原因。

岑矜绷了会儿唇，不想再看这面顽固的人墙，头偏向阳台外，"刚刚在办公室，你是想我帮你圆谎？"

李雾不置可否道："嗯。"

"你觉得我会愿意吗？"

李雾下意识想说不会，但话到嘴边却拐了个弯："不知道。"

岑矜郁闷，道："我要真是你家长，这会儿可能已经破口大骂了，你信不信？"

"嗯。"他老老实实挨批。

偏是这种态度，叫岑矜无处使劲，只能干着急，最后把自己憋炸了，开始泄愤："要被你气死了，带你来宜中读书是要你干这些事气我的？"

李雾不解释也不回嘴，只说："对不起。"

忽而来了阵风，吹起二人的头发。

一根发丝贴到岑矜的唇上，岑矜将它拨开，刚要夹回耳后，风再次徐来，那根头发又贴了回来。

岑矜今天涂了唇釉，唇瓣水润饱满，可惜遇到这种鬼天气，唇釉便成了鸡肋。她一抬眸，就对上少年略微含笑的双眼。

岑矜堆积的威严一下崩塌，彻底恼了，"看什么看！"

李雾极快偏头。

岑矜怕再次遭逢这种尴尬局面，双手背到脑后，挑了缕头发出来，利落地绑出个低马尾。

她正欲开口，附近教室传出了念书声，心一下子软了，怕李雾落下课程，忙问："你这节什么课？"

李雾说："英语。"

岑矜暗叹，瞥了眼办公室的门，"不说了，你跟张老师说声，赶紧回去上课。"

"好。"

张老师不是那种刁难人的教师，李雾低头道歉几句，这事就算翻篇。

岑矜目送李雾走出办公室，又跟张老师寒暄了几句，询问李雾在校的情况。

所幸，张老师说，除去这次的小风波，其他时候的表现都无可挑剔，无论是学习，还是生活。

岑矜踏实几分，刚要道别，想想还是放心不下，又问道："张老师，可以帮李雾换间宿舍吗？"

张老师面露诧色，"为什么？"

"就我这段时间的观察来看，他目前的寝室环境对他学习、成长都不利。您也清楚，李雾的情况跟其他小孩不同，他从大山里出来，许多东西对他而言都是新鲜的，甚至是诱惑的。我不是他真正的家人，没办法时时刻刻监督他，更不可能帮扶他一世。高考是为数不多的一条公平的路，所以我希望能够少一点干扰，让他一心一意好好走完，回忆起来不留遗憾。"

岑矜心平气和地说着，她想，她的言外之意已表述得足够到位，希望张老师可以明白。

张老师沉吟片刻，笑着望回去，"岑小姐，你这样说就不对了，哪个孩子不是独一无二的呢？只是在你们眼里，自己家孩子尤为特殊罢了。孩子都是独立的、有个性的，哪怕出身不同、性格不同、成绩不同。对我们老师来说他们也只有一个身份，那就是学生。你说的情况我会好好了解、好好考虑，但我必须纠正你的观念，且不说现在，今后李雾上了大学，步入社会，那环境更是鱼龙混杂、防不胜防，你要怎么办？岑小姐，不要让自己这么紧张，过度制约对你的孩子没好处，还会拉远你们的关系。"

岑矜一怔，反驳道："李雾不是我的孩子。"

张老师说："我知道，未来呢，也许你会有，这也算提前练习了。"

岑矜无言以对。

岑矜匆匆赶回公司，鼻头都出了层薄汗。她忙脱掉大衣，露出修身的雪白羊毛衫，好似荔枝剥去了壳，独留柔润的果肉一般。

她坐着看了会微博，张老师的话还在她脑中挥之不去，于是决定去倒杯咖啡转换心情。

碰巧张爵也在，他刚倒完咖啡，顺手取了粒黑色胶囊出来，"你来，还是我帮你？"

岑矜瞟他一眼，张爵今天没戴眼镜，显得眼睛更小了，但他眉深鼻挺，被灰色毛衣衬着，还是个挺清俊的男生。

她不习惯麻烦人，摊手道："我来吧。"

"心情不好？"张爵把胶囊递给她。他不愧为人事，一双慧眼堪比情绪监测仪。

岑矜熟稔地将胶囊嵌入机器，"你天天加班试试。"

张爵端着杯子笑，"我听琪琪说，你们熬出头了。"

"听她的呢，没到投放那天，一切都是未知数。"岑矜吁气，"昨天原真五点找客户看东西，你猜她们回什么？"

"嗯？"

岑矜学得像模像样，"几点了，你在暗示我们加班吗？附带一个微笑，就那种原始的微笑表情。"

张爵也笑出声，又定神看她两秒，"矜姐，你一点不像结过婚的。"

"那是因为我没生小孩。"岑矜的笑容忽而黯了几度，好像浓郁的咖啡被清水稀释过。

张爵摇头，再摇头，"不，是你眼里有光。"

"我眼睛大。"

"人身攻击了啊。"张爵佯装不爽。

岑矜耐心等咖啡出完，端起杯子，一转脸，却发现张爵还没走。

"你很闲？"她奇怪。

"因为不待创意不做阿康吧。"他好整以暇。

岑矜心口中箭，假笑一下，转身就走。

张爵快步跟上，"你怎么不自作多情一下。"

岑矜蹙了下眉，"自作多情什么？"

张爵口吻随意道："自作多情我在等你。"

"别，谢谢，我会有压力。"岑矜摇首婉拒。

岑矜回到工位，打开群聊，他们的客户执行原"阿康"原真女士又在群里骂骂咧咧，她每天都处在一种躁郁的状态。

岑矜突然被点名。

原真：Gin，写个圣诞朋友圈文案。

岑矜：不是已经交了？下周你们就会在朋友圈看到。

原真：私人的。

岑矜：这也要我写？辱 Gin 了。

原真：是的，无语绝对无语，还要给他们的市场部领导想圣诞节发什么朋友圈文案。什么玩意儿，还让我们"扣心自问"，自己是领导的话朋友圈发啥。我们怎么扣心自问？我能当领导也不会在这骂他们了，这种人为什么也可以当领导啊！

岑矜：写可以，服务费呢？这可是超额工作量。

奥星-Teddy：我来报。

岑矜：谢了。

Teddy顺势宣布聚餐通知。

奥星-Teddy：周六聚餐，岑矜的迎新饭。这段时间忙，欠一个月了，有空的都来。

他又往公司大群发布一条一样的内容，还点了岑矜的名字。

奥星-Teddy：岑矜，女主角应该不会没空吧？

岑矜：应该不会。


十班今天的晚自习是物理，张老师一早就来到班里，也不授课，就让大家自习。

整个教室鸦雀无声，只有笔尖摩擦纸页的碎响。

第二节课照样如此，张老师坐在讲台后，如一尊不苟言笑的佛一样。

时间过半，张老师突然起身叫人："成睿。"

还在交头接耳的男生猛地昂起脑袋。

李雾听见名字，也回过头看他。

同样望过去的还有林弘朗与冉飞驰。

一时间，李雾寝室的四个人都有了短促的目光接触。

张老师走下台阶，"出来。"说着就走出教室。

成睿心跳加速，从座位上起来，跟了出去。

教室门被带上，老师倚着栏杆，成睿则背对着窗。黑幕之中，他们讲话声音不大，一个字都听不见。

李雾的心头升腾出一丝异样。他皱了皱眉，强迫自己别多想，接着低头解题。

但后来发生的一切，几乎印证了他最坏的猜想。

几分钟后，成睿回来，林弘朗又被叫了出去。

　　差不多的时间间隔后，林弘朗进班，换冉飞驰。

　　这一次，张老师与他的交涉变得极为漫长，甚至语调也渐渐高昂，整个班都隐约听见，当中不乏"以前都睁只眼闭只眼""对自己负责吗"之类的话语。

　　下课铃响，嘈杂顿起，冉飞驰气汹汹地冲回班里，他目不斜视，两眼通红，开始收拾书本。

　　张老师回班夹上教材，冷着脸离开。

　　林弘朗搭着包走到冉飞驰桌边，蹙眉问："出啥事了。"

　　成睿忙不迭蹦跶过去，"怎么回事啊，老师跟你说什么了？我发誓我守口如瓶，绝对没出卖你！"

　　冉飞驰停了停，似在缓和情绪，过了会儿才问："不是你俩对吗？"

　　"废话！"林弘朗反应过来，"我是那种人吗？"

　　李雾站在座位里，有些担忧。刚想过去，冉飞驰已经冲他指过来，咬牙切齿道："你们问他。"

　　气氛瞬时剑拔弩张。

　　班里学生都朝这看过来，有人拉搡着要走，有人驻足看热闹。

　　林弘朗也看向李雾，目光审视，"你干吗了？"

　　冉飞驰冷笑道："亏我还以为他多讲义气，转头就把我们卖了。"

　　李雾顿足，沉声道："我没说。"

　　"你没说？你家里人都想给你调宿舍了，估计早等着这种机会搞我们了吧？之前就觉得你装，看来不是假的。"冉飞驰说着，抬袖狠抹一下眼睛，背上包走了。

　　林弘朗跟成睿亦步亦趋地跟上，用肢体语言安抚他。

　　他们路过李雾时，成睿很是复杂地瞄他一眼，一言不发。

　　李雾追下楼梯，声音大了些："说清楚行吗？"

　　林弘朗回头拦住，扯住他的外套，语气不善道："行啊！跟我说，别烦冉飞驰行吧。"

李雾领口一紧，没有拽开他的手，只笔直地站住，眉心紧锁。

"说什么说！有什么好说的，这么急着撇清，你昨天背什么锅装什么好人？"冉飞驰回过头来，双目猩红，"托你的福，我明天要被叫家长！你满意了吧！"

他的嘶吼里，全是难受的哭腔。

刺骨的风刮在几个少年的脸上，冷生生地疼。

李雾彻底失语，心头的一角陷落，穿堂风骤袭而来。他在萧索的夜幕下一动不动。

原来是这样，原来她真的不会帮他圆谎。

## 30

周六晚上，不到六点，Teddy 就在群里呼朋引伴，提醒大家放下手里的工作，准备出门聚餐。

路琪琪在吃的方面从不甘于人后，第一个举手。

**路琪琪：我准备好了！**

**Teddy：准备好买单了？**

路琪琪立即技术性下线。

岑矜笑了笑，存好档后，看眼时间，往群里发消息。

**岑矜：可以等我半小时吗？有点事，你们先点餐。**

**Teddy：还有比跟大家共进晚餐更重要的事？**

岑矜想想，如实回复俩字"接人"。

几个月来，在接送李雾这件事上，似乎也已经成为岑矜生活仪式感的一部分，就像刷牙一样不可或缺。

**Teddy：如果是接帅哥就不介意。**

岑矜：我弟，今天周末要回家。

Teddy：那一定是帅哥了，不妨接来一起吃。

岑矜：不合适。

Teddy：那好，我们等你。


两旁霓虹飞窜，轿车一路驰骋，照常停在宜中门前。

出发时岑矜给李雾发过消息，少年果不其然已在那候着。他孤身立在花圃旁，身姿修长，脸上笼着一片叶影，似有些心不在焉。

岑矜按了下喇叭提醒，少年才如惊弓之鸟般抬头，而后走了过来。

他只字不言，坐上副驾。

岑矜已做足接收好消息的准备，又逢聚餐精神爽，所以心情明快，语气也透着少见的愉悦："这次会考考得怎么样？"

李雾侧头望窗，半晌才挤出三个气压低沉的字眼："还可以。"

岑矜留心到他的反常，瞄他一眼问："你不舒服吗？"

李雾没有回答。

得不到回应，岑矜又唤："李雾？"

少年明显不愿说话。

岑矜借着红灯观察起他来，少年斜挨着，整个上身几乎背对着她，人也沉郁低迷。过去几周来接他，他都是一只听话的鹿，大眼睛熠熠生辉。今天的他成了一头桀骜不驯的狮子，周身散发着抵触与敷衍，一直裹在一团黑压压的雾气里。

莫名其妙。

岑矜不懂他在耍什么脾气，口气也淡下来："今天还是把你放小区门口，我还有事。"

李雾回道："嗯。"

岑矜承认，李雾毫不走心的反应堵到她了。

她延后聚餐让全公司人等着，这小孩平白无故跟她摆什么脸色呢。

后半程，岑矜紧捏着方向盘，不再与他搭话。一个字都不想。

车停在小区门口，岑矜板着脸，冷冰冰地说："下去吧。"

车锁一开，李雾当即开门下车，连再见都没讲。

高高瘦瘦的男生径自往小区里走，仿若视她为无物。这个姿态彻底激恼岑矜，她一踩油门，追了过去。

察觉到身畔有车与他并行，李雾愣了下，眼略斜过去，与窗后的女人视线一撞。

只一眼，她又加速，雪白的四轮野兽直接越过李雾，驶往他们楼下。

李雾步伐稍滞，继续往同一方向走。

岑矜暂将聚餐忘却脑后，在楼道口等他。

没一会，李雾也过来了。岑矜瞥他一眼，下巴一扬示意他先进电梯，自己才跟着走人。

四下寂寥无声，金属墙壁映出并肩而立的两个人，只是谁都不曾看谁一眼，如隔千重山。

几秒后，叮，他们前后出去。

这一次，岑矜在前。

到了家，岑矜没有换鞋，直接走向沙发，"咣"地一下将车钥匙丢到茶几上。

躬身换鞋的少年似被这声刺激到，手一顿，终究忍无可忍，趿好拖鞋就朝岑矜走过来，"是你跟张老师说给我调宿舍的吗？"

他的嗓音因长久不语而干哑压抑。

岑矜怔住，回想一秒，淡着脸看他，"是我，怎么了？"

李雾喉结动了下，正视她一眼，转身往书房走。

这一眼不带力度，却很耐人寻味，如钝刀冷不防一击，一开始无感，但后劲上来，皮肤就开始火辣辣地发烫。

岑矜被自己面红耳赤的反应惹恼，怒意肆虐，她不再傻站着，追杀似的跟过去。

书桌后，少年已经坐定。

他大概没料到她会过来，抬眸仓促地瞟她一下，又敛目去找另外的书本。

"怎么，我不能让你们老师给你换宿舍？"岑矜站在门边，非要在此刻问个明白。

李雾把讲义放上桌面，似忍耐般静了几秒，而后看向她，"为什么不跟我说一下？他们是他们，我是我，能不能别管这么多。"

话音刚落，岑矜的大脑霎时成了火药，完全被点爆，"你以为我想管？不是你先违反纪律你们老师才叫我的？你以为我想介入你的校园生活？

"你以为我舰着脸去跟你们张老师说换寝我很乐意？我一个根本没小孩的人却变成被请的家长我很乐意？没你我不知道要少多少事！

"现在跟我说这些，当初谁给我打电话？当初又是怎么答应我的？现在又变成了什么样子？

"是谁说得那么好听，只是想读书，只要能读书。这还一个学期没到，就开始不服管教，乱发脾气，满口谎言，还有乌七八糟的头像，这些都是怎么来的？

"你扪心自问，敢说自己没被你宿舍那帮男生影响？他们让你背黑锅，你却来迁怒我，他们到底给你什么好处了，让你这么是非不分？"

岑矜一直说，而李雾始终低着头，胸腔剧烈起伏。半晌，他清晰地讲出几个字："他们是我朋友。"

"呵。"岑矜极尽讥讽地轻笑。一股脑的发飙终于让她的情绪有所缓解，她面色转白，语调平息下来，却也格外冷淡，"了不起，好伟大的友谊。"

李雾的手握成拳，毅然抬头，定定地看着她，"不也是你让我融入他们，让我交朋友的吗？"

岑矜如鲠在喉，眼中涌出不可置信的神色。她顷刻返回客厅，抄上车钥匙走人。

砰！

女人摔门而出的巨响好似一脚狠踹到李雾的脊柱上，他胸口痛到几乎要蜷身。

但他还是正坐着，肩线平直，只怔怔地盯住面前的讲义封面，沉默着，难过着，久到像是不会动了一样。

岑矜赶到知微馆时，已经近八点了。

这家餐厅青瓦飞檐，湖光山色，颇具古韵，是宜市首屈一指的杭帮菜。

沿着湖畔淡黄的灯盏走上一段，再绕过一丛修竹，踏上木梯，岑矜驾轻就熟地找到 Teddy 早前就在群里讲好的包厢。

包厢门关着，岑矜敲了两下，就听里面有人高喊："进！"

岑矜推门而入。

啪一下，飞花彩絮迎面袭来，岑矜根本来不及退避，周身就被挂满，化身成一棵活体圣诞树。

整间包厢都是欢呼、拍掌。

"喂——拜托！"这种狼狈反而让她坏心情一扫而尽，岑矜笑了，"这只是迎新会，不是生日快乐，也不是新年庆祝。"

主座的 Teddy 高举手臂，挥了又挥，"就当生日了，岑矜的生日在八月！就当给你补过，快点，快上坐，赐蛋糕！"

居然真有蛋糕，还是路琪琪端出来的，四寸大小，嵌着淡粉色的蔷薇，很是精致逼真。

岑矜掸去肩头的花瓣，嗐笑入座。

路琪琪在她身边坐下，"我待会可以吃点吗？"

岑矜回道："你整个带回家都行。"

"那还是不了。"路琪琪一甩头，自有一套讨食逻辑，"要来的香，白拿的臭。"

Teddy 自备酒水，是几瓶价格不菲的某品牌葡萄陈酿。

他亲自离席为下属斟酒，第一个是岑矜，还倒得尤多。

几个男同事争相索要同等待遇，直接被 Teddy 喝退。他们不依，总监大人不得不放话："谁今晚跟我回家，我就给谁多倒。"

有人瞬时噤声，有人敞开胸怀，视死如归般大叫"来啊"。女士们笑得前俯后仰。

酒足饭饱，气氛融洽。新同事们妙语连珠，舌灿莲花，岑矜无时无刻不被逗弯了眼，渐渐融进黄灯火里，她也有了些醉意。

岑矜担心再灌下去看人就得重影，搁下杯盏，搭腮看大家唠嗑，把甲方翻来覆去地骂。

席间，有人提及岑矜以前的公司："这次立付宝的项目没比过意创。"

"他们媒介支持比咱们强啊。"

"不是媒介好，他们那个全能副创意总监有点东西的，前一阵自写、自拍、自剪的手语广告，还拿了中华青年创意奖，我是真服。他大脑得长得像个蜂窝吧，哪里需要采哪里……"

岑矜唇角微微凝固，他们聊的人是吴复。

一位美术指导将目光投向她，"岑矜，你就是他带出来的吧，写东西这么利索。"

岑矜婉约一笑，"对呀，他还是我前夫。"

桌上顿时沉默，不知是谁憋不住了，喷笑出声。

大家又不约而同傻乐，更有甚者拍桌敲碗，成功化解尴尬。

临近十二点，广告公司的疯子们总算散场。

岑矜的苹果肌酡红，多了两抹异于平常的反差萌。但她大脑还算清醒，与同事依次道别，又跟 Teddy 侃了两句，才打车回府。

岑矜坐上后排，刚要跟司机报小区名字，脑中白光一闪，转而说出另一个地址——春畅的家。

女人的到来过于心血来潮，春畅还在洗澡，裹上浴巾就滑步跑出来给她开门。

两人一对上眼，春畅就不爽地指她，"好啊，喝酒不带我。"

岑矜头晕眼热，摆手往里走，"公司聚餐。"

她瘫靠到沙发上，喃喃道："天呐，我好久没有过这么爽的周六了，就这样躺着，什么都不用想，我住到你家来吧春畅。"

春畅去卫生间抽了条毛巾搓头发，"为什么啊？"

她倏然想起什么，眼一亮，"你那小弟弟呢，一个人在家？"

"啊——"岑矜捂脸，痛苦哀号，"为什么要提他——"

"干什么？"春畅直接被她整蒙，"怎么了啊？"

岑矜抓个枕头揽怀里，一五一十地跟她讲清了这两天的闹剧。

春畅的嘴都要笑歪了，"你们也太好玩了吧。"

她居高临下看着自己的朋友，踢了下她搭在茶几上的细腿，"所以你就来我这过夜？"

岑矜怆然点头、再点头，疲乏至极，"一想到还要跟这小孩待一个房子我就觉得憋，我可真是给自己找罪受……"

"岑矜，我发现你这人有点问题。"春畅在她身边坐下，"你怎么每次跟男的吵架都离家出走，明明房子是你的，家也是你的，你什么时候能赶走他们啊？"

"怎么赶？"岑矜腾一下坐直，"人家举目无亲，能去哪，走个七天七夜回胜州吗？"

春畅点她胳膊，一字一顿道："你呀你，还是心、肠、太、软。"

"能怎么办，别提他了行吗，我听见他名字头就发涨。"借着酒劲，岑矜开始撒娇，"春畅，畅畅，我想喝水水。"

春畅起身去厨房，端了杯热水出来，"你今晚不回去，弟弟找你怎么办？"

岑矜接过去，小抿一口，"他才不会找我。"

同一时刻，茶几上的手提袋内传出振动。

"看，这不来了。"春畅伸手去摸，岑矜也由着她，不料她一拿到手，就指屏幕给她看，还惊呼出新发现，"李雾？就是他吧，原来他叫李雾。

哎唷，弟弟还是有人性的。"

岑矜急忙阻止她蠢蠢欲动的手指，"别接！"

春畅只得垂手作罢，"你跟人小孩闹什么别扭。"

"你是不知道我今天被他气成什么样，你要在场，你也会想，这说的是人话吗？"

手机停止了振动。

春畅把手机轻搁回茶几，"我猜，李雾弟弟还会打来。"

岑矜冷哼一声，把春畅剩了一半的谷物圈袋子扯过来，像在家里那样屈腿坐好，一边吃，一边用余光留意。

果不其然，五分钟后，手机再度振动。

春畅探身确认，"看吧。"

岑矜叼着谷物圈，含糊回道："别理，看他能打几个，超过十个我考虑接。"

两名年近三十岁的成年女性并排坐沙发上，开始一场对高中男孩的耐力测验。

春畅计数道："第三次。"

"第四次了。"

"第五次！"

"第六次了，他可以啊。"

"七！你发现没，他每次都间隔五分钟哎，他是不是有强迫症啊？"

"八，八遍了！"

第八次断开后，长达十几分钟的时间都不见第九次电话。

岑矜鼓嘴，一脸意料之中，"看到没，我的养育之恩对他而言只值八次电……"

话音未落，春畅的手机急剧振动起来。

## 31

这回轮到春畅处理这颗烫手山芋，她格外兴奋，忙不迭将手机举高。

生怕她按通，岑矜冷脸警告："不准接！不准做出背叛组织的行为！"

"知道了知道了，我看看还不行吗？"春畅认命，从沙发上弹起，仔细瞅，"这不是你以前的号码吗，给李雾弟弟用了？"

"嗯。"岑矜靠回去，"手机也是我去年的。"

手机还在春畅指间颠簸，"他怎么会知道我号码？"

岑矜说："我之前给他存了四个联系方式，最后一个就是你的。"

"嘿，凭什么最后一个才是我。"春畅不爽。

岑矜歪脑袋，"第二、第三是我爸妈啊姐妹。"

"哦……"春畅这才满意地抿笑，"这小孩还挺聪明啊，联系不上你，还知道给你朋友打。"

岑矜心悸，后知后觉道："他不会还给我爸妈打电话了吧？"

春畅哈哈大笑，"很有可能哦。"

"无语死了。"岑矜手搭头，"还好我爸妈这个点已经关机睡觉。"

春畅笑个不停，"难道不是你离家出走更无语？"

两人聊着天，李雾的第二通电话已经拨入。

春畅也没辙了，坐回沙发，端着手机，"你说怎么办，弟弟要担心死了。"

"多担心担心。"岑矜弯唇，继续嗑谷物圈，"正好也体验一下别人夜不归宿的滋味。"

春畅摇头叹气，"你好幼稚啊岑矜，你也是高中生吗？"

岑矜不以为意，"这叫以其人之道，还治其人之身。"

春畅冲还在狂振的手机努了下嘴，"可我不想给李雾弟弟留下坏印象耶。"

岑矜细眉一挑，"那你接啊，别说我在你这就行。"

"他万一跑出来找你怎么办？"

岑矜嘶了口气，言辞笃定道："不会的，他根本不知道我认识谁、在哪工作，怎么找？真出去了也会一无所获地回家。"

李雾的确没有出门找她。

始终联系不上女人之后的某个瞬间，他的确有种冲动想走向玄关。但很快，他醒悟过来，在这座偌大而冰冷的都市里，他对岑矜周边的一切一无所知。

而岑矜是他与宜市建立关系的唯一纽带。

他不得不重新审视自己的本来面目——他只是只深海中小而伶仃的昆虫，仅靠一缕氧气维系生命。而此刻，赖以生存的输送管道也从他身体上被拔除。

尽管置身华美的温房，李雾却无比窒息。

他焦灼地在家走动，看不进一本书，写不了一个字。

他懊悔、担心，坐立难安，无计可施。在与岑矜不欢而散的这几小时内，他身体里全是不堪忍受的痛意。是她的善意与温柔让他太过得意忘形，已然看不清自己。

李雾备感煎熬，开始翻找通信簿里的其他人，他不敢打搅岑矜的父母，就拨打了最后一个号码，寄希望于从她朋友那里获知她的消息。

连打两次还是无人接听。

半夜一点了，李雾坐回沙发，绝望透顶。

他清楚岑矜会回来，回到这里，但他们的关系未必能回到从前了。

不知枯坐了多久，手机忽然一振，李雾回魂般地打开。

是岑矜朋友发来的短信。

**春畅：在我这呢，别担心了，趁她洗澡告诉你的，不用回复我！**

*记得删消息！*

李雾总算能缓口气，他删掉短信，闭上眼，坐在原处自省许久，才起身回到书房，继续完成剩余的功课。

李雾一夜未眠，早上五点，他收拾好书包，离开岑矜的房子。

冬日的清晨，亦是夜气深深，路上只有少许游移的车辆、划拉着扫帚的环卫工人，还有刚刚出摊的早点小贩，偶有擦肩而过的通宵上班族，脸上也布满了麻木与倦怠。

城市的齿轮尚未飞转，庞大的静谧里，这些琐屑显得格外可贵。

李雾不紧不慢地往学校走，足足走了近一个小时。

这是他第一次无人引领，也不坐在车里远观着这座城市。他亲历其间，以步履丈量，以目光描摹，以神思感知。他发现它并没有自己想象得那么可怕，那么遥远，那么傲慢，那么高深莫测。

天还是天，地还是地，他还是自己。

他的心浸在周边的环境里，逐渐变得踏实安宁。


正午时分，岑矜才头痛欲裂地从朋友床上苏醒。

春畅是老酒鬼，早盛了碗养胃的清粥放在桌上。

岑矜刷完牙出来，状态好了些。她喝掉半碗粥，气力也跟着恢复，才想起去看手机。

微信里只有公司群聊，再无其他消息。

一切尽在掌握中，岑矜干巴巴地说："看，也没有多坚持不懈，最后不还是不管我死活。"

春畅正在擦拭相机，"谁，李雾弟弟啊？"

岑矜抿了口水，"除了他还有谁。"

春畅勾勾唇，"吃完就滚吧。我下午还要去棚里，指不定弟弟还在家等你呢，一宿难眠。"

"就他那白眼狼。"岑矜嘲弄一笑，"怎么可能。"

话虽如此，但吃完这顿简易午餐，岑矜还是没在朋友家久留，两人有一搭没一搭聊到下午一点，岑矜起身告辞。

到了家，岑矜在门外稍停片刻，深吸口气，才解锁开门。

她停在玄关，环顾四周。

客厅分外安谧，物品仍摆放有序，植被悄然立着，只有缓缓流动的光影是唯一不安分的因子。

岑矜换好拖鞋，又往里走几步，透过走廊往里观望，除去自己卧室门紧闭，其他房间都敞着；阳台明净，也空无一物。显然，整间屋子除了她，已再无更多人。

她注意到茶几上摆了东西。

岑矜走近，发现是李雾使用的那个手机，下面还压着一张撕下来的笔记本纸页。

岑矜拧起眉，飞快将纸抽出。上面写着一句话，字迹俊逸。

**我会好好学习，不会再让你担心。**

一股气直接从胸腔蹿起，然后长久地阻塞着，难以纾解。

岑矜的胸重重地起伏一下，把纸放回茶几，站那捋两下长发，而后迫不及待地掏出自己的手机，拍摄眼下这幅几乎要让她心梗的画面，发给春畅。

岑矜：他什么意思，手机都不要了，在向我示威？威胁？要跟我决裂？真有本事，学也别去上。

春畅回了个捶地笑哭的表情。

春畅：这不正是你所期待的吗，多乖巧听话的孩子啊。

岑矜：我真是要气晕了，真的，我出生以来第一次遇到这样难相处的人，我今年是要渡什么劫吗？老天尽给我塞什么事。

春畅：好啦，也许人家真的就是想专心学习呢。

岑矜极力使自己平静。

岑矜：行，正好快期末了，我看他好好学习能学到什么程度。

新的一周，李雾彻头彻尾变回从前那个自己。独来独往，上课专心致志，暇余埋头苦学。

上周五，夜不归宿的闹剧以各自叫家长加警告批评的处理方式收场。

冉飞驰那天是为了给朋友庆祝生日，卡零点放烟花才没有按时返校。

李雾拒绝了张老师的调换建议，仍住在原先的寝室，成为一个完全透明的存在。其余三人对他视若无睹，聊自己的，玩自己的，只是某些时刻，他们的目光会不经意滑过他的身躯，而后化为更深的鄙夷。

而这周开始，这种微妙的寝室氛围发生质变，他们开始采取具体行动。

周一中午，李雾在食堂打好饭，刚一落座，冉飞驰、林弘朗二人便坐来他这桌，将他的包夹起来。

他们不作声吃了会儿，相互换个眼色，就开始将各自碗里的肥肉尽数挑拣出来，丢到李雾的餐盘里，阴阳怪气地说："多吃点，一定要吃掉，平时想吃点肉不容易，千万别浪费哦。"

李雾注视着那堆肥肉片刻，夹起一块放入口中，平静地咀嚼。

冉飞驰立即鼓掌，"太捧场了，好兄弟。"

周二晚上，李雾洗完澡，照常在阳台洗衣服。

忽然，林弘朗吊儿郎当地踱来他的身旁，把数双穿过的袜子一股脑撒进他盆里，懒懒地笑道："一起洗了啊。"

李雾双手停顿片刻，垂下眼帘，将那几双袜子一道埋回泡沫深处。

再往后，他被疏离与排挤的范围扩大，从寝室逐步延伸至整个班级。

这种趋势源自周三下午的体育课。

体育老师指使几个高个子男生去取排球，李雾也在其中。他们勾肩搭背，默契地走成一片，有说有笑，自动与李雾隔开好几米。

等到了操场边的器材室，他们陆续进去，又两两提着球筐出来。

李雾排最后，进了器材室，他扫了眼体积颇大的球筐，打算一个人试试，刚要倾身去握把手，一颗排球"哪"的一声砸向他的后背，李雾一趔趔，险些往前栽去。他及时稳住身形，蹙眉回头找罪魁祸首。

"啊，不好意思，手滑。"一位同班的男生冲他灿烂一笑。

李雾面无表情地看他一眼，重新去提球筐。

"你投得也太不准了吧。"另一个声音搭话，"看我的。"

李雾的颈后被猛力一击，排球弹过他的肩头，跳回地面。

"这是排球啊，你们姿势不对吧，难道不应该用手垫吗？"

又是一下，打在李雾的左后肩。

他们嘻嘻哈哈。

他一言不发。

他们得意扬扬。

他岿然不动。

"第一次发现排球这么好玩。"

"对啊，还有这么多玩法。"

"下次试试篮球呗。"

"别啊，篮球太硬了，太不友好了。"

李雾长吸一口气，第四次躬身去搬地上的球筐。

一颗球不偏不倚正中他的后脑。

短促的晕眩过后，李雾直接撂下筐，单手拿起一只球回过身来，冲他们面前的水泥地狠狠掼去。

那球弹了老高。几个男生腾地跳开，神色惊怖，被吓得脸通红。

"干什么呢你？"

他们恼羞成怒，破口大骂，同时把手边更多的球摔向李雾。最后还是成睿疾冲过来高呼一句"老师问你们球怎么还没拿来啊"，几个男生才收手。

李雾目不斜视，掸掸身前，捡起四处散落的球，才独自搬起一整筐排球走了。

见他们回来，体育老师重整队列。

大家立正，各自报数，面孔年轻，嗓音响亮。

成睿入队，偷偷望向不远处放置球筐的李雾。日头朗朗，男生身形消瘦，校服背后的白色部分已布满杂乱的灰印。成睿眼底浮出少许不忍，而后偏开了视线。

## 32

同一个周三，奥星代理的圣诞广告开始在各大社交平台上进行铺天盖地的投放。

岑矜的团队忙得团团转，这周开始基本全员全天待在公司，以备不时之需。

公司内部的圣诞气氛同样浓郁，天花板上挂满了雪松枝，成百上千的红白圣诞球悬吊下来，被星星灯海点亮，流光溢彩。

两米多高的圣诞树下，摆满了公司成员自备的创意礼品，昂贵的、低廉的、美的、搞怪的，大家自行拿取，全凭运气。各色甜品与面点铺满了洁白的台面。

岑矜还在自己的工位上复查着客户官博的所有文案，确保没有任何纰漏。

突然，一盘嵌着薄荷叶的蛋糕卷杵来她的眼下。

岑矜扬眸，是头戴圣诞帽的路琪琪，她一脸喜气洋洋，"吃东西了！马上还有表演。"

岑矜接过去，用叉子拨下一小块，好奇道："什么表演？"

路琪琪指了指不远处，"宜小的学生合唱团来唱圣诞歌，这是我们公司的传统啦，每年都会邀请他们。"

岑矜眺望一眼，果不其然，一群身穿衬衫、毛衣、红黑格子裙裤的小朋友手持硬壳词册，做合唱前的最后准备。他们有男有女，分列三排，立于公司的巨型灯牌前，脸蛋被光映得柔白而稚嫩。

怔神之际，岑矜已被风风火火的路琪琪扯起，一路猛冲过去。

许多同事已经聚来这里，谈笑风生，杯觥交错。

Teddy 手持红酒，正与客户部总监聊着天，瞥到岑矜跟路琪琪，他高举手里的郁金香杯，朝她们灿烂一笑。

那位总监也看过来，微微颔首。

岑矜回以淡笑，继续对付手里的蛋糕。

没一会儿，熟悉的前奏响起。

孩子们挂起烂漫的笑容，齐声歌唱，声音清亮如莺啭："We wish you a Merry Christmas.We wish you a Merry Christmas.We wish you a Merry Christmas，and a Happy New Year……"

光线温情，岑矜含笑望着这些娇嫩的面孔，渐而有些失神。

也不知道李雾怎么样了。

她原打算圣诞节给这小孩点份蛋糕送到学校的，可惜计划赶不上变化，两人冷战，他手机也搁在家里了，此刻想联系都联系不上。

算了，将李雾带来宜市的这段时间，她对他也算关爱有加、仁至义尽，他不领情就罢。

换个角度说，他现在专心学业，确实比什么都强。

岑矜叹一口气，撇去这些每每想起只会叫她无奈气闷的念头。

"跳舞啦！"

不知何时，学生合唱已结束，更为悦动的音律在大厅中回荡，节奏感极强。

有人熄了灯，环境昏暗下来，唯有头顶的星灯在闪。

众人尖叫狂笑，平日规整的走道霎时化身舞池。

岑矜搁下餐盘，与路琪琪互挽着奔向人潮，也摆动腰肢，手舞足蹈，痛快恣意地发泄着这段时间的辛劳。

周六下午，最后一节课结束，李雾收拾好背包，独自走出教室。

节日刚过，各班窗上贴满了松树、姜饼人、铃铛这些颇具圣诞元素的贴纸，班里的值日生均被留下清理。

走廊上全是疯跑的学生，只有李雾一个人不徐不疾，好似一个踽踽独游的鲸。

两个同班女生正在擦窗，见李雾走过，她们转头看上好几眼，才大声唤：“李雾！”

李雾回头。

短发女生举高尺子，笑了下说：“这个贴纸的胶太黏了，我们弄不下来，你可以帮我们一下吗？”

李雾看了眼窗上的那片狼藉，点点头，走过去。

男生高挑的身影一下笼过来。短发女生让至一旁，窃喜地跟朋友对视一眼，把量尺交给他。李雾接过去，倾靠到窗前，按压着尺身，仔细刮蹭起来。

男生指节干净细长，富有力量。他微蹙着眉，耐心地一点点蹭去那些令人火大的胶。

等处理得差不多了，短发女生忙将拧好的抹布奉上，让他做最后的收尾工作。

整扇玻璃干净如新，李雾说：“好了。”

短发女生弯着眼道：“谢谢你啊。”

另一个马尾辫女生盯着他，倏地开口：“李雾，你知道我们的名字吗？”

短发女生的脸微红，用胳膊肘猛拱她一下。

李雾微愣，视线在她们脸上停顿片刻，“柯爽、郑恬湉。”

两个女生不约而同翘起唇角。叫柯爽的短发女生更是喜不自胜，“原来你知道啊，我看你从来不跟我们讲话，还以为你都不记我们名字的。”

李雾敛目不语。

气氛微僵，李雾刚要走，又被柯爽叫住：“李雾，你有看我们前两天给你的苹果吗？"

李雾想了下，"还没有。"

"啊……"柯爽耷眉，面露失望，"你记得看一下。一定要看啊！"

"嗯。"

李雾回到寝室，把平安夜收到的几个苹果礼盒从抽屉里翻出来。

有些包装精致，有些只是单独的苹果，上面刻绘着圣诞快乐的英文。

李雾解开其中一只粉色的，里面摆着一只暗红的蛇果，梗上系有巴掌大小的同色系卡片。

他把卡片摘下、揭开，里面写着一行小字。

To 李雾：不是每个人都讨厌你，希望你平安开心。

李雾凝视片刻，摸了下头，而后将这张卡片阖上，放回盒中。

他沉默地坐了会儿，从书立中抽出一本题册，伏案写起来。完成小题后，他习惯性地扯开袖口看了眼时间，不看还好，这一看，整个人就心浮气躁起来，再难定神往下动笔。

几次尝试无果后，男生绝望地往后一靠，盯着书页发呆。

或许卡片上那句话有安慰剂一样的效果。

李雾开始收拾书包，快步往校门口走。枝叶的影子狰狞，风冷如冰，他却浑然不觉。

只是去看看。

看看也没什么大不了的。

这一看，就看至深夜。

六点半。

七点半。

八点半。

九点……

九点半……

李雾立在正大门外，一动不动，似石雕。

他等得太久了，从华灯初上到马路对面的文具店都关上了折叠门，从人群络绎不绝到门可罗雀，久到行人都奇怪地张望，久到门卫都裹上大袄跑出来关心地问道："学生你等谁呢？我们要关门了，家长呢？是不是联系不上？"

李雾黑发微动，置若罔闻。

大爷又高声问一句。

少年这才跟活过来一般瞥门卫一眼，看到老人面上的忧心，他匆匆低语一句"对不起"，而后走回校内。

掉头的一刻，狂风卷袭，刺骨侵肌，李雾的眼眶急剧涨红。

他竭力吞咽着，压制着，在黑暗中抬臂狠抹一下双眼。


周一早上，岑矜再度接到张老师的电话，说李雾从昨天开始就高烧不退，必须尽快去医院诊治。

岑矜从床上坐起来，崩溃地连薅好多下头发。自己才结束这个阶段的公司事务，李雾学校那边又开始不消停。

鸡犬不宁，接二连三，一波又起，黑色十二月。岑矜脑袋里飞闪着这些词，一边愤愤地刷牙，一边揉着自己浮肿的眼皮。

出发前，岑矜把上周购置的灰色羽绒服叠好，放入购物袋，一并带去了学校。

因提前收到消息说李雾在医务室，岑矜就没上楼，沿途拉了个女生问地址。

她迎着风来到医务室后，第一眼看见的还是坐在校医桌边的少年。他无声无息地靠在折叠椅上，半低着头，唇色苍白。病容衬得他眼窝深了点，两颊也退回到初见时的那种稍显嶙峋的状态。

岑矜深呼吸一下，收回目光，走了过去。

校医望见来人，忙起身问："你是李雾家长啊？"

李雾抬眸扫她一眼，又仓皇垂眼，面色愈加难看。

"是我。"岑矜不动声色,"他怎么回事?"

女人毫无波澜的反应让校医一愣,随即从满桌档案里翻出耳温枪,对着李雾的额头,"学生说昨天就不舒服,早上过来量了体温,很高。"

岑矜仍未向坐那的男生投去目光。

校医将测量结果展示给岑矜看,"三十九度七,得挂水,你赶紧带他去医院吧。"

"那走吧。"岑矜单手插回大衣兜里,转身欲行的架势。

结果李雾还是闷声坐着,说不上来是踟蹰还是难堪,好像只有这张椅子才能帮他掩盖住那些前脚的信誓旦旦、后脚却又辜负对方的羞耻心。

岑矜直立少顷,转头看向李雾。她走近几步,将袋子里的羽绒服一把扯出,搁到他腿上,"穿上,跟我去看病。"

蓬松软和的灰色羽绒服在李雾怀里展开,他怔了下,起身套上。

衣服尺寸宽大,也很长,立刻就将李雾包裹,周身也随之漫出暖意。

岑矜往外走,李雾寸步不离地跟着。

茫茫天幕下,女人与少年,一前一后行于宽敞的大道上。

他们隔着段距离,李雾好似笨拙的幼年企鹅,努力追随着趾高气扬的白鹤。

岑矜导航到最近的社区医院,一路无言。

恰逢流感高发期,医院里人很多。岑矜问服务台要了两只口罩,将其中一只分给李雾。

李雾接过去戴好。岑矜戴好自己的,又整理了下耳边的碎发,扬目去看李雾。

未有防备,两人视线在半空一撞。少年双眸漆黑,带着些许久病难耐之后的潮湿感,纯净到令人心生怜悯。

岑矜的心揪了一下,挪开眼,极轻地呵了口气。

她指了张等候区的空椅,让他过去坐,转头替他排队挂号。

李雾听话地坐下,双眼一眨不眨地望着岑矜。女人穿着短款的全白棉服，环臂而立，虽面色冷清，也在人群中美丽夺目。

　　过了会儿，有个中年男人试图插队。岑矜不语，拍了下他的后肩，意图用眼神制止。

　　中年男人视而不见，站在原地就是不动。

　　岑矜微微昂起下巴，扯低口罩，似要斥责两句。李雾见状，快步走到她身旁，挡到她跟前。

　　少年人高马大，眼神明亮凶悍，外加后面的群众也开始集体声讨，中年人只能悻悻地出列，绕回队尾。

　　"干吗呢？"女人重新拉高口罩。

　　李雾回头，轻声道："我怕他……欺负你。"最后三个字几乎听不见。

　　"你病好了？"岑矜眉目冷淡，略带讥诮。

　　李雾不再说话。

　　"坐回去。"

　　"哦。"

　　顺利挂上号，看完医生，岑矜有条不紊地取药，领李雾去了注射室。

　　护士蹲下给李雾扎针，直夸这孩子血管真好找。

　　岑矜闻言，瞧了眼他的手背，青筋纵横凸起，是挺明显。就是手背皮肤冻得通红，岑矜转头去包里翻出他们公司圣诞节的伴手礼，一只纯白的暖手宝。

　　她打开电源，把它交给李雾，"拿着，挂水手会冷。"

　　"嗯。"李雾接过去，用打吊针的那只手攥住。

　　"别用力。"

　　"嗯。"他放松五指，轻轻圈着。

　　岑矜不再看他，抽出包里的笔记本电脑，展开搁于腿上，专心浏览起来。

　　李雾偷瞄一眼，满屏的英文小字，他的头更痛、更晕了。

　　输液管里，清澈的药水一滴一滴地流淌。

　　岑矜开始轻声叩字，时快时慢。李雾无所事事，不时看岑矜两眼，最后抵不住高热的冲击，往椅背一仰，闭目养神。

不知多久，岑矜如惊醒般地抬眼，去看头顶的输液袋，确认才刚过半，她舒口气，回头观察李雾。

少年斜靠着，头靠椅背，喉结分明，睫毛浓密，像是已然入梦。

见他面部的红晕褪淡几分，岑矜起身，伸手在他额上探了一下。

还是很烫。

她郁闷又无奈地呼气，坐回原处，接着工作，将键盘敲击得噼啪响。她也完全没有留意，身侧阖着眼的少年，将手背搭上额头，仅一秒又赶忙垂下，而后偷偷扬高了唇角。

## 33

两袋水挂了近四个小时，岑矜也陪了李雾一上午。

因为用了快速退烧的药，临近中午，岑矜招呼护士来测了下，李雾的体温已经恢复正常。

岑矜松了口气，将笔记本电脑阖上塞回包里，问他早上吃饭没有。

李雾的头偏了下，随即顿住，改换点头。

岑矜瞥着他，已然洞悉，"到底吃了没？"

"没有。"这次他如实坦白。

岑矜说："我下楼给你买点吃的，你在这等我，别忘了看药水，就快结束了。"

李雾颔首，"好。"

岑矜起身就走。

女人身姿窈窕，行动如风，李雾目送她拐出玻璃门，挑起了唇，不料她忽然转过脸来，冲他这扫了一眼。

李雾极速偏离视线，好一会儿才再去看正前方。此时此刻，人流如织的走廊里，哪里还见岑矜的身影。

　　可这并不影响李雾继续开心，因为他知道岑矜还会回来。他垂眸看着药水一点一滴地渗入血管，祈祷它可以慢一点，又希望它能够快一点，心情复杂而纠结，没一会儿，输液袋还是到了底。

　　李雾刚要叫人，旁边一个四五岁模样的小男孩已经高呼出声："护士阿姨，这个哥哥水没有了！"

　　护士闻言，走过来替李雾拔针。

　　旁边小男孩立即捂眼，还从指缝里偷窥，安慰道："哥哥，拔针不疼的，比扎针好多了，你别怕。"

　　男孩母亲笑着说儿子多嘴，李雾眼睛半敛，唇边的小酒窝也跟着加深。

　　护士撤走东西，李雾道了声谢，按了会儿针眼，起身将棉签丢进垃圾桶。

　　手里的暖手宝早就凉透，他垂眸盯了它一会儿，不知该往哪摆合适，只能握着一并揣回兜里。

　　这一放，李雾的指节碰到了另外的东西。

　　他一怔，摸了几下，心跳漏了一拍，马上将衣袋里的物品抽出来确认。

　　果不其然，是岑矜借他的那支手机。

　　他又去翻另一边的衣兜，里面线团缠绕，摆明是配套的充电器。

　　少年挨向椅背，自顾自地思前想后了好一会儿，开始傻不愣登地笑，又懊恼自己发现得太晚。

　　等真正回过神，他匆忙开机，直奔微信，开始编辑消息。


　　同一时刻，岑矜正坐在医院隔壁的一间小面馆里。她打包了一份三鲜鸡丝面，后厨效率很一般，她百无聊赖地等了一会儿。

　　好不容易熬到店员唤她取餐，岑矜忙打开微信准备付款，却瞄到好友列表里有新消息。

　　是李雾发来的三个字。

李雾：对不起。

时间，一分钟前。

内容简单，却情真意切。

岑矜不由自地主弯唇，付了款，拎上打包盒，切回聊天界面多欣赏几眼，才回过去一个敲木鱼的表情包，上附三个大字：没关系。

走出店门，风似乎都轻柔了些。岑矜发消息给少年。

岑矜：下午几点上课？

李雾：一点半。

岑矜查了下距离最近的甜品店，忙不迭找过去，从橱窗中挑了只插着马卡龙的巧克力蛋糕，一道带回了医院。

回到输液室，李雾还在座椅上老实地等着。

岑矜走到他身边，两手把东西一股脑举高给他看，"给你买了面条和蛋糕，先吃哪个？"

李雾的眼皮快速眨两下，有种幸福来得太突然的懵懂，"太多了。"

"本来圣诞就打算请你吃蛋糕的，结果你那会儿脾气大得很，错过了。"岑矜坐回去，轻描淡写地说着，"幸亏现在也不算迟，毕竟十二月还没过。"

李雾怔了怔，低声道："你还生我气吗？"

岑矜看他，蹙眉故作不解道："我好像已经在微信上回答过你了吧？"

李雾低头笑，高兴到失语，讲不出一个字。

"先吃面吧，都要坨了。"岑矜估计这小孩一时半会都无法完成这道选择题了，擅自替他决定。

"还是先吃蛋糕吧！"旁边的小男孩瞅他们半晌，忍不住咧嘴插话。

他转头央求起自己的妈妈："妈妈，我也想吃蛋糕！我想吃哥哥这种蛋糕！我也生病了，打吊针了，为什么我没有蛋糕奖励！"

李雾回头看他一眼，跟着附和："好，那就先吃蛋糕。"

他取过蛋糕盒，又望向岑矜，眼睛诚挚明亮，"可以分给他吗？"

岑矜抬高嘴角，无奈道："这也要问我啊。"

李雾开盖，仅摘下那颗马卡龙叼进嘴里，剩余的便连同叉子一起全部送给了身边那个小男孩。

男孩的母亲忙说："别光顾着吃啊，还不快说谢谢。"

小孩舔舔满嘴的巧克力渣与白奶油，眼睛笑成缝，声音响亮道："谢谢哥哥！谢谢阿姨！"

李雾本就被一整块马卡龙齁着了，结果这两声更是直接将他噎住，腮帮子都不敢再动。

岑矜面色稍微凝结，撑膝歪头，越过李雾看那小孩，皮笑肉不笑地说："小朋友，怎么我就是阿姨了啊？"

小孩狼吞虎咽，从蛋糕里抬起头来，振振有词道："你没穿校服呀。"

岑矜也理直气壮地分析起来，一副势必要纠正他观念的认真架势，"着装并不能代表什么哦。你叫他哥哥，而我是这位哥哥的姐姐，哥哥的姐姐该叫什么？是阿姨吗？你再好好想想。"

小孩被她一连串饶舌一样的称谓说蒙，呆在原地，回头小声问妈妈："是……什么啊？"

"姐姐。"母亲提醒。

"哦——"小孩恍然大悟，改口道，"谢谢姐姐！"

这还差不多，岑矜可算满意了。

李雾一声不吭地目睹全程，眼中溢出笑意，将口中糕点尽数咽下，很甜。


下午一点，岑矜开车将李雾送回学校。

停在校门前，李雾没忙着下车，犹疑几秒后，还是侧过脸来叫岑矜："姐姐。"

这个称呼被他说得极其清晰，又夹杂着少年嗓音独有的清冽感。唤得岑矜的心猛地一提，好似要被赋予神圣使命一般。

岑矜问："怎么了？"

李雾握着那袋退烧药，"以后每周末我自己回家和返校，可以吗？"

岑矜并未深究，几乎没有迟疑地颔首应允。

李雾微诧。

岑矜从方向盘上腾出一只手，索要，"手机先给我一下。"

李雾忙交过去。

岑矜低头，熟练地在他微信上设置好交通码，又掏出自己的手机转过去一些钱，才物归原主，"以后坐公交跟地铁直接扫码就行。"同时不忘叮嘱，"路线你记得弄清楚，别坐反了。"

她多说几句，只是不想手把手教。

李雾应了声"好"，开始查询周边的交通设施。

车内热风阵阵，温暖如春。

岑矜瞥李雾一眼，心里涌出一丝难以形容的欣慰。

这种情绪并不意外，从李雾提出无需接送的那刻起，她就理解了，他的做法并非怄气，而是一种宽解与诉求。

他不愿麻烦自己，亦是在征求探索这座城市的许可。她早该交予他这些机会的，而不是他稍一脱离掌控，便自乱阵脚，伤人伤己。

但岑矜还是好奇那个她毫不知情的深夜与早晨，问道："你上周日怎么回学校的？"

李雾说："走过去的。"

岑矜惊奇道："那不是很远？"

李雾仍不说距离，只答："比山路好走得多。"

"也是。"岑矜莞尔，话中有话，"等熟悉了地铁、公交，这些路会变得更加好走。"

岑矜目送李雾走进校园，脱离视野，才重新按亮手机。

她切至微信，想重温下李雾那句道歉，但很快，她的目光骤停在少年的备注上。

一月二日……

好像快到这个小孩生日了啊……

回到公司，岑矜一边开机，一边问路琪琪："我们元旦放假吗？"

路琪琪挖着冰淇淋，"放啊，但放或不放又有啥区别，国庆不也在家全天待命。"

岑矜点头，赞同她这句行业箴言。

陆琪琪叼着勺子上下颠，瞄她，"你有什么重要安排吗？"

岑矜回眸否认道："没有。"

"没有刚好。"Teddy像一只狡猾的暹罗，神不知鬼不觉地来到她们身后，啪地扔了两张票到她们的工作台上，"这是活动方送赞助商的门票，赞助商又给了我们不少，你俩有空就去看吧。"

路琪琪吓一跳，举高，"什么比赛？"

"足球联赛，有两个俱乐部，很有看点的，就算你们不想去，送给老爸、老公、男朋友，他们也能开心上天。"

"我还以为什么呢。"路琪琪嫌弃地将嘴噘得老高。

岑矜翻看着自己这张票面，注意到时间刚巧也是一月二日。

机不可失，她重新整理计划，转了下椅子，面朝路琪琪，摆出目的性极强的笑容，"琪琪——"

路琪琪回眼，"咋？"

岑矜眼似弯月，"既然你不想去，就把票让给姐姐呗。"

路琪琪从手边笔记本里抽出那张票，断言："你要跟谁去？肯定是哪个野男人。"女生双眉又猛跳好几下，八卦道，"你的第二春来了？"

"不是。"岑矜支着额头，只能坦白真相，"我想带我弟去看，他那天刚好生日。"

路琪琪大失所望，又不理解道："你怎么对你弟这么好，我弟我恨不得每天踹他一脚。"

"可能因为我弟不去黑网吧，还全班前十吧。"岑矜微微笑着，难掩骄傲。

路琪琪气炸，"啊！"转头把票往岑矜那使劲扔，"拿走，快拿走，你们姐弟情深去吧，我不想再看见这玩意儿了。"

岑矜露出一排牙齿，笑靥明媚道："谢啦！"

当晚，下了自习，李雾回到寝室。

他简单收拾完，铺开讲义，准备倒杯水服药，继续挑灯夜战。自打与另外三人决裂，他就不再使用宿舍的公共饮水机，换成每天去开水房打水。

今天，水才斟进杯子，李雾就察觉出不对。

他把水瓶盖好放回地上，抿了口杯子里面的水。果然，都是冷的，而且并非凉透的开水，是直接被替换为自来水了。

他回过头去看室友。本还朝这探望的林弘朗立马架起自己面前的书，装模作样。

冉飞驰倒还看着他，唇角勾出一抹得逞的笑。

李雾与他对视一秒，放弃计较，坐回原位翻书。

"李雾，你看这是什么呀。"林弘朗对他的无争态度不大满意，"咣"的一声将自己的脚跷上桌面。

李雾斜去一眼，如遭重击，霎时站起身来，任由椅脚与瓷砖蹭出尖鸣。

"这鞋哪来的啊，怎么老放桌斗里不舍得穿呢，不如让我帮你试试。"林弘朗贱兮兮地说着，鞋尖前后乱晃，恶劣至极，"啧，不会是假的吧，原价一千多呢。"

李雾握拳，快步走过去，居高临下警告道："脱下来。"

见他头一回这样激动反抗，林弘朗一个兴奋后仰，险些连人带凳栽倒，他忙岔开双腿稳住，继续得意扬扬，"就不。"

讲着，顺手还将鞋盒里没上脚的那只飞抛给冉飞驰，"冉啊，你也试试。"

李雾又去跟冉飞驰抢。

他们嬉笑，互丢，躲闪，戏耍，愣是不让李雾够到。

李雾眼光渐深，折回原处，拎起脚畔的热水瓶，起身往门边走。

　　他们以为他无奈妥协，气到深更半夜要出门打水，露出胜利的笑容。但下一秒，他们的面色就僵住了。

　　李雾并没有离开寝室，而是毫不费劲地将门口的饮水机拆卸下来，然后把自己瓶中的自来水往纯净水桶里倾灌。

　　水位上升，嘲讽值也随之暴涨。

　　冉飞驰起身，企图阻拦。

　　林弘朗已经一个箭步冲过去，狠推李雾肩膀一下，"你有病吧！"

　　李雾往后一退，撞上门框。但他身姿不改，面容镇定道："这么喜欢蹭我的鞋，也不会介意喝我不要的水吧。"

　　他瞳孔锐亮，似久磋的刀刃，能照透人心。

　　林弘朗稍有怔忪，随即回神，一把揪住他的衣领，咬牙恐吓道："想被打是吧？"

　　"来。"李雾下巴微昂，冷声吐出一个字，随手将空水瓶撂回地面。

　　内胆刹那间爆碎，在有限的空间里发出尖锐且极具胁迫力的噪声。

　　这下连冉飞驰都惊在原处。

　　躺在床上的成睿无法再装死，弹坐起身，目不转睛地看起下方的闹剧。

　　"不敢？"李雾又问，眼光睥睨，睫毛一颤不颤。

　　话音刚落，林弘朗一个猛扑将他压到地面。

　　冉飞驰紧跟其后，乱拳疯捶。

　　李雾反手一击，冉飞驰吃痛，松了力道，刚要起身反攻，林弘朗的胳膊又狠撞过来，将他摁回原位……

　　三个血气方刚的少年，如斗兽，如恶狼，扭打成一团。

　　成睿心跳若雷地爬下床，寒战不停，一时都发不出声音。

　　"别打了！"成睿浑身颤抖，终于找回知觉，几次拉架无果，他眼泪都要出来了，只能高喊求助，"求你们了——别打了，别打李雾了啊，谁来帮帮我啊——"

　　周围寝室听见动静，纷纷跑来走廊，撞门叫唤。

宿管也冲上楼来。

成睿忙去开门，中年男子和数个男生瞬间涌入，几番拉拽，好不容易撕开早已红眼的三人。

宿管近乎气疯，骂骂咧咧道："都是什么混账东西，你们是来学习的还是当小混混的啊！"

李雾口中都是锈味，他拂开几双扯住他胳膊的手，自己撑着桌子站起身子，而后拭去唇角的血渍。

他剧烈喘息，回身将散落的两只鞋捡起，收入鞋盒，托着走了回来。

男生眼色阴凉，环顾一周。只一眼就怵住对方，无人再敢开腔。

宿管掏出手机联系老师，连瞪三位肇事者，最终定格到成睿脸上，"谁先动手的？"

成睿惊魂未定地站在原处，只字未言。

宿管又是一声重斥："到底谁啊！"

成睿一激灵，颤颤巍巍抬手，划过众人。一指林弘朗，又指冉飞驰，而后在两人不可置信的眼神里猛闭一下双眼，似下定狠心那般回答："是他俩，是他们先打的李雾。"

## 34

岑矜一大早就赶来了学校。

真是想不到，自己一个与宜中毫无关系的老附中毕业生，竟会在半个月内连续三次拜访该校，不知道的还以为她就在这间学校任职呢。

时值早读，所经之处，都是书声琅琅。

晨气清寒，岑矜双手插兜，一路疾行，到达高二办公室时，里里外外均已人头攒动。

三位参与斗殴的年轻"罪犯"一字排开，靠墙罚站，其中一个就是她家的。他背手而立，微倾着头，一副处变不惊、世事难扰的样子；其他两位则一个仰脸看天，一个东张西望，脸上均带着不同程度的伤痕。发生过什么不言而喻。

岑矜远远看他一眼，抿了抿唇，叫他："李雾。"

少年闻声，冲她看过来。他眼神清冽，面部却不再清爽，颧弓处多了淤青，唇角也有少许血疤。大概是见岑矜一直紧盯自己，他很快别开了脸。

其他两个也瞥过来，眼底闪过讶然。

岑矜的太阳穴隐隐作痛，她不再看李雾，走进办公室。

女人穿着一身黑，掐腰的大衣配及膝长靴，面色冷淡，好似刚从墓园传道归来的乌袍修女一般。其他两位女家长被她的气场所慑，自行让道。

张老师正在与那两人谈话，见岑矜进来，忙说："岑小姐你来了啊。"

"是的，张老师，我又来了。"岑矜努力在唇角挤出弧度，"可以跟我说说具体情况吗？"

"就是宿舍矛盾。"张老师也是无奈，"我是真想不到这还能打起来，幸好都是轻伤，没出什么大事。"

岑矜问："什么矛盾？"

"小孩子之间打闹。"其中一个戴无框眼镜的中年女人打量着她，不假思索回道。

岑矜转眼看她，冷淡道："问你了吗？"

中年女人来了火气，抬高声音道："你没问我我也得说，你家小孩没进这个宿舍前，我看大家相处得好得很，一点事没有，怎么他一来就出事了。"

"是哦，你们的孩子这么友善，这么会相处……"岑矜讥嘲，"怎么这间四人宿舍之前一直只住着三个学生。"

一旁审时度势的短发女人也忍无可忍，"你什么意思啊？这不是学校安排的吗？"

岑矜看她，"那李雾住到这间宿舍也是学校安排的，你多话什么。"

"你——"

孩子的事还没解决，三个大人已经杠起来了。

张老师脑壳痛，制止道："三位家长！我们就事论事！别扯其他有的没的。"

三个女人一起沉默。

张老师呷了口茶，意味深长道："据我所知，昨天的斗殴是冉飞驰跟林弘朗先动手的，李雾只是正当防卫。他们寝室另一个男生是这么说的，他这会儿还在上早读，我可以叫他过来一趟。"

岑矜的肩微微耸动，唇边的嘲意一目了然。

其他家长皱眉，恨恨白她一眼。

"另外……"张老师选择性无视她们这些针锋相对的小动作，视线缓缓扫过三人的面庞，"我今早也在学生之间了解了一下，你们小孩欺负……当然，我也不是很想用欺负这个词，过于严重了，就取闹吧，拿李雾取闹有段时间了，班里一部分跟他们两个玩得好的男生也都有参与其中。"

岑矜脑袋嗡了下，"什么时候开始的？"

张老师沉吟，"快半个月了。"

她竟一无所知？

岑矜瞟向窗外，这个角度只能看到李雾一小部分漆黑的后脑勺，得不到任何眼神答复，岑矜只能作罢回头，"他从没跟我讲过，一个字都没说。"

"不应该啊。"短发女人一脸不解，"我家飞驰怎么可能欺负人，他不是那种小孩子，虽然有时顽皮捣蛋，但绝对不会做这种缺德事。每个周末回家说起跟哪个男生玩，都开心得不得了，关系也好得不得了。"

她意有所指，"再说了，一个两个的有冲突还好说，一群人怎么偏去针对某个学生，别的同学怎么没被针对？"

林弘朗妈妈马上附和道："对对，张老师，我建议你还是要调查清楚，原因到底是什么我们还不确定呢。"

岑矜深吸一口气，"欺负人还有理了是吗？"

有其他家长撑腰，冉飞驰妈妈站稳脚跟，嗓音都洪亮几分："我们要个真相有错吗？你看你自己不也从头到尾都不知情，我们其他家长要个说法又怎么了？"

林弘朗妈妈又瞅着岑矜，从她进来就看她不顺眼，"你谁啊，李雾的姐姐？才多大，有小孩了吗，懂这些吗？他家长呢，怎么不让父母来学校？我们只想跟他父母当面说清楚，叫个年纪轻轻的过来算什么。"

"哎……这个。"张老师知道内情，委婉道，"李雾的情况比较特殊。"

冉妈妈一听，底气倍增，"父母照应不到？那更好理解了，家庭教育本来就不全面，谁知道孩子的品行到底发展得怎么样，就听几个学生的一面之词能证明什么。"

岑矜轻笑，"你们教育得真好，好到李雾才转来班里不到三个月，他的室友跟同学就都为他说话、做证，而不是向着你们父母双全的好孩子呢。"

林妈妈呛声道："你这人怎么这么牙尖嘴利，不讲理呢。"

"谁不讲理？谁先人身攻击？出身是自己能选择的吗？"她们一唱一和，早叫岑矜怒不可遏，她双目不自觉泛出泪光，"拿这件事来攻击一个十七岁的孩子，你们也配为人母？配做家长？"

"别吵了，别吵了！我叫你们过来是吵架的啊！"张老师急了，起身规劝，"孩子还在外面呢！"

她话一落，岑矜如被惊醒，猝然转身，冲至门外，气势汹汹地走向李雾，扯住他的胳膊说："跟我过来。"

三位少年俱是一愣。

李雾眸光一顿，反应不及，已被女人用蛮力拽跑，只能头也不回地跟上她的步伐。

张老师奔出办公室，两位家长忙不迭在后面追。

岑矜穿过长廊，扬眸扫视着途经的每个班级牌号，终于找到高二十班。

她这才撒手，将李雾往里一推，自己随后走进。

早读声戛然而止。

老师也诧异地瞪眼，刚要开口询问，女人已越过李雾，走上讲台，傲视全场："我是李雾的家人，李雾的姐姐，我叫岑矜。今天我要告诉你们，将来这个班里，谁再欺负我弟，哪怕要打官司，我也奉陪到底。"

这一番发言掷地有声，铿锵有力。

李雾瞪大了眼，气息紊乱，错愕地望向高处的女人，她因情绪激烈而双目猩红，下颌颤抖。

所有学生瞠目结舌，整个班级鸦雀无声。

岑矜狠吸一下鼻子，神色有所缓和，侧头看向老师，"不好意思，打扰您了，您继续吧。"

男老师显然被吓得不轻，木讷地点了下头。

话毕，岑矜走下台阶，拉了把李雾校服的袖子，低声提醒："出去了。"

刚刚一番壮举好似耗光她的内力，这会儿的她好像一只泄气的河豚，口气也轻软下来。

李雾仍在心悸，微喘着跟上。

窗后，女人与少年前后走出视野。举班目送，叹为观止，简直想起立鼓掌。

张老师忙迎上来，无奈地长叹道："岑小姐啊，你这是干什么啊——"

岑矜忙道歉："对不起，张老师，我实在忍不住，我见不得李雾被那些家长那样形容。"她的情绪一时间平稳下来，抬手拂去眼尾的泪痕，"真的很抱歉，这段时间我一直不知道李雾受了这么多苦，他从小到现在已经很苦了，没想到来了这边还这样，我觉得很难过……"

她拨了下额发，哽咽着，絮叨不停："我实在太气愤、太无力了，觉得自己根本没帮上忙。今天这一切都是我的错，你别怪他。我敢向你保证，李雾绝对不是那种会主动挑事的小孩，他是个很听话、很真诚、爱学习，也很珍视每一个朋友的好孩子，我也不想多为他说什么，但这些我真的可以以人格担保……"

李雾立在一旁，一字一句地听，双眼也泛出潮意。

他不得不咬紧牙关，偏头去看走廊，看那片白茫茫的天，看高耸的楼宇，看每一扇窗子，看那些纵横交错的树顶，就是无法再看女人的头顶和她的泣颜。

元旦前夕，宜中的校园论坛、张贴墙，还有不少学生空间开始盛传一则绘声绘色的小道消息。

就是高二十班的某位帅哥转学生，平时看似低调，实际有个霸气十足的姐姐。

不过，岑矜对此一无所知，还倚在工位上哈欠连天。

路琪琪也修图修得老眼昏花，起身去泡红茶提神。

岑矜又敲下几个字，终于等来顶头上司在群里宣布下班的消息。

一时间，全公司欢呼雀跃。

岑矜快速整理好办公桌，挎上肩包，与周围同事颔首道别。

她绕好围巾，快步走出大厦。外面已是人山人海，整个商圈都变成了喜庆的亮红色，以此来迎接新年新气象。

岑矜往地库走，给李雾打了个电话。

对方接通得很快，背景嘈杂。

岑矜问："在外面？"

李雾说："刚上地铁。"

岑矜的小脸陷在围巾里，呼出一团白气，有了笑意，"没坐错吧？"

那边停顿两秒，似乎在复查路线，"应该没有，四号线。"

岑矜瞄了眼不远处人潮涌动的地铁入口，不确切地说："好像会路过我们这，久力大厦，有这个站吗？"

"有。"

"我公司就在这。"她突然有了新打算，"你要不要在这站下？"

他停了停，也不问原因，"嗯。"

岑矜解释："今晚别急着回家写作业了，我请你吃饭。"

李雾应道："好。"

"久力大厦，别坐过了，我等你啊。"她挂断电话。

岑矜找了间附近的咖啡馆，叫了两杯热饮，靠窗耐心等候。

不到一刻钟，有了来电，岑矜看了眼名字，含笑接听。

"我到了。"李雾音色干净。

"在哪？"

"你们大厦门口。"

岑矜闻言，斜着身子透过玻璃找李雾的身影。

他很快被她寻见。

身着纯黑大衣的少年直立于大厦前的空地上，手执电话，微仰着脸。车水马龙，人来人往，他高峻而干净，似浊世中的一棵劲松。

岑矜坐回去，"往右后方看，有间咖啡馆，我就在里面。"

少年当即侧目，与窗后高脚凳上的女人对上视线。

岑矜抿出笑容，招了招手。

李雾有一刻失神，或许是因为她头顶那束光，或许是因为她不经意的随和笑颜。她好像栖身温暖罐子里的魔女一样，有种非凡的磁力。

李雾忙朝咖啡店门口跑去。

岑矜端详他几秒，把没动的那杯奶饮递给他，指指自己的颧骨部位，问："还疼吗？"

李雾双手握着纸杯，摇头，"不疼。"

岑矜又问："搬宿舍累不累？"

李雾说："不累，成睿帮我拿了一些东西。"

"谢人家了吗？"

"嗯。"

岑矜抿了口咖啡，"之前几个室友有跟你说什么吗？"

李雾想摇头，但及时止住，不想再隐瞒，"说了。"

"说什么了？"岑矜问完，又扬高声调，"你喝啊，别光说话。"

李雾沉默一秒，咕嘟咕嘟灌下好几口。

岑矜扬唇，"嗯，继续。"

李雾回想片刻，才不紧不慢道："再飞驰是因为……有人跟张老师变相提了我们宿舍存在的问题，张老师怀疑我蒙冤，才挨个套话找到他头上，逼问他深夜未归去干什么了。但那天他早就定好计划给朋友庆生，他知道赶不回来，已经提前准备好应付的说辞，最后因为我顶替，弄得这事全乱套了，情节还更严重。他白感激我一通，还搞得跟他们强迫我做这些似的。林弘朗跟他关系最好，那晚又帮我说了话，我转头却出卖他们，他们才会认为我这个人背信弃义，不值得交往吧。现在说开了就好了，我们也都相互道过歉了。"

岑矜侧耳聆听，又静静消化几秒，说："这个跟张老师告状的人是我吗？"

李雾看了她一会儿，才缓慢地颔了颔首。

岑矜溢出一声难以捉摸的笑，"所以我才是那个导火索？"

"不是。"李雾连忙否认，一本正经，"是我，是我不该多此一举。"

岑矜有些感慨，不知该如何评议，她看了会窗外的霓虹，回过头来说："反正你也换宿舍了，跟实验班的学生住一起，应该不会再有这么多幺蛾子了。这次你自己跟他们来往，我不会再干涉。当然，最要紧的还是学习，高三能不能真正成为他们当中的一员，只能靠你自己努力。"

"嗯。"

二人并排坐着，一时无话。

窗外光点漫布，如星湖幻海。

李雾喝了口热饮，忽而启唇："姐姐。"

"嗯？"

"谢谢你。"

岑矜失笑，也无奈了，"除了对不起、谢谢你，你能不能说点别的啊。"

李雾看她一眼，不再出声。

他想说，能啊。

只可惜，他还太年轻、太渺小，身无所长，微不足道，怎么能让她低头看他。路途迢迢，要怎么追逐，要走多远，才能理直气壮，才能真正与她并肩而坐，而不只是现在这样。

## 35

晚上九点多，岑矜才跟李雾回到家。

换好鞋，眼看少年就要头也不回地奔赴他的功课殿堂，岑矜忙叫住他。

李雾回头。

岑矜莫名有些急躁，"后天有时间吗？"

李雾想了下说："可以有。"

"什么叫可以有？"岑矜服了这个愣头青，"那天可是你生日。"

李雾一瞬间怔忪，似乎早将这事置之脑后，"哦。"

岑矜惊奇于他对这等重大日子的寡淡态度，"你不会都忘记自己生日了吧？"

李雾说："记得。"

岑矜问："以前过吗？"

"嗯。"

"怎么过的？"

李雾回答："会买一些肉，跟爷爷一起吃。"

岑矜欲哭无泪，"除此之外还有别的期待吗？比如想收到什么礼物，想有什么安排。"

少年敛睫，像面对世纪难题那般考虑许久。

岑矜的耐心告罄，从挎包夹层中抽出一张蓝色的票，"想去看球赛吗？"她提出足够调动对方情绪的某些点，"足球比赛。"

可李雾看起来兴致平平，只瞟了眼她手里的东西，问："我一个人看吗？"

"当然不是。"她怎么放心让他独自去那种鱼龙混杂的大型公共场合，"我跟你一起。"

少年眼底陡然有光，态度仍是试探，"你想看吗？"

"不用问我。"岑矜快被他的谨小慎微逼出脾气，"是你生日，你想看就去，不想看就再做别的打算。"

"我想看。"他脱口而出。

岑矜愣了下，把票递过去，"好。"

李雾没接，只说："你一起收着吧。"他找了个借口，"我怕弄丢。"

岑矜想想也对，把票放回包里。

岑矜目送李雾进入书房，关上门，才舒了口气。

不知为何，给这小孩过生日比给吴复过三十岁生日还紧张。

以往这些年，她很清楚吴复的兴趣所在，购置的物品基本能投其所好。但李雾少言寡语，共处三个月也不太能琢磨透他的志趣所在。

万事开头难。今年弄清楚，明年或许就不用这么闹心了。

岑矜如此安慰自己，回房洗脸更衣。

卸掉这些粉饰，岑矜总算神清气爽，她扎了个松松垮垮的丸子头回到客厅。

她打开电视机，连换几个台，都是大同小异的跨年晚会。

她选出其中一个，调至最小音量看起来。

节目还算引人入胜，岑矜开始看得津津有味，到后面就乏了，神思变得缥缈、混沌、漫无边际……她头一歪，陷入黑暗。

李雾给自己设了个闹铃，方便第一时间跑出去跟岑矜说元旦祝福。

距离零点还有一刻钟时，他已经开始焦炙难耐，平均每半分钟就要去看手机，生怕错失良机。

最后干脆取消闹钟，把手机揣回兜里，快步走出书房。

门外暗而静谧，只有极轻的人语与唱吟。

它们从走廊尽头的电视机内流淌出来，此外还有绚烂变幻的光线。

李雾无意识地放轻脚步，拐进客厅。

如他所料，岑矜正挨着沙发打盹。

这一次，她用毯子裹紧了全身，只露出睡容，白而静，好似冬夜的薄雪。

李雾隔着茶几站定。

不知多久，身后荧幕中传出即将跨年的激昂提醒。李雾充耳不闻。

主持人们齐声呐喊，欢天喜地：

"十——"

"九——"

"八——"

或许动静太响，女人睫毛轻轻一颤，已有睁眼的趋势。

李雾如梦方醒，立即背过身，闷头要逃。

"七——"

"六——"

"五——"

刚走几步，背后突然传来唤声："李雾？"

微哑的音色，很轻，带着困惑。仿佛一枚软针，毫不费力地将少年钉在原处。

"四——"

"三——"

"二——"

耳边回荡着倒数的声音，岑矜还有些蒙，手搭着毯子，有点不知身处何处，惺忪地盯着阴暗中那道挺拔的身影。

"一——"

"啊！"岑矜倏然清醒，一个弹坐，仓皇大叫，"李雾新年快乐！"

一刻间，屏幕里落满了金色的雪，所有人都在欢呼。

岑矜暗拍脑门，还是没赶上……她双手插兜，靠回沙发。

尽管女人语速快到整句话都囫囵难辨，但李雾还是听得一清二楚。

他耳朵泛红，唇畔有了笑。

他克制住情绪，回过头，也认真地说："姐姐，新年快乐。"

岑矜抿了会儿唇，遗憾地皱皱鼻子，"我们都错过了。"

李雾"嗯"了声。

岑矜猜测："你是不是想出来跟我一起跨年，结果我睡着了？"

"嗯。"

岑矜惋惜道："下次请叫醒我。"

李雾说："好。"

"别写了，坐着看会儿电视吧。"岑矜掀开毯子，摁亮灯，去冰箱里找饮料。她上半身陷进沙发，"你听过一句话吗，跨年的时候什么样，未来一整年都会什么样。"

李雾专心听着，思绪纷飞，很快推算出结论。

他想笑了。

岑矜一手拿一听汽水罐，回身面朝他，"一个桃子味，一个葡萄味，你想喝哪个？"

李雾望向她，"都行。"

岑矜被敷衍了，冷冷地勾了下唇，"那两个都喝了吧。"

结果她还真把两罐都丢向他，李雾接住一个，另一个又迎面砸来。他双手各握一听，与小紫、小粉面面相觑几秒，将它们一起放回茶几，还调了下角度，确保它们是平行的，连标志的方向都别无二致。

岑矜就在他对面站着，目睹他专心致志地给俩汽水排队，满眼的匪夷所思。

绝了。

小屁孩。

晚会已近尾声，岑矜抄起遥控器开始调台。李雾也转头去看屏幕。

她知道李雾这人喜欢"随缘"，也不再问，选了自己喜欢的电影频道，关掉顶灯，坐回沙发抱腿观看。

电影是部陈年喜剧，情节恶俗到好笑。岑矜兀自笑着，才想起旁边还坐着个人。

她怕李雾瞧不上眼，侧眸打探他的反应。

结果少年的坐姿如听讲，双目因专注而泛出一种近乎水淋淋的光感，他的鼻骨也被光影勾得笔直而陡峭。

岑矜发掘出一点不同。她一直认为李雾就是个小男孩，但不得不说，他是比同龄人看上去深刻些。他的年少纯真有股子沉淀感，像一片湖，下积砂石，上铺烁光。

这种感知很矛盾，又很和谐。

尤其是从他身上散发出来。

岑矜不禁好奇问道："李雾，宜中有女生给你写情书吗？"

李雾以为自己没听清，"啊？"

"你们学校有没有女生喜欢你？"

"没有。"他否定得快到仿佛提早预设好答案，面颊后知后觉地烧起来。

"骗谁呢？"她目光如炬，"跟我说说怎么了，我们的姐弟情还没到分享这些的程度吗？"

少年的语气急了几分，"真的没有。"

岑矜嘶了下，换个说法："其实你长得挺好看的，你知道吗？"

这下李雾直接从脸红到脖子根，没吭声。

"比我第一次见你时要好多了，那会儿你还是个小矮个。"岑矜思维跳跃，转而追忆起过往。她取出手机，边回翻相册边感叹，"明天就十七周岁了，大男孩了。"

李雾听着她说，脑子再也装不进电影里的一句台词了。

"找到了，我们当时的合照。"岑矜声音一亮，"我发你。"

她放大照片，欣赏起来，指尖忽而一顿，面色随之黯然，半晌，才轻声说："等会儿。"

她打开修图软件，裁去了最左边的男人。整张画面一下少去三分之一，只剩她跟李雾两个人。

岑矜点下保存，切到微信，将这张残缺不全的合影传给李雾。

李雾也拿出手机，看到大图时，他周身一怔，五味杂陈。

岑矜还在回味那张照片，对比着二人的个头，嘲笑道："那会儿真的好矮哦，还没我高。"

而李雾在看她。

照片中的女人笑容很淡，疏离感十足。他几乎忘掉她那一天的样子了，因为那一整天，他都没仔细看过她和他们。他清楚地知道，许多时候，于他们而言，像他这样的人只是寄托，是宽慰，是使善意具象的载体。他们无法体会那种在泥潭中挣扎求生的希望与绝望；那种彷徨、迷茫、苦闷，是怎么让他活成一只独自舔伤的困兽。

又是什么时候开始仔细看她的呢？

他脑海中闪过某个瞬间。

那一天，她从天而降，像一束光照进来，照亮了逼仄的房子和他的视野。

原来是那一天，那一眼，他见她的第二面。

他看清了她的样子，自此再难抹去。

"李雾，我们再拍张照吧。"他的思绪被岑矜打断。视线里，女人已离开沙发，一路跑向书房。她翻箱倒柜，找出闲置已久的拍立得。

她抽出书柜高处的相机架，一并带出来，在茶几那边摆正。

岑矜低头调试相机，连上手机蓝牙，"我们一起拍张照吧。纪念一下这个新年，我和你都算有个新开始了。"

李雾还来不及给出反应，已被她扯高胳膊，拉到沙发正前方立定，"站好别动。"

岑矜奔回相机旁，仔细将它固定到位，三步并作两步跑回来，停在李雾身畔，两人之间隔着一小段距离。

她在手机上调好模式，相机开始倒数。

她斜他一眼，见少年尚还木然，凶巴巴地提示道："给我笑！"

李雾顿时被逗到，唇边浮出笑窝。

咔嚓。

相纸滑脱，被岑矜信手取出。

见李雾好奇得紧，她把相纸交到他手里。

李雾的心怦怦跳，不料却等来一面空白，"怎么没有？"

"等会儿，一会儿就有。"岑矜停在茶几旁，拎起其中一听汽水，撕掉拉环喝起来。刚刚一番跑跳，她额角都渗出了汗水。

李雾坐回沙发，单手捏着相片纸，眼睛一眨不眨，耐心等它成像。

不多久，女人与少年，慢慢显现。

照片里，他们的笑意都很真实。他拘谨地抿唇，而她露八颗牙齿，美好灿烂。


# 36


一月二日下午，岑矜履行约定，带李雾去城中体育场看球赛。

场馆面积很大，流线型的白色结构将几万观众衬得渺小如蚁，他们被尽数圈入一只蛋壳之中。

观赛须知要求提前一小时检票，岑矜不喜欢手忙脚乱地踩点入场，此行又是李雾生日的重点项目，所以他们一早就来到这里。

等了半刻钟，广播通知检票，她将李雾的身份证要过来，做安检前的最后准备。这是她第一次看到李雾的身份证，上面的男生黑发清爽，面无表情地望着镜头，眉眼浓重。

岑矜好奇道："什么时候拍的？"

李雾回道："来宜中没多久。"

岑矜看他，"学校统一办的吗？"

李雾点点头。

岑矜把票与证件交回去，"拿好，准备进去了。"

李雾双手接过。

阶下球场如茵，检票队伍似紧密而长的珠链，一眼望不到头。他们是当中的两粒，在迟缓地移行。

岑矜无所事事，敛眉看手机。

李雾也无所事事，环顾四周。

忽然，岑矜微信来了语音消息。

她点开，发现是张爵发来的，刚一接通，对方又挂了。

**张爵：我好像看到你了。**

他分享过来一个定位，是城中体育场。

岑矜转头寻人，李雾见她东张西望，忙微微侧身，让出视野。

无奈目及之处都是陌生面孔，岑矜一无所获，回复消息。

**岑矜：没看到你。**

**张爵：你再回头。**

岑矜第二次回眸，终于看到人群中跳跃挥手的男人，只与她间隔四五个人。

岑矜弯起眉梢，也同他招手。

李雾留意着女人的神态动作，亦转身去看。是个穿黑色高领毛衣的年轻男人，大衣被他搭在胳膊上。他笑容很大，毫不掩饰偶遇带来的惊喜。

岑矜晃了下票，扬声道："你也来看了？"

张爵嗓音有股子穿透力，顺利越过人群，"对，你坐哪里？"

"我啊……"岑矜垂眸看票。

李雾收眼，不动声色地立正身体。

岑矜确认完排数、座号，刚要抬眼回答，视线已然受阻。目光再上移几厘米，就是少年不苟言笑的脸，下巴都略显板正，有那么点不为所动的意思。

岑矜作罢，放弃跟同事隔空对话，拍了张图发给张爵。

男人也回复了自己的座号。

**张爵**：跟你隔着一个。

**岑矜**：应该是我弟，我陪他来的。

**张爵**：难怪，我还以为你对这种赛事感兴趣。

对啊，还不是为了陪这小子。岑矜在心里嗟叹。

**岑矜**：还真没什么兴趣。

一个小时后，口口声声"还真没什么兴趣"的某女子，成为 A 区看台方圆几米内最为热血的存在。

"啊啊好帅啊啊啊啊啊——

"天哪进球啦——哈？嗐……差一点。

"传给他啊！传啊！怎么没接住呢！这么短就一厘米都接不住吗！"

她时而捏拳盛赞，时而骂骂咧咧，中间几度破音。

李雾首次观看这种大型赛事，放眼望去都是人，球迷呐喊、助威的尖叫和口号不绝于耳，激情洋溢。

李雾为狂热氛围所染，难免难抑激动，但比起岑矜还是小巫见大巫。更多时候，他都如局外人般望着草场上相互角逐的球员，并分神留心岑矜那些与平素大相径庭的反应，然后间歇扬唇。

张爵也频频往岑矜那看，因她的模样笑个不停。

有人售卖饮料，张爵买了三杯，想先将其中一杯递给岑矜。

人声嘈杂，岑矜全神贯注，两眼晶亮，根本没注意到他。

纸杯横在李雾身前，悬空了半天。李雾垂眼瞧了会儿，眉心一紧，抬手将饮料截和，故作漫不经心地看他，"我帮你给？"

男生斜来的一眼略微不善，张爵一怔，收回手，"你拿着喝吧。"

中场休息时分，女人终于停歇。

她安静得如换了个人，接过张爵的饮料，小口嘬着，似乎吼得精疲力竭。

见她情绪缓和，终于回归常态，变回工作日的优雅女性，张爵手肘搭膝，侧身同她打趣道："矜姐，老球迷了啊……"

岑矜拨了下吸管，知道自己失态，勾唇尴笑一卜，"别笑我了，我现在觉得球赛真的好看。"

"是啊，现场气氛好，很容易代入的。"张爵视线挪到李雾身上，把他引入交谈，"你弟喜欢哪支球队？"

李雾不语。

岑矜替他答："他应该没有特别喜欢哪个队吧。今天他过生日，我才带他过来看的，琪琪给我的票。"

张爵微挑眉，含笑送上祝福："生日快乐啊，弟弟。"

李雾看他，道了声谢。他发现这个男人身上有种自己前所未有的游刃有余，他能够极其自然地与任何人谈笑风生，神态语气都拿捏得恰到好处，反观自己，不善言辞得像块木头。

这种隐含痛楚的羡慕升腾而起，如在心头一拧。

见少年从始至终都闷如哑炮，张爵边打量边好奇道："他是你亲弟吗？"

岑矜回道："不是。"

张爵了然，夸道："我就说长得不太像，不过还是很帅啊。你的家族基因很好。"

岑矜笑着，只字未言，似乎在默许他的结论。

周遭鼎沸，旗帜翻飞，有球迷引吭高歌。李雾却心生空寥，不经意耷下眼皮。

下半场，岑矜愈发肆无忌惮。

场上情势胶着，白衣球员几次破门无果，岑矜喉咙近哑，不当心掀翻了半杯爆米花。李雾被扑了满怀，爆米花四处弹落，他忙岔腿躬身去捡。

此时下方又是一串行云流水的脚传，射门手蓄势待发，全场起立，声嘶力竭。

岑矜无意俯视李雾，却发现这小子还坐那气定神闲地拾爆米花，她忙揪住他后领，一个猛提，带直他的腰背，"看啊！等会儿再捡！"

嘭！

一个头球，球身贯穿空气，睥睨人群，迅疾撞入网中。

哗——

尖锐的哨声响彻全场。

观众的呼喊如海啸，一波接一波，势不可当。

而李雾顶着张赤脸，正襟危坐，难以动弹，只觉胸腔中的轰鸣要盖过球场的一切动静。

散场时分，三人收拾好各自的物品，一道走出场馆。

岑矜与张爵有说有笑，念念不忘地讨论着球场上的精彩瞬间，李雾则默不作声地跟着。

行至出口，即将分道扬镳。张爵提出请他们吃饭，岑矜摇头婉拒，说他们还有别的安排，并感谢他的好意。

张爵也不勉强，目送二人离开。

取车路上，李雾心情昂扬了些，空气也变得清新舒畅，他斟酌片刻，闷闷地开口道："刚才是你朋友吗？"

岑矜呼出几分刚应付完社交之后的疲怠，"同事。"

李雾问："怎么不跟他吃饭？"

岑矜反问："你想跟他吃？"

李雾说："不想。"

"那不就行了，我也不想。"岑矜附议。神思跑回刚刚的球局与看台，反射弧继而跟上，她开始兴师问罪，"你到底有没有好好看？都进球了还在那捡东西。"

李雾说："看了。"

岑矜考他："那你说，今天场上三个球都是几号球员进的？"

李雾思忖片刻，精准报出三位球员的球衣号码与名字。他先前查阅过，谨记于心，所以对整个球队都印象深刻。

"是吗？"岑矜抬眼逼视，半信半疑。

李雾跟她对望，被硬生生瞧得不复自信，再答时已稍有迟疑："应该是。"

岑矜忍俊不禁，哼了声，取笑他容易上当："其实我根本不知道谁是谁，问着玩的。"

李雾沉默，又抿唇抑笑。

"你怎么看个球都这么平静？"岑矜回望了眼白色的场馆屋顶，不满道，"搞得好像我才是今天的寿星一样。"

李雾说："有吗？"

"有啊。"岑矜抱憾加受挫，"我还以为你们这个年纪的男生都很喜欢呢。"

李雾生怕她陷入自我怀疑，赶紧说："我很喜欢。"

岑矜手插兜，摸车钥匙，"可你一点都不激动。"

"没有不激动……"少年嗓音低下去，不知要如何自证。好吧，错在他，不够溢于言表，但他真的很开心，不管做什么，对他而言都是珍贵的。

岑矜摁着车锁，四下张望找停放处，"得亏我提醒，你才没有错过最后一个进球。"

少年倏然绷紧背脊……他耳根渐烫，最后不自在地摸了下脖颈，才继续跟上岑矜。

回家路上，岑矜去甜品店取了她提前订制的庆生蛋糕。墨蓝的镜面奶油涂层，上面散着几粒油画刮印质感的星星。

当晚，他们协作煮出一锅长寿面，分享着吃完，期间还有一搭没一搭地聊了些琐事，有往昔的追忆，有未来的憧憬，有她工作上的，也有他学习上的，还有他们同有交集的这些日子。

岑矜郑重其事地端来蛋糕，点燃蜡烛——一个"1"，一个"7"。

她关上灯，哼了两句英文生日歌，轻轻的，柔柔的，像荒原里浮游的微弱萤火一般。

跃动的烛焰里，李雾度过了人生中第一个极具仪式感的生日。

他的十七岁。

岑矜撺掇他许愿，他莫名害羞，被火光映红了脸，推拉半天，才闭上眼。

岑矜注视着他，烛光里，少年面孔沉静，如在冥想。

待他睁开双眼，岑矜并不好奇他的愿望，只问："李雾，你的名字为什么用雾这个字？"

李雾看她，"因为我出生的时候外面下着很大的雾，我爷爷说的。"

岑矜说："可你不像雾。"

李雾怔然，"像什么？"

"像……"岑矜顿了顿，编了个谎，"我一时半会儿也想不到。"

不，她能想象。

他是山涧与草木才能凝结出的原初和静谧，是深谷里一尘不染的溪，扎实苍郁的蔓，一道尚有棱峰的岭。

所以趁他许愿时，岑矜也借机蹭了个愿望，希望这个小孩可以永葆澄明。


元旦假期过后就是宜中的期末考试。

班级气氛变得紧迫焦虑，同时也有些长假将至的蠢蠢欲动。

李雾潜心备考，他征得岑矜的同意，接连两周没有回家，留校废寝忘食地伏案苦学。

新寝室的三位室友与他志趣相投，都是把学习当放松的同类，他不再被视作异类。

十三号，结束理综考试。

李雾赶上地铁，冲回家里。屋内除了他空无一人，岑矜显然工作未归，但他没有因此失落，在书房静坐片刻后，按捺不住给岑矜发了消息。

**李雾：我考完了。**

三分钟后，女人回复。

**岑矜：怎么样？**

**李雾：还好。**

**岑矜：什么时候去掉前面一个字，我就心满意足了。**

李雾沉默地盯了会儿这行字，重发。

李雾：好。

岑矜：这个好是在回答第一句，还是第二句？

李雾：都有。

岑矜：你说的。

李雾：嗯。

岑矜：没有年级前三十我可要抄家伙了。

见他无言，她愈加猖狂，直接发来一张手握板砖的凶残表情包以示威胁。

李雾勾唇，偏头看向书房的窗，努力平息，仍是难止笑意，最后只得转移话题。

李雾：我已经到家了。

那端没了动静。

少顷，女人发来一张点单的截图，例行公事地跟他说，记得吃饭。

李雾无语。

李雾：你吃了吗？

岑矜：马上。

李雾：几点下班？

岑矜：不知道，今天很忙。

少年躁得搓了下脑后，表面平静地回了"嗯"，而后倒置手机，屈身从背包里翻出寒假练习讲义，又抽出笔袋。

刚要拿笔，他手指一顿，转而取出夹层里的两寸照片。

他凝神看她，心静了。

他把它小心放回去，牢牢封藏。

他的生日愿望很虚无，也很具体——岑矜永远开心，就像照片里一样。

## *37*

两天后，李雾返校拿到了自己的期末成绩单。

作为一名插班生，他后来居上，以数学一百四十六、理综满分的佳绩在十班独占鳌头，甚至高出第二名近二十分。

但戏剧化的是，他的年级排名是第三十一名。

李雾完全傻掉，这跟低于及格线一分有什么区别。

张老师与有荣焉，在讲堂上眉飞色舞地夸，然而被夸的那位却毫无喜色，靠着椅背，垂头丧气。

回家路上，苍穹灰黯，似在为降雪积攒情绪。

李雾的脸色不比天气好，他双手插兜，近乎自闭地穿过人流，走进地铁站。车厢里，他手握吊环，望着窗外飞窜的广告灯牌，在思考怎么跟岑矜交代这张不尽人意的答卷。

正失神想着，兜里的手机忽然振了下。

李雾拿出来看，是成睿的消息。他发来了一张照片，是学生荣誉栏里的自己，红底黄字，还有他不苟言笑的脸。

高二年级本学期期末考前五十名的同学都会得此嘉奖，用以鼓励。

成睿口气难掩激动。

**成睿**：你看到了吗？我去的时候好几个女生在拍你！

**成睿**：还想给你发到网上去！我跟她们说这是侵犯肖像权了，别谢我，兄弟。

李雾很无语，但还是回复了"谢谢"。

成睿为他高兴了好一阵，好像考全班第一的那个人是自己一样，李雾也被他吹捧得心态转晴。

与他聊完，李雾又点开那张图，想了想，抿唇转发给岑矜，再三强调，不是自己拍的，是同学发的。

走出地铁站，李雾收到她的回音。

她第一反应居然不是问他成绩，而是夸他这张照片照得好好看。

李雾微怔，不就跟他本人一模一样，有什么好看不好看的，反正他看不出来。

该来的话题还是要来。

岑矜：是前三十会上光荣榜吗？

李雾：前五十。

岑矜思维机敏，旋即猜出大半，回了张跟之前一致的板砖表情包。

李雾：我第三十一名。成绩条回去给你。

岑矜似乎也在惋惜。

岑矜：就差一名？

李雾：嗯。

岑矜：也很棒啦！下学期再努力一把，转去实验班还不是分分钟的事。

李雾顿感慰藉。

见她不像预想中那样失望，李雾情绪顺畅了些，说起题外话。

李雾：还要挨打吗？

岑矜：你想被打？

李雾：额……

岑矜：也不是不行，我回家路上多留意一下路边有没有砖块。

李雾：还是不了。

当晚十一点多，岑矜才回来。她脱掉大衣，捶打着肩背，将鼓囊囊的购物袋搁到茶几上，叫了两声李雾的名字。

少年大步出来，停在不远处。

"吃东西。"岑矜指了下购物袋，走去从冰箱里拿水喝，"奖励你的，这学期辛苦了。"

李雾走到茶几旁，倾身看袋子里的东西，是各种零食，他转头问她："你不吃吗？"

"我不吃，我现在只想洗澡睡觉。"她一身倦怠。

李雾没动，问："外面下雪了吗？"

岑矜回："没有。"

"哦，对了。"她猛灌小半瓶水，突然想起什么，侧过头来叮嘱，"里面还有两盒口罩，你最近能别出门就别出门了，出去也把口罩戴好。江城好像有了什么病毒，还挺严重的。"

李雾看向她，"你什么时候放假？"

岑矜把瓶盖拧上，"估计要到腊月二十七八，"她又问，"你春节要回胜州吗？还是跟我一起？"

李雾哑然一秒，脑袋微微升温，"跟你。"

"明智的选择。"岑矜随意抛高纯净水，又利落地抓住，"正好带你见见我爸妈。"

"啊……"李雾被这句话说得措手不及。

岑矜眉梢微扬，"有什么问题吗？"

李雾赶紧摇头。

可接下来的几天，疫情的发展出乎意料。

信息畅通难阻的时代，任何未知都足以掀起飓风。举国上下人人自危，整日惶惶地待在家里，每座城市、每户家庭都自行割裂，严守着一方孤岛。

考虑到情势严峻，岑矜的公司提早两天放假。

网络上、电视里全天滚动播报，提醒民众春节期间切勿相互走访，杜绝聚集行为。

岑矜密切关注着新闻，开始纠结要不要回父母那边过年，毕竟是同城，就隔着几条街道。

结果当晚爸爸就打来电话，说情况特殊，叫她别回来了，照顾好自己，除夕跟他们视频就好。

父母先替自己做决定，岑矜反倒松了口气，跟他们又是道歉又是撒娇，表达思念之情。

岑父被哄开心了，关心起李雾的状况，问这小孩归乡没有。

岑矜说："没，在我这呢。"

岑父放下心来，"那太好了！有人陪着，女儿不用一个人孤单过年了。"

岑矜冷哼一声。就李雾那性子，从早到晚在书房写作业，二十四小时都说不上几句话，有没有他区别不大，估计除夕夜都在死磕学习。

但当下难题并非如何与李雾培养交情，而是由于疫情影响，他们的小区彻底封闭，连外卖都送不进来。

岑矜顶着寒风接连取餐三天都快崩溃了，撂担子不干了，瘫到沙发上，试图指使家中另一位人口，"李雾！"

少年立即跑来客厅。

他仿佛某种召唤兽，平常一声不响地窝在神奇宝贝球里，但倘若有需要，总能第一时间出现在她面前。

"以后我们分工，一人拿一天外卖。"她难得亲和地微笑着，附上无懈可击的理由，"你也不能总埋头学习，也要出门锻炼锻炼，呼吸新鲜空气。"

李雾原地思索片刻，提出异议："为什么要一直叫外卖？"

"你以为我想吗？"岑矜捋了下长发，"我不会做饭。"

她投降一般举起双手，态度却理直气壮，"本人从小十指不沾阳春水，厨艺完全拿不出手。"

李雾暗笑，注视着她，开始自荐道："我会。"

"嗯？"

他重复道："我会烧饭。"

"你不早说！"岑矜皱眉，确定他并无异色，又委婉起来，以退为进，"做饭的话，会不会影响你写作业？"

"学校布置的寒假作业我已经写完了。"

岑矜心头一怔，"这么快？"这才放假几天？

"嗯。"李雾口气平淡，"不算多。"

岑矜笑意真实了些，一指厨房，"那试试？"

李雾点头道："好。"

岑矜起身，越过茶几，招呼李雾一块到厨房搜罗，查看库存。

检查完毕，岑矜总结道："家里好像没什么食材。"她转头问，"你想做什么菜？"

李雾并不是很自信地说："简单的应该都行。"

岑矜说："我不太懂什么叫简单的。"

李雾回道："就简单家常菜。"

岑矜勾了下头发，"这样吧，我们等会儿去趟超市，多买点菜回来，你看看怎么组合。"

李雾应道："嗯。"

两人穿上厚外套，裹好围巾，戴上口罩，向超市进发。

一路走来，小区街道清冷如末日，只能见到三五个人，各自疏远着。

岑矜颇为感慨地呵了口气，问李雾："你今早量体温了吗？"

"量了。"

"多少度。"

"三十六度七。"李雾大眼睛看过来，"你呢？"

"没量。"

"为什么？"

"忘了。"

"哦。"李雾又说，"我明天提醒你。"

岑矜摘下一边手套，认认真真地探向自己额头，感知道："放心吧，不热。"

有口罩遮挡，李雾终于可以无所顾忌地抿高嘴角。

他们来到附近卖场，这里更是人烟稀少。

迎接顾客的方式是迎面而来的酒精喷雾与耳温枪。确认体温并无异常，他们才被保安放行。

两人走至生鲜果蔬区，岑矜下巴微扬，"喏，你的战场，尽管挑，我结账。"

李雾视线快速扫描一圈，推上购物车往那走。

岑矜慢悠悠跟上。

她鲜少从这个视角看李雾，今天猛一瞧，才发现少年的肩膀很宽，将烟灰色的大衣衬得极为挺括。光看背影，他根本不像个高中生。

她好会选衣服，岑矜暗自肯定。

李雾微倾着头，仔细挑拣，每拿起一样都会回头问岑矜吃不吃。

岑矜被烦到一劳永逸地回道："我不挑食。"

男生口罩上方的瞳仁张大一下，"那你还吃这么少。"

岑矜撇嘴，"你管我！挑你自己的。"

"哦。"

李雾选食材很仔细，观察新鲜度，比较价格，但效率也未因此降低，没一会儿购物车底部就被铺满，荤素皆有，品类齐全。

两人往收银台走，路过一大片儿童玩具区，琳琅满目，有车、枪、恐龙、机器人，是很多男孩的心头好。

岑矜留神盯着，漫不经心地问道："你想要变形金刚吗？"

李雾微顿，"不想。"

岑矜瞟他一眼，绕过他，伸手从货架上取下一盒巨大的乐高，塞进他们的购物车里。

李雾垂眸，是迪士尼城堡，他问："你要搭？"

"给你玩。"

李雾无语。

"劳逸结合，别整天就知道闷头学。"她用食指点点盒身上标注的"16+"，"你这个年纪刚刚好。"

"嗯。"

回家路上,太阳已越出云层。尽管光线清冷,但仍有余温,不再像来时那般刺骨。

到家后,李雾就脱掉大衣和毛衫,捋高袖子直奔厨房,大有一展身手的架势。

岑矜翻出柜子底层的五常大米,查了下保质期,"这是我爸六月份送来的,都还没拆。"

李雾眼神复杂地看她,"你在家就吃外卖吗?"

岑矜品出他的情绪,瞪眼道:"不行吗?"

李雾不作声,回头找沥水篮。

米有二十来斤,岑矜试着用双手去提,有些费劲。

李雾见状,忙躬身去接,下意识道:"我来,你到旁边去。"

岑矜沉默几秒,掸手站直身体,"翅膀硬了哦,嫌我碍手碍脚了。"

李雾急忙解释道:"不是,太重了,我怕你受伤。"

生怕岑矜开始为此跟他较劲,他抢占先机,单手将米袋拎回自己手里。少年动作很快,看着还很轻巧随意,岑矜不由得愣神,若不是注意到他小臂上因发力而突显出来的些许肌肉与青筋,她会以为他只是提了袋棉花。

岑矜重新抬眼,缓缓颔首,不咸不淡地鼓劲道:"行,你加油,我去客厅。"

女人离开空间有限的厨房后,周围随之冷却,李雾也沉下心,系上刚买的围裙,开始熟悉厨具与电器。

先是墙角的砧板和刀具,砧板有三块,都是木质,大小、厚度均不一。刀的数量就更夸张了,还形态各异,把料理台衬得如同手术室一般精密严谨。

接着是灶台,李雾试着打了下火,一次未成,他回忆了一下以前在浓溪吃饭时食堂老师打火的样子,压着拧了一次,湛蓝细小的火圈喷薄出来。

他如实验成功般勾唇,又抬眼看向抽油烟机。

李雾将它打开,聆听十几秒的呼呼的风音,又关上再开,调节吸力。

须臾，他发现还有挥手智控的功能，便严肃站着，与油烟机面对面打招呼般，操作得不亦乐乎。

这些都是他以往家里没有的东西，他从前想都不敢想。

他绝对低估了城里人厨房的高端性与功能性。

岑矜侧坐在沙发上，单手搭腮，假装看手机，实则一直留心这小屁孩的动静。她咬了会儿下唇，终究忍无可忍地凶他："你玩呢？"

李雾瞟她一眼，如上课开小差被点名的学生，忙将油烟机关闭，老老实实扳开水龙头淘米、洗菜。

厨房的人重回"静音模式"，岑矜目光移回屏幕，不受控制地弯了下嘴角。

李雾干活儿一向利落，领悟力强，适应得又快。不多久，厨房就弥散出浓重的鲜香气。

岑矜的食指动了一下，放下怀里的笔记本电脑，走过去验收成果。

"这是红烧肉吗？"她停在灶台前。

铸铁锅上方的玻璃盖已凝满蒸汽，但还是依稀能辨认出里面的菜色。

李雾"嗯"了声，揭盖，用筷子夹了块色浓油润、肥瘦相宜的出来，送到岑矜面前。

岑矜没多想，刚要伸长脖子去尝。

李雾反应过来自己好像在喂她，有些逾矩，脑袋轰了下，整张脸瞬间涨红。他飞快地将肉塞进自己嘴里。

岑矜面前温度骤降，难以置信道："你是在耍我吗？"

"不是。"李雾急得满头冒汗，难以解释，"这块不太行……"

话音未落，岑矜已迫不及待地抽走他手里的筷子，亲自上阵。她插出一块，吹两口气，含入口中。

肉在锅里煨着，酱汁冒泡，浓香四溢。

岑矜仔细咀嚼品味，肉完全炖烂还很入味，肥而不腻，瘦而不柴，满口留鲜。

　　她大感意外，弯眼给出最高赞赏："好好吃啊，真的很好吃。"说完又夹出一块接着吃。

　　见她满意，李雾心绪止息，也跟着笑了下，"你喜欢吃就行。"

　　岑矜去看另一个封闭的汤锅，"这里面是什么？我帮你盛起来吧。"

　　"西红柿鸡蛋汤。"

　　"我喜欢。"

　　"嗯……真的吗？"

　　"对，我留学那会儿经常在宿舍煮，但你这个看起来就比我那时候做得香。"

　　岑矜左右看看，像只四处觅食的猫，"还有别的吗？"

　　"还有盘芦笋炒肉和炝土豆丝，放电饭锅隔层保温了。"

　　"你好会啊李雾——"岑矜转头欣赏电饭煲里的菜肴，语气逐渐转为崇拜，"早知道你这么厉害，我们为什么还要委屈自己吃外卖！"

　　少年被夸得飘飘然，瞥着岑矜的后脑勺，笑意愈浓。几番压制无果，他转移注意力，从围裙兜里取出手机，敛目看了眼上面的食谱软件，而后关掉，故作谦逊，"也就一般吧。"


## 38


　　三餐有了着落，岑矜的假期焦虑得到缓解，静下心来踏踏实实做个居家的广告人。

　　李雾每一天也过得相当充实，除去日常起居、做饭与学习，他还给自己安排了两小时空余，用来拼装岑矜送他的那盒乐高。

　　每天下午两点到四点，一到时间，男生就会放下手里的功课，坐在书房的地板上心无旁骛地对着图纸搭建。

除夕当日，复杂精致的城堡已经成型，只缺一些无伤大雅的细节。

岑矜一觉醒来，路过书房时一眼就瞥见了斗柜上偌大的童话城堡，仿佛迪士尼乐园被施以魔法浓缩后请回了家。

她瞬间清醒，走到近处全方位、多角度地欣赏，还拍了张照记录。

比起成品本身，她更惊诧于李雾可怕的效率，问他是不是半夜偷偷赶过工。

少年坐在书桌后，转着笔否认："没，看过图纸跟积木心里就有个结构了，所以下手比较快。"

岑矜倚着门框，不知是夸是嘲："没想到你还是个天才少年。"

李雾无语。

他许多方面都超乎她的想象，她无故感受到一丝威胁。

她不甘落后，环抱双臂，当即从自己擅长的领域找回权威与自信："怎么英语都那么用心了，还总差那么点意思？"

李雾沉默两秒，说："不知道。"

岑矜问："期末卷子有带回来吗？"

李雾说："带了。"

岑矜走进去，拖了把椅子在他斜对面坐下，"给我看看。"

李雾看向她，"你不先吃早餐吗？"

"等会儿，不饿。"

李雾从背包里翻出期末考卷，放到桌面。

岑矜瞟了眼，那沓试卷还是很"李雾风"，一如既往收拾得整齐有序，用一只黑色的长尾夹固定。

李雾很快从中找出英语试卷与答题卡。

岑矜撑脸看他，添加要求道："理综答题卡也给我看看。"

李雾抬起眼皮，有些意外。

"不是满分吗，想膜拜一下。"她用词有趣，毫不掩饰自己的一时兴起。

"嗯。"李雾抽出来，与英语试卷一并递给岑矜。

岑矜先看了看他的理综答题卡。

她是文科生，告别高中时代已久，看上面的解题步骤如看天书，但可以确认的是，男生的书写利落流畅，一处涂改都没有，自信程度可见一斑。

岑矜好奇道："写完检查过吗？"

李雾回："检查了。"

岑矜问："一个怀疑的都没有？"

李雾说："一个算错的都没有。"

"哦……"她知道他在讲大实话，并非显摆，但怎么听怎么刺耳扎心。岑矜用手指绞着耳边的发丝，把答题卡还给他，干巴巴地夸道："挺厉害的。"

她坐直身体，回归正题，分析起他的英语卷子。

"就比上次高了三分。"岑矜眉心微皱，翻阅着，"完形填空好像是你的弱项，还有作文，太生搬硬套了，不是光把固定句型往上堆就是一篇好作文。"

她粗略一扫，又回到首页，"听力倒还不错，看来我之前给你的 MP3 还是起了效果的。"

"嗯。"

"还想提升的话，光死记硬背对你而言可能没什么用了。"岑矜给出建议，"明天开始适当看些美剧、英剧吧，就看生肉，The Big Bang Theory 应该蛮适合你这种学理的小孩的。"

李雾像个古人，问道："生肉？"

岑矜暗叹，解答："就是没中文字幕的外语片子。你得自己试着理解每句台词的意思。"

作为一位从雅思战场摸爬滚打过来的斗士，岑矜的英文强化训练可不仅止于此，还要渗透到日常的方方面面，"我们以后在家可以适当用英语对话，不需要你对答如流，只要能组织出句意，跟我表达清楚就行。"

李雾傻眼。

岑矜目不转睛地看着他，眼光传递出一种温煦的鼓励，"现在就试试，跟我说句话，用英文。"

李雾被她盯得头皮发麻，耳郭发红。

"别怕，看着我，"岑矜以为他紧张，保持笑容，像一位循循善诱的导师，"自信一点，就像你解物理题一样。"

李雾哪敢正视，只觉胸中有一股猛力来回拉扯、冲击，让他几乎无法启唇。但岑矜还在等，他只能强装镇定，在桌斗中将骨节都弯到轻微作响，才用英语憋出还算连贯完整的短句："你可以去吃早饭吗？"

他居然还惦记着这茬，岑矜心服口服，无奈笑了下，用英语说："好，行，如你所愿。"

因为宜市有个春节风俗——正月初五之后才可以洗衣服，当天下午，岑矜找不到事做，就把卧室衣帽架上几件只穿过一回的毛衣一并撂进脏衣篮里，扔进阳台的洗衣机。

李雾两小时的乐高时间则变为美剧时间。

岑矜推荐的情景剧的确有趣，但里面几位主角语速极快，还不时蹦出一些专业术语，他不得不频繁暂停，边查词典边理解。

可最让他无所适从的还是剧中接二连三出现的大尺度对话。李雾不堪忍受，暂停观看。

他看了看时间，决定去露台透会儿气。

四野清朗，李雾微眯起眼，搭着欧式的铁艺护栏，任风吹过手掌与指缝。

确认杂念消弭，他往室内走，余光无意瞄到被塞得满满当当的滚筒洗衣机。

他顿步，已经洗完有好一会儿了吧，她怎么还没来晾？

李雾走回走廊，发现岑矜卧房的房门紧闭，猜她可能已经午休，早把洗衣服的事忘光。

他体内的家务强迫症因子又蠢蠢欲动，李雾按捺不住，返回阳台，躬身打开洗衣机门，将里面的毛衣一件件取出，不轻不重地抖开，撑入衣架，抚平褶皱，才对齐挂去升降晾衣架上。

洗衣凝珠的香气散在风里，像某种好闻的花。

晾晒完毕，天光明亮，李雾吁一口气立在风里，欣赏起自己井然有序的劳动成果。

他视线从左往右滑，到横杠末端时，骤然一顿，而后飞速别开目光。

那是成套的女士内衣，勾在晾衣架上，纯黑色，款式简洁。

他们同住一个屋檐下，李雾这是第三次看到了，但回回都这样，它们磊落坦荡，而他面红耳赤。李雾不再在原地滞留，头也不回地跑回书房。


岑矜一觉睡到了下午五点。

干她们这行，加班比吃饭还日常，作息难以规律，现在放假更是变本加厉，生物钟彻底紊乱，难分白天黑夜。

岑矜洗了把脸，倦懒地趿着拖鞋走回客厅。

灯亮着，有人已在厨房忙前忙后，筹备着年夜饭。

酣睡一下午的岑矜自惭形秽，一路快走过去，卷起袖子想帮他打下手，"弟弟啊，有需要我的地方吗？"

"弟弟"的发音是二声，她第一次这样跟他讲话，有点嗲，又不乏俏皮。

李雾的肩背一绷，按刀背的手僵住，有些无所适从地回头，"你醒了啊。"

"嗯。"岑矜恢复正常语调，"你呢，下午看剧了吗？"

"看了。"

"怎么样？"

"好看。"李雾不想隐瞒真实感受，"但理解起来还是有难度。"

"慢慢来。我这个水平看也未必能全懂，让你看，主要还是为了训练你对句子、词汇的敏感度。"

"嗯。"李雾继续埋头切蒜泥，过了会儿，他想着还是得跟岑矜交代，又去看四处探头探脑试图加入年夜饭准备工作的女人，"我帮你把洗衣机里的衣服晾了。"

岑矜霍然记起，"对，我给忘了。"她用两指轻揉太阳穴，作苦恼状，"最近日夜颠倒，记忆力骤降，谢谢你啦。"

李雾说："没事。"

"你要做蒜泥大虾？"岑矜拨了拨一旁碗里已处理过的基围虾，捡起一只翻转着细看。

她发觉虾背已被剪过一道，内里的黑筋清理得干干净净，刚要赞美，虾身忽然一痉挛，从她指间窜脱，滑向地面。岑矜吓得惊叫一声，接连退了两步，跌向李雾的胳膊。

李雾眼疾手快，撂下刀，侧过身来稳住。

女人的后背径直撞进他的胸腔，力道不重，可他的心脏却要被颤出来了，整个人当场石化。

她柔软的发梢蹭着他的颈部，下一刻，李雾的手像被火燎到般，从她肩头撤开，垂回身侧，紧握成拳。

见他神色略隐忍，岑矜忙拉开二人的间隙，关心道："撞疼你了吧？"

"没。"李雾躬身去捡虾，并借机深呼吸几下，平复心率。

李雾起身，冲洗虾子，抽了下鼻子，完全不敢抬头，只能压低脑袋把虾丢回碗里，心不在焉地将葱白切段，手肘摆放的范围都尽可能缩小。少顷，他才沉着声叫："姐姐。"

岑矜并无异样，聚精会神地择着青绿新鲜的豌豆苗，"嗯？"

"你肩膀上有没有蒜味？"他一句话问得费尽心力，"我刚才好像碰到了。"

岑矜耸肩侧头，嗅了嗅，"有。"

"又不是什么大不了的事情。我不讨厌大蒜。"

"嗯。"

今宵的年夜饭虽不如往年岑矜阖家团圆时那般丰盛，山珍海味，玉盘珍馐，但也精致多样，有腊味拼盘、蒜泥大虾、炭烤小羊排、韭黄肉丝、豉汁蒸鱼、清炒豌豆苗，色香味俱佳。

李雾在做饭方面简直天赋异禀，当中好几样菜他都是初次练手，口味却不输餐厅。

岑矜大快朵颐，还喝了点红酒助兴。饭毕，她摸着肚子跟李雾一起收拾，洗刷碗盘，忙得差不多了，她才回到客厅，打开电视，把春晚当背景音乐，给爸爸打视频。

那头接通得很快，屏幕里的父亲笑出一脸褶子，"矜矜，看到你发来的年夜饭照片了，是你跟李雾做的？"

岑矜失笑，"是李雾做的，我就是个帮工，闲杂人等。"

"把你妈都看愣了，说人家小孩才多大，就能烧这么一大桌子菜，比她还厉害。"岑父奇怪，偏眼找人，"怎么就你一个，那孩子呢？"

岑矜冲厨房那边看一眼，确认道："他还在厨房擦来擦去，可勤快了。"

"你怎么光让人家干活儿，不该你这个年长的照顾他吗？"妈妈的脸也挤进同一张画面，伴随着一贯的斥责。

岑矜辩解道："我刚帮人家洗过碗好吗？他要求高，非要一尘不染才舒服。"

"好，爱干净好。"岑父笑意更深，"你把他叫过来，也来几个月了，我跟你妈还没见过呢。"

"哦。"岑矜应了声，扯高嗓门，"李雾——"

还在专心擦拭水池的少年回眸。

"我爸妈想看看你，你想看他们吗？"岑矜手机背对他，晃了下，"你不好意思也没关系，不勉强，我们家很民主。"

李雾陷入沉默。

他眼如明镜，安静无辜，岑矜感觉自己在"威胁利诱"。刚要替他婉拒，少年已经解掉围裙，大步走回客厅。

"他来了。"岑矜情绪转高，振臂欣喜地宣布，"你们做好准备，看你们帅气的好大孙。"

李雾顿时傻眼。

岑母跟自己丈夫埋怨："你看你姑娘这张嘴净瞎说什么。"

岑父仍是纵容，笑呵呵道："随她了，童言无忌。"

李雾接过手机，尴尬之余，又有种难以言状的微妙，百感交集。

所以，等真正与岑矜父母对上目光时，他已经面红耳赤。

二老似乎也有些怔然，不知是因为他相貌，还是其他。

他坐回沙发，支支吾吾，浓睫半敛，又迫使自己正视，以显礼貌，"叔叔好，阿姨好。"

岑母率先搭腔，笑眯眯地说："哎！好，李雾你好呀。"

岑父紧跟其后，夸道："哎呀，这小孩跟我想象中不一样，长这么好看的吗？"

他们这样亲切，这样夸奖，李雾更是如坐针毡，羞愧难当。

"还不是我养得好。"岑矜抢头等功，在镜头前挥手，"而且他成绩也好得不得了，这学期期末班上排第一，你们想不到吧？这才来宜中多久。"

"第一？看人家多争气！"岑母唠叨起自家女儿，"比你那会儿好多了。"

"你好烦啊妈，大过年的，别老拆我台行吗，我那时候也不差好吗？"

"好了好了，不说这些了，都什么时候的事了。"岑父永远是和事佬，又转回李雾身上，语重心长，"小雾啊，生活上、学习上如果有难处一定不能瞒着，要跟你矜矜姐姐讲。她是我女儿，她脾气我知道，有时候可能讲话不好听，但人绝对没半点坏心，能帮上忙的肯定都会帮，实在不行还有我们，叔叔、阿姨也不是那种不讲理、不好相处的人。你就好好读书，考个好大学，明年过年没疫情了，你就跟你矜矜姐姐来叔叔、阿姨这里，大家热热闹闹，一家人一样，好不好啊？"

李雾听着，鼻头微酸，重重地点了下头。

## 39

元宵节过后，各行各业仍因疫情停滞不前，假期开始无限延长，具体结束时间难以预估。

岑矜就职的奥星自然也受到了一定程度上的冲击，但万幸的是，她们公司合作的多为付过定金的客户，负面影响尚能接受。

可短期项目就有些让人心力交瘁了，原定春节期间的各项投放都必须更改或延期，拍摄计划也跟着推后，岑矜年前不分昼夜写的脚本跟做的东西基本前功尽弃，跟白干一样。

翻看完原真刚刚更新的简报，岑矜的头都要炸了。同事们也不好过，在群里或捶胸顿足，或唉声叹气。

岑矜把笔记本撤到一旁，深呼吸一会儿，喝了口水，才点进部门的视频会议。

Teddy 保持着自己一贯的好脾气，"我觉得大家心态还是得放好一点，起码客户没放弃大家是不是，只是换种合作形式。"

副总监笑了声，说："没放弃我们的合作形式就是一天一变？我打字的速度都赶不上他们要求修改方案的速度。"

大家深以为然，都跟着笑。

Teddy 安抚加动员，"这也没办法，客户难受，我们难受，大家都难受，只能相互体谅。但不是没有好消息，这两天 BN 直接给我们下了两个订单，都是过五十万的投放，需要往电商引流。说明人家还是信任我们能为他们创造价值的。越艰难，越要证明给他们看。"

岑矜问："三八节投放吗？"

"对。"Teddy 肯定道，"看，这就是我们创意编辑的敏感度。"

路琪琪提议："建议组个女子军团，没人比女人更懂女人。"

Teddy 说："还是需要点雄性激素的，毕竟是数码产品。"

"手机吗？"

"耳机。"Teddy 发了张产品图到群里，"这款无线耳机，他们出了粉色。"

路琪琪惊呼："哇，好可爱。"

"但这次方向不同以往，要真诚，不可以蹭热点，不可以玩梗，不可以套路，不要娱乐化，还要给人耳目一新的感觉。对我们的创意来讲会难度升级，希望大家打起精神，不要因为在家办公就整天不动脑筋。"

有人说："这款耳机的目标消费群体是公务员吗？"

"可以边跑步边听《新闻联播》。"

"哈哈哈哈。"

大家七嘴八舌地讨论起来。

会议结束，岑矜阖上笔记本电脑，身心俱疲地仰回靠枕，闭上眼睛。

她想起了一个人——吴复，她曾经的丈夫。

工作这几年，她从未直面如此手忙脚乱的时刻，她与吴复的点子都是共享的、碰撞的，这种交互会让他们的灵感源源不断。她可以是那个点燃想法焰火的火折子，吴复也可以是那个思维殿堂的引路者，每次睡前的头脑风暴都让他俩变成斗诗的文人。

但现在，她是团队的核心，不得不挑起大梁去探索，去整合，去捕捉那些灵光乍现的瞬间，去给概念恰如其分的表达。

三个棘手的项目相互冲击着，岑矜脑子里嗡嗡的，像碾米机里四处乱跳的谷粒，最后"嘀"的一声，电源被切断，白茫茫一片真干净。

岑矜猛叹一声，弹起身子，冲去阳台排遣。

在书房上网课的李雾见一道身影从门框一闪而过，中途还伴随着拖鞋擦地的急促响动，而后越来越小。

他朝窗外张望，这个角度刚好能看到扶栏后女人的背影，她的发丝散在风里，不时还抬手拍拍脸。

李雾支起下巴，好在上课已至尾声，老师布置完作业，他就关掉直播镜头。

此时岑矜也走了进来，李雾摘掉耳机，刚想叫她，女人已经转过脸来，略显灰心丧气。

她问："网课上完了？"

李雾回道："嗯。"

"李雾。"她语气忽然郑重，眼底溢出羡慕，"我们互换灵魂吧，我来上学，你去上班。"

李雾不明所以，他倒是想。

不过岑矜如果真想上课，也不是不行。他旋即发出邀请："下节是英语课，你要不要一起来听？"

岑矜无言以对，"我很忙，可能没这个时间呢。"

"哦……"

岑矜飘回客厅，强逼自己面对。

她重新打开笔记本电脑，在群里发消息。

岑矜：BN 耳机的简报下了吗？

这次给他们当"传话筒"的不再是原真，而是另一个叫益皓的男客户执行，他是原真带的实习生，据说对数码产品研究颇深。

益皓：我还在完善。

岑矜：你用过这款耳机吗？

益皓：用过。

岑矜：优势在哪，使用感如何，可以描述一下吗？

益皓：不输 B、S 两大品牌。

岑矜敲出一长溜省略号回应。

见他们的资深文案拿省略号刷屏，益皓登时心如擂鼓。

益皓：Gin 姐你直接说话吧，甩这么多点我害怕。

岑矜没理他，直接问路琪琪用过 BN 吗。

路琪琪：啊？我用过有线的。

岑矜：说说感受？

路琪琪：降噪效果特别好，戴久了也不会不舒服，感觉全世界就剩耳朵里的音乐。

岑矜：皓皓，这是一位设计的回答。

益皓：我错了……

原真忙替自己徒弟救场。

原真：你等等他简报吧。

半个小时后，岑矜拿到了一篇"本科毕业论文"，是的，论文，可以命名为作《当前市场各大品牌蓝牙耳机优劣势分析》。

她在群里呼叫厉飞。

岑矜：皓皓可以去你们策略部，做客户主管可惜了。

厉飞笑出泪花。

厉飞：我随时欢迎啊，本来就忙不过来。

益皓直接回了个哭脸。

岑矜退出群聊，开始翻看这个品牌旗舰店的其他产品，不一会儿，右下角图标闪动。

岑矜点进微信，是原真的消息。

女人言语当中都是维护。

原真：矜矜，谁都是新人过来的，皓皓才来公司一个多月，你也给弟弟一点成长空间呀，别打击他积极性。

岑矜：我哪里没给空间，我在教他。他这样不行。

原真：你不是教，你在揠苗助长。

见她维护成这样，岑矜一眼看透，益皓但凡长得稍微难看点，也不会有这通私聊。

岑矜：行，我也不替你当老师了，他那简报你再给他说说吧，旗舰店的商品详情都写得比他好，我真没办法把一盘散沙给他弄成城堡。

原真：知道了！你也别气！犯不着！

益皓的简报被打回重写，指望不上这位小男孩了，岑矜开始四处查找BN的产品资料与之前的广告物料，想从中汲取灵感。

这一忙活便从下午坐到了晚上，连饭都是李雾端来茶几给她吃的。

李雾第一次见她忙成这样，聚精会神、眉头紧拧地盯着显示屏，像在盯世仇，偶尔才揉揉眼，或抿口水。

李雾不好打搅，写完作业又没事做，就开始拖地。

疫情期间家政阿姨无法上门，他便主动揽下清洁工作。

岑矜的余光里老有个人影晃来晃去，左右前后不消停，愈发心烦意乱，她"啪"地盖上笔记本电脑，夹到臂弯里直奔卧室。

房门一关，世界清净。

李雾目睹她这一连串赌气一样的行动，不解到极点。

他在客厅纠结了会儿，重新清洗拖把，提着往岑矜的卧室走。

他稍作踌躇，用手背叩两下房门。

女人的声音从内传出："干吗？"

李雾问："你房间需要拖吗？"

"啊——"她猛然一声尖叫，似濒临崩溃。

李雾愈发不明所以，讪讪地垂手，刚要离开原地，门被人从内打开，岑矜又抱着笔记本电脑径直越过他，走回客厅。

她如大佛般重重地坐在沙发，还睨着他，颐指气使道："拖一下卫生间就行了，地毯记得用吸尘器。"

李雾不语，只略一颔首，转头去阳台拿无线吸尘器。

岑矜的卧室装饰得要比外面更为精致、更有格调，一些淡而不腻的香气混杂在一起，好像一间栽种着隐形花朵的园圃。

李雾不好意思四处乱看，就专心打扫，直到地板与瓷砖干净如新，才退出来带上门。

他一瞥岑矜，沙发正中的女人完全忘我，如修行一般双目紧闭，但她神态并不舒朗，似有走火入魔的趋势。

李雾怕打断她的思路，不敢再跟她搭话，轻手轻脚地收拾好工具，快速夹上衣服窜去浴室。

拧上门锁，李雾才吁了口气。

他打开花洒，像往常那样将盆里换下来的衣服泡上，而后跨进浴缸。

十分钟后，水声停止。李雾抹了把脸跟湿漉漉的额发，从高处架子上抽下毛巾，使劲搓几下黑发，又甩甩头。

他伸手去拿叠放的衣服。

下一刻，少年一怀，人遽然僵住。

他行动太急，好像带了两条裤子进来。

再看看脚边盆中早已浸透的上衣，李雾生平第一次在心里骂了个脏字。

之后的一刻钟，李雾在浴室纠结至死，火急火燎地思考要怎么光着上身出去。

浴室的蒸汽散尽，即使开着浴霸，在这种天气里也还是冻人。

李雾靠着门板听了会儿动静，一咬牙，决定以最快速度闷头横冲出去，并祈祷岑矜不会注意他的经过。

咔嗒。

他扳下门把手。

门外，岑矜正全神贯注地往文档里敲字，她写得并不顺利，觉得是因为亲身体验不够，临时有了个主意。

岑矜用余光留意到洗过澡的少年风一样从正前方穿过，忙喊住他："李雾！"

那道身影一停。

"你帮我把书房的耳机……"她轻声吩咐着，从屏幕后抬起头来。

岑矜声音骤停。

客厅里的气氛一瞬间僵凝。

面前的少年上身全裸，只穿着宽松的灰色家居裤。不知因为受惊还是怎么的，他肩膀、手臂、周身所有线条都戒备地绷紧，在半明半昧的光线里，显得紧致而极具力量感，尤其是他的腰腹，肌肉紧凑，块块分明，可又不过分。

岑矜完全愣住，语气也变得飘忽不定："你衣服呢……"

灯光不强，他也在一瞬间肉眼可见地从脸红到脖子根，他视线闪避，吞吞吐吐道："洗、洗澡带错了。"

"哦……"岑矜不自在地抠了下眉尾，轻吸一口气，复述刚才的话，

"穿好了记得把书房的耳机拿给我。"

"好。"少年撂下这个字，唯恐跑慢了般逃出她的眼帘。

等他一走，岑矜脱力一样向后一靠，眨眨眼，又眨眨眼。

# 40

岑矜回顾着光影里那些线条，她惊讶的是现在小男生的身材都这么好吗？

这时一道影子罩过来，不用看都知道是谁，岑矜故作镇定地抬眼。

李雾已经套上白短袖俯视过来，将黑色耳机递出。

他脸上似乎余温未退，还透着绯红，眼睛水亮亮的。

岑矜接过去，打量一下，清嗓道："你这几天上网课都用的这款耳机？"

李雾道："嗯。"

岑矜左右翻转着，"好久没用，我都不记得蓝牙按钮在哪边了。"

他躬下身来告知："左边下面。"

这个动作使男生陡然逼近，岑矜稍一抬眸，就能瞄见他衣领敞口里的皮肤与锁骨。

她心生烦躁，只想把人尽快轰走，"知道了，你去忙你的。"

"嗯。"李雾起身将走。

岑矜唤住他，变相提醒："还是穿厚点吧。"

李雾不明所以。

岑矜又说："毕竟不是春夏，现在这个时期受凉感冒的话挺不好处理的。"

李雾心知肚明，尴尬到理屈词穷，只得应声"好"。

他刚刚那个样子在家里公共区域横冲直撞，对岑矜而言的确是种冒犯。

岑矜本以为这个插曲只会是过眼云烟，可没想到的是，接下来几天，家里多了个因纽特人。全天二十七度的地暖恒温被李雾过成了像是在地球两极户外求生，少年把自己裹得非常严实，里三层外三层。

一周后的饭桌上，岑矜忍无可忍，撂下汤匙问李雾："你不热吗？"

少年筷子一顿，停下扒饭的手，"热。"

"所以这几天是干吗？"

"怕感冒。"他搬出她当时搪塞的理由。

"你这样更容易受凉。"岑矜决定开诚布公，"上次的事我又没放在心上，男孩子裸个上身有什么要紧的。"

"嗯。"李雾低声应着，耳根却逐渐变色。

岑矜又瞄他一眼，命令："棉服脱了。"

"哦。"李雾立刻起身，脱掉外套，挂到椅背上。

大笨熊变回小白杨，可算顺眼了些，岑矜这才称心，捏起汤勺继续吃自己的。

这段时间都是李雾做饭打扫，岑矜不可能理所当然、心安理得地享受这种日子。

她本想以此抵消去年接李雾出来在胜州花的钱，但细思过后还是觉得太过俗气，又有些伤人自尊，便换了种方式实现内心的平衡——就是趁此时机给李雾网购各种东西，衣服、鞋、模型、三年高考五年模拟……这些男高中学霸绝对不会讨厌的东西。

当然，每次也都是李雾去搬快递，大包小包的叠起来快高过头顶。

拆箱后岑矜都会要求李雾试给她看，打扮他已成为岑矜居家办公之余为数不多的休闲方式之一。每回将面目一新的少年从头打量到脚时，岑矜都会由衷地感慨，原来真人版"奇迹雾雾"这么好玩。

李雾就不那么好受了，看着日渐填满的衣橱，他只觉得负债累累，亏欠加倍。


阳和起蛰，品物皆春。足不出户的日子里，节气之神悄然降临。

窗外草长燕回，海棠初发。温煦的风吹进了房子，将更多的人引出来，街道恢复了一些生机。川流的人群仍戴着口罩，小心翼翼地试探与适应着这个熟悉又陌生的世界。

蓝牙耳机的广告也顺利投放至某短视频的首位，千万点击带来了不俗的销量，当中女性购买用户的占比明显上升。

短视频的创意源自岑矜所在的奥星团队，短短一分钟的时间，他们呈现了一场丰富生动的视觉盛宴。

开头是苍冷的灰暗的空无一人的街道，天地一片黑白。

矮小的短发女人背身立于正中，她头戴线帽，服饰臃肿，并不起眼。短暂的驻足后，她取出兜里的粉色耳机戴上，开始慢跑。

音乐起，伴随着主角的第一人称长镜头与动感的节奏律动，整个画面逐步绚烂鲜活，高耸的大厦化为上下跃动的乐谱，花团锦簇的枝头飘下音符，人行道是弹跳的琴键，桥栏颤动是吉他的弦，禁止路标的箭头跳出红色斜杠，墙面涂鸦群舞……她仿佛是世界的主宰。

视频的最后，女人被一位灰色的路人撞到，停了下来。她摘下一边的耳机，周遭静音，环境复原。

她喘息少顷，重戴耳机，音乐再次奏响，她回眸看天，出人意料的是，女人笑颜的纹路纵横，竟是位容光焕发的小老太太。

广告语紧随其后：BNXT20，听从内心，行不受限。

这条投放给客户与公司带来的收益远超预期，Teddy 在群里挨个夸了个遍，尤其岑矜，老板更是亲自点名表扬。

岑矜倒没多兴奋，更多的是解脱。她们组亦如此，从创意到拍摄，再到剪辑与特效，片子翻来覆去改了几轮。谁能想象一条仅六十秒的视频，是怎么让他们焦头烂额、近乎吐血的。

岑矜关闭群聊，四仰八叉地陷进柔软的床褥，终于睡了假期以来第一个安稳的好觉。

正午时分，岑矜才被帘缝里的一隙日光唤醒。

洗漱完毕，她披了件羊绒开衫走出卧室，寻找家里的另一个人，却发现他根本不在。

刚要发消息问问去向，手机里有他十分钟前发来的消息。

李雾：我出去打印试卷，过会儿回家。

岑矜挑了下眉。

岑矜：什么试卷？

李雾：理综，下午要考试。

岑矜：在家考？

李雾：对。

岑矜：家里有打印机。

李雾：……

岑矜：肥水尽流外人田。

李雾：……

岑矜不再计较，回归考试话题。

岑矜：你们老师不怕学生直接搜答案吗？

李雾：老师说要家长监考。

岑矜：嗯？

李雾：我可以不用。

岑矜：知道你很自觉。

话虽这么说，但吃完午饭，岑矜还是提前来到书房坐镇，理直气壮。

她工作告一段落，难得清闲。但糟糕的是，她竟对这种无所事事的状态不习惯，像强迫症一样想把自己再安插到需要的缺口。

譬如，担任李雾的临时监考官。

少年见她到来，明显有些诧异，但他没多问，抽出笔耐心等候测验时间。

书房很静谧，光线在满橱的书脊上漫步。

李雾提前审题默算，漫不经心地转着笔，还间或换些花样，黑色的中性笔于他细长的指间来回旋动，运转自如，却不脱手。

岑矜注意着，哼一声："你很会转笔哦？"

那支恣意的笔刹停住，被它的主人老实地握回去，又端端正正摆放到试卷中央。

李雾眼皮微抬，讪讪道："就转着玩。"

岑矜也起了玩心，视线落到他黑色的笔袋上，伸手就捞来自己面前，"借我一支，我也试试。"

李雾顿如五雷轰顶，险些起立，颅内急剧嗡鸣。

女人已经低头，认真地在他的笔袋里翻找，片刻就把几样笔都拖了出来。

李雾不敢眨眼地看着她的动作，喉头收紧，心率快得几乎要猝亡。

好在岑矜没有因为摸不到而再进行更深入的探索与查找，转而撇开笔袋，注意到眼下的几支，她分别尝试和感受，总觉不大满意，扬眸问："没别的笔了吗？"

李雾慌乱至极，以至于口气都有些急："没有了！"

"这么凶干吗？"岑矜被他高声一唬，很是莫名。

声音又微弱下去，"要考试了……"他把笔袋拿回来，"我拿下橡皮，你把铅笔也给我吧。"

这一秒，他的秘密基地重回自己的手里，才觉魂魄归体。

岑矜找不出一支手感相契的，不免意兴阑珊，拣出铅笔要送过去，却突然心起狡念，又将铅笔搁回桌上，圈起拇指、食指，锁定目标，发力，把它弹向李雾。

男生的指骨被撞，刺疼一下，不解地抬脸看她。

不料女人已搭腮侧头看窗，一脸"我不知道，我不在场"的神情。

李雾勾唇，搓两下手，低眼，掩饰渐浓的笑意。

两点整，测验开始。

李雾摁出笔芯，似利刃出鞘，即刻进入战斗状态。

岑矜开始玩手机，公司大群在聊复工时间，征询众人意见，大家各执一词，聊天记录快到刷屏，目不暇接。没一会儿，老板乏了，直接弹出个组群的讨论。

岑矜象征性地点进去，扫一眼眉心微锁、专心做题的李雾，将界面静音。

过了会儿，她在群里被副总监文字点名。

**副总监：Gin，怎么不说话，挂机呢？**

**岑矜：……稍等。**

她起身走去阳台，李雾留心她的动静，看着她一路走出去。

岑矜把手机贴到耳边，回过头，从窗后看屋内情况。

二人四目相对，她隔空做两指戳眼的动作，先自己，而后李雾，凶得很。

李雾一怔，似真被扎到般，埋下脑袋，实为抿紧唇憋笑。

李雾一心二用，偷听岑矜讲话的同时还跟有肌肉记忆般在稿纸上流畅地计算，最后将正确选项填入括号。

可惜她声音不大，又掩上了门，所以听得不真切。

片刻，大约是有相熟的同事拿她开刀问罪，岑矜嗓音陡然拔高，"我家学生考试呢，闭嘴吧你。"

少年笔尖一顿，又在草稿纸上奋笔疾书。

他字迹起飞，近乎狂草，似在发泄——发泄那句话所带给他的极致得意与极致愉悦。

# 41

四月，粉白的小蔷薇将小区一周的铁栏杆织成了花毯。

奥星的复工通知也发至各个员工的邮箱。

岑矜花了一周时间才完全适应正常的工作节奏，漫长假期带来的后遗症体现在方方面面，尤其是一日三餐。

显而易见，李雾的家常菜养刁了她的胃口，公司的自助餐怎么吃怎么不对劲，冷冰冰的，毫无烟火气。

中午，她用叉子拨弄着餐盘里的组合菜肴，愈发嫌厌，不由得点开手机，给李雾发消息，意图望梅止渴。

岑矜：你今天中午吃什么？拍张图给我看看。

李雾：面条。已经吃完了。

岑矜：为什么不烧菜？

李雾：你不在家。

岑矜：做饭又不只是为了给我吃，你自己也一样要吃，光面条有什么营养？

李雾：嗯。

岑矜：想你的饭了。

李雾：你那边没饭吃吗？

岑矜拍了张餐盘照过去。

李雾：看起来还不错。

岑矜：跟你做的没法比。

李雾回了个龇牙笑的表情，似乎对她的夸奖颇为受用。

岑矜：你聊天很有我爸的风韵。

后面跟了两个龇牙的表情。

李雾：还好吧。

岑矜无言以对，关心起他学校的情况。

岑矜：你们老师有通知什么时候返校吗？

李雾：大概劳动节之后。

岑矜：行吧，趁早滚回学校。

李雾：嗯？

岑矜：我见不得自己含辛茹苦，有人却在家闲散惬意。

李雾：我也上了网课。

他的口气似乎是受了莫大的委屈，岑矜敷衍地一哄。

岑矜：哦哦弟弟辛苦。

李雾：……

岑矜：省略号是什么意思？

李雾：没什么意思。

岑矜：表达出来。

李雾发了个愉快的表情。

岑矜再难容忍。

岑矜：继续用这种表情不会有女生喜欢你的。

李雾：那用什么？

岑矜：别用表情。

李雾：好。

岑矜职业病发作，让李雾重新陈述一下省略号的具体含义。

李雾：不知道回什么，但一定要回你。

岑矜听出了几分被迫的意思。

岑矜：我可没逼你。

李雾：是我自己的习惯。

或许是他的回答太过真诚直白了，岑矜的心脏遽然一颤，似弹珠滑脱，她在这种轻微却异常的失重感中词穷起来。

最后她只字未发，只回了一个看起来毫无破绽的表情——龇牙。

对话结束。

李雾笑着倒置手机，刚要继续一心一意写讲义，又停下来，把手机翻回，点开聊天界面，回味着今日的聊天内容。

在朝夕相对的三个月，他能感觉到岑矜在自己面前逐步自在、松弛，不再竭尽所能地端着某种架子，维持着某种形象，虽然还是喜欢用言语欺压，但多半是调侃逗趣。卸下伪装的她，就是个矛盾又完美自洽的存在，成熟又天真，谨慎又随性，有一种柔软的锋芒，像眯眼所见的光。

李雾平静下来，专心攻克今天老师布置的全部课业。

之后他收起讲义，回到厨房，开始四处翻查，最后从橱柜最上面找到了全白的保温饭盒。

他烫洗一番，确认饭盒无损，便开始清洗食材，切丝切段。一顿煎炒熬炖准备妥当已是下午六点多，他将做好的三菜一汤不漏一滴地分装进保温盒里。

提早下好单的跑腿员刚好上门，李雾用袋子扎紧，递给他，再三叮嘱："久力大厦的奥星广告，别送错了。"

彼时，岑矜正在开会做头脑风暴，大家你一言我一语，讨论得正热烈。

忽然有同事来敲门，大声叫嚷："岑矜，有你外卖！"

岑矜困惑地回头。

那个客户主管又喊："放你桌上了啊。"

同事们霎时嘘她不够意思，大家都饿着肚子呢，结果她一个人偷偷摸摸叫吃的。

岑矜摊手喊冤："我没有！"

散会后，岑矜回到工位，只见有一个包扎厚实的圆柱形物品，都看不出里面装了什么。

她层层解开，才揭晓结果，是一个洁白的饭盒。

她一怔，大概猜到它源自何处，便取出手机确认，果不其然，有条跑腿短信提示，出发地是自己的小区。

岑矜唇角微扬，放下手机，将饭盒拎出，开盖。

鲜香扑鼻，是她熟悉的气味。

"好香啊，这是什么？"路琪琪闻香而至，滑着她的转椅赶来。

岑矜不答，只坐回去，把几样菜挨个取出，在桌上一字排开。

最下层是冬瓜排骨汤，色泽浓白，还热气腾腾。

岑矜略挑眉，又去找餐具。筷子与汤匙都用纸巾裹得仔仔细细，捋开一看，是她平日最爱用的。

这一秒钟，岑矜大脑里就一个念头——没白养。

路琪琪跟馋嘴的仓鼠一样在一旁嗅来嗅去，"这不是外卖吧，我看着不像啊。"

岑矜横起手机拍照，笑意难褪，"家里送来的。"

"你家人也太好了吧，我父母才不管我死活。"

"是吧。"

路琪琪央求道："我能吃一口吗？"

岑矜的手悬空兜着，施舍给她一筷子土豆肥牛。

"哇啊！"路琪琪双眼放光，"好好吃啊。"

她还得寸进尺，亮出手里的勺子，"我还想喝口汤……"

"喝吧喝吧。"岑矜向来拿这种小可怜虫没办法。

等路琪琪称心如意地飘走，岑矜才又取出手机，边挖饭边给李雾发消息。她将自己拍的图传过去。

　　岑矜：托你的福，今晚伙食水平直线上升，还福泽了周边百姓。

　　李雾：饭菜冷了吗？

　　岑矜：还很热。

　　李雾：嗯。下班别忘记带饭盒和餐具回来。

　　岑矜：好的。

她心里暖得就像饭盒底端的汤。

　　岑矜：另外，谢谢你。

　　李雾：不用，我也要吃饭的。

岑矜心领神会地笑。

她没忍住，又回了个摸头的表情。

李雾不再秒回。

岑矜担心他每天这么折腾影响功课。

　　岑矜：仅此一次，下不为例。

　　李雾：为什么？

　　岑矜：你主业是学生，不是厨师，请把重心放在本职工作上。

　　李雾：我作业写完了才开始弄的。

　　岑矜：万一下次作业多呢，一天都写不完，你还要挤时间做饭？尽管很感激很开心，我还是会有压力。

李雾不吭声了，继而低落地回了一个"哦"。

吃饱喝足，岑矜将饭盒与餐具去洗手间简单冲洗一下，拾掇好，取出湿纸巾擦手，而后开始修图——就是李雾送来的饭图。

他在烹饪方面跟学习一样追求极致，色彩搭配极好，无需过多滤镜修饰，即便把原图直接发到朋友圈，也能博来不少点赞、夸奖。但岑矜还是简单调了下饱和与亮度以显重视，才将它发到朋友圈，并配字：反哺。

旁人不晓得她收养了一个小孩，自然猜不透这张图和这个词背后的含义。

但熟悉她的基本能揣摩出八成，更别提当事人。

须臾，李雾点了赞。

又过了会儿，一条出乎意料的微信消息弹跳出来。是吴复发来的，岑矜面色僵了下，查看他文字的内容。

吴复：祝贺你，耳机广告大放异彩。

岑矜哂笑，顺势想挖苦些什么，以显示其高度的优越。但理智告诉她这样做低级且难堪，所以最后的她千言万语只汇成两个字——谢谢。

吴复：在奥星感觉如何？

岑矜：还不错。

吴复：年前我看到你了，在久力大厦，我刚好去那边有事。

岑矜：什么时候？

吴复：元旦前夕，你跟那个小孩坐在窗口。

岑矜：哦。

吴复：他怎么样？

岑矜体内的好战因子一下失控。

岑矜：他是你的亲生儿子吗？

吴复：问他情况也只是客套话。

岑矜：跟你没关系。

吴复：我知道，放轻松，今天找你也只是为了道贺。

岑矜退出聊天记录，想将吴复删除，最后还是作罢。分开后最好的体面就是漠视，无论如何她都要以此为准，强逼自己贯彻到底。

吃到一口热饭的好情绪全被前夫横来的一脚破坏，岑矜揉两下额角，闷闷不乐地继续加班。

四月下旬，春暖花浓，教育局终于确定了开学日期。

五月六号，宜中学子返校，这座空寂良久的荒岛终于再度被林木植满，喧嚣出应有的蓬勃生机。

只是学生必须佩戴口罩上课，下半张脸遮住，大家互相瞧着都有股新鲜劲。

第一节课结束，李雾端坐在座位上看书，成睿一如既往来招惹，打探他半天，问："李雾，你好像白了很多。"

李雾挑眼，"有吗？"

"有啊。"成睿拉下口罩，乐颠颠地指自己，"你看看我呢，有没有闷白点？"

李雾仔细判断："好像没有。"

"说句好话也不行吗？你也黑，黑黑黑黑一直黑。"他恼羞成怒。

李雾无语。

这学期被压缩得极其短促，李雾不敢懈怠，争分夺秒地学，两耳不闻窗外事。

现在这个班里，除了成睿，没有再多的人与他深交。主因并非上学期的风波，而是他们心照不宣地知道，这位转学生不会再在这个群体久留。他与他们不同，他们大多后盾坚实，人生可试错，而他的一往无前伴随着极端与偏执，注定别无选择。

他就像乍闪的星，一跃而过的白驹，只会留下短暂却惊艳的残影。

下学期期末考后，星辰升空，白马嘶鸣。

李雾的相片与名字被高高裱入高二年度光荣榜第十七位。

少年容颜冷峻，正视前方，似乎已目及更高的视野、更广的天地。

一名普通班插班生竟有这般凶猛的势头，这种现象在宜中前所未有，向来傲慢的实验班学子都争相跑去围观。

李雾一战成名，他注定成为师生、家长们暑期的谈资，他们提起他多半啧啧称奇。

取成绩那天，张老师把他叫去了办公室，做升班前的最后道别，也想送他几句未来的希冀。

可等真正见到李雾时，她竟动容到近乎失语。可能因为他太沉静，太不用操心，这种无可挑剔让他不像个纯粹的孩子，而是个无法行差踏错的机器。

但她启齿时，还是用了"孩子"这个亲昵的称谓。

她说："孩子，我当老师快二十年了，真的极少、极少见到你这么省心的学生，我不是没带出过优等生，但不知道为什么，你的进步好像比他们还让我骄傲，也更让我不舍。"

她扫了眼明媚的窗外，说："但你肯定要继续前进的，我就送到这个路口了。未来你的世界会变得更大，路途也会变得更多，也许还有更多艰难阻碍，但你得相信知识就像阳光一样平等，会停在漂亮的屋顶，也会温暖残垣断壁。所以不要停止学习、放弃学习，学习会让你一直拥有信心，充满信念，学习就是你的羽翼。"

张老师微微红了眼眶，"你是齐主任交给我的，现在我要给他还回去了。希望明年此刻，我还能坐在这里，以一位一直关心你的老朋友的身份，听你亲口告诉我你高考的佳绩。"

李雾如鲠在喉，他长吸一口气，面朝恩师深鞠一躬。

张老师抹了下眼，笑道："走吧。"

李雾字正腔圆道："谢谢老师。"随即离开办公室。

这一天是七月的午后。烈阳高挂，世界明灿。


## 42

高三开学，李雾正式进入高三一班，与他的三位新室友成了同班同学。他不再独自一人上下学，多数时候都跟他们结伴而行。

新班级的气氛不同往常，如果说之前的十班只是幼兽间的小打小闹，那么这里便是肉食者云集的丛林，平静的表面下流窜着物竞天择的暗涌。

李雾明显感受到了其间的紧迫，他爱极了这种不留余地的氛围，心里只有满满的振奋与归属感。

　　齐老师是重组后理科实验班的老师。他没有单独找李雾促膝长谈，开学第一天只在教室门口简单打了声招呼："小子，我就知道我们会再见面。"

　　高三的第一次月考，神仙打架，李雾生平头一回掉出班级前十。

　　六百八十七的总分比之前都要高，但在金字塔的尖端也只能名列十五。

　　周末回家，他惯例把成绩条交给岑矜。

　　岑矜目瞪口呆，直呼："哇，你这个成绩放文科可能已经是状元了。"

　　李雾却不太满意，脸上阴云密布，撂了句"我去学习了"就把自己关进书房，闭门自省。

　　岑矜看着他离开，思忖一会儿，想给他发些鼓舞人心的鸡汤，未料齐老师给她发来了消息，他询问李雾学籍的事宜，说领导希望家长尽快找个时间将李雾的学籍转来宜中，结束寄读身份，成为宜中的正式生。

　　这无疑是种肯定。优异的学子于学校而言，都是不可多得的勋章，每一枚都必须牢牢地别在身上。

　　**岑矜**：我回头问问他。他好像因为这次考试心情不太好。

　　齐老师并不意外。

　　**齐老师**：很正常。我所接触的像李雾这种类型的学生，没一个是甘当凤尾的，他不会满足于此的。我班上竞争压力确实大，全是尖子生，都奔着好大学去的，谁肯让着谁啊。你得好好疏导他，有的小孩可能就因为这种落差一蹶不振，有的越挫越勇，很难讲。

　　齐老师一番提点值得深思。

　　当晚岑矜辗转反侧，有了个主意。


　　高三只有三天国庆假期，所以提早解放，岑矜掐着点给李雾拨了个电话。

　　少年接通后听筒里安安静静，岑矜问："回家了吗？"

　　李雾回："在车里。"

　　岑矜听出一丝不对劲，"地铁上？"

"不是，长途汽车。"

岑矜说："啊！你要去哪？"

李雾说："回趟村里。爷爷忌日要到了，我只有这个假期。"

岑矜怔了怔，"临时起意？"

李雾回："不是，月中就订好票了。"

"怎么不跟我说？"

"不想麻烦你。"

岑矜的纳闷升级为火气，声调扬高了问："你一个人去我就舒服了？你才多大就单独坐那么远的车？被你那个姑姑抓回去怎么办？"

她语气降至冰点："你到现在还把我当个外人，这种事一个字都不跟我说？"

李雾默了一会儿，说："你也不想来的。"

岑矜只觉不可理喻，"你怎么知道我不想去？"

李雾回道："你来接我那天说过。"

"什么？"

他沉声道："你说这个地方你不想再来了。"

岑矜一顿，反复回想都想不起来，"我说过这种话？"

李雾很肯定地说："你说了。"

岑矜印象全无，"我怎么一点不记得，我没说过！"

"嗯……"少年不知如何接话，只能低声应着。

岑矜问："你到哪了？"

李雾说："才出发一刻钟。"

岑矜抬起腕表瞄了眼："终点站是哪？"

"浓溪。"

"之后呢，怎么回去？"

"走回去，或者找个三轮车。"

"然后呢，晚上怎么办，风餐露宿？"她冷嘲热讽。

"下山找个地方住，第二天坐车回来。"

呵，安排得倒妥当。

岑矜闭了闭眼，深呼吸过滤着怒意，"你知道这个假期我本来就想带你回胜州散心吗？"她尽可能使自己平静，"一个是你爷爷的忌日，一个是想给你转学籍，你现在全把我的计划打乱了。"

本想给他个惊喜，却没想到这小子心思深重，早有主意。

李雾知错，半晌默不作声。

"能不能别这么懂事？"岑矜别无他法，只能临时变更行程，"我待会儿就出发，今天是出行高峰，高速大概率会堵车，不知道几点才能到，你在浓溪等我，找个餐馆或民宿。"

李雾过意不去，"别这么麻……"

岑矜斩钉截铁地打断他："麻不麻烦我说了算！"

下午五点半，李雾在浓溪卫生院门口下了车。仿佛进入了另一个世界，周遭不再高厦矗立，改换成矮舍低房鳞次栉比，路面脏乱，不见几辆车。

橘红色的霞光里盛放着众生百态：妇女围坐在铺子前闲谈；佩戴着红领巾的归家小孩从高台上挨个跃下，嬉笑追逐，惊起巷口几只踱步觅食的鸡。

时隔近一年重归此地，李雾已有几分恍如隔世。

他怔神张望着，直至一串清脆的铃音将他惊醒，李雾连忙避让，一个中年男人踏着老式自行车优游路过。

李雾双手插进连帽衫的兜，不急不缓地往先前的学校走。

浓溪高中已经放假，校内不见人踪，有个老头正在锁门，弄好后回过头来，瞄见李雾，瞧着他眉目清朗、衣着体面，不似镇上人，犹疑地问："你是这的学生吗？"

李雾怔了下，说："以前是。"

他眼光微闪，用家乡话唤他："张爷爷。"

老头耄耋之年，记忆力大不如前，没想到这男孩子认得自己，一时有些诧异，稀里糊涂地应下，又不自在地挠挠枯木般的脖颈，"我先走啰。"

李雾说："好，您慢点。"

他一走，校门口又空寂下来。

　　面积窄小的操场在渐深的暮色里变得黯淡，教学楼的窗子好似数只灰蒙蒙的眼瞳，与长年灯火通明的宜中大相径庭。

　　李雾立在原处凝望了它一会儿，呵了口气，到一旁的石阶上坐定。

　　他一腿舒展，一腿微屈，取出手机拨给岑矜，跟她汇报行踪。

　　女人也留意了下导航，"我进胜州地界了，估计半小时左右就能到你那边。"

　　"嗯。"

　　她又问："你在哪？"

　　李雾说："以前的高中门口。"

　　岑矜问："在那干吗？"

　　李雾说："就看看。"

　　"有什么想法？"她忽然来了兴致。

　　李雾回道："不知道。"

　　岑矜自作主张地为他总结观后感："有没有状元郎衣锦还乡的感觉。"

　　李雾无语。

　　"我开玩笑。发个定位给我，老实等着。"

　　"好。"

　　远方由黄红变为深蓝与乌灰时，李雾身侧的路面被车灯照亮。

　　他站起身，白车又暗下去，一道纤细的身影从车里而出，停顿一下，似在辨认，而后朝他走近，微诧的女声挟风而至："你真还坐这啊？"

　　李雾也迎过去，停在她面前。

　　岑矜打量他一下，"饿不饿？"

　　李雾可不想再触她的逆鳞，"饿。"

　　岑矜轻笑，"嚯，还知道饿。"

　　"嗯。"

　　"走，吃饭去。"

　　"嗯。"

　　两人随便找了间路边小餐馆果腹，又买了些水果，再次启程，一路南行，往云丰村去。

漫山的木樨花开，暗香浮动，跑来车里，岑矜不由得嗅起来。

"你们这桂花树好多。"她转头看窗外。

"下车会更香。"李雾说，"香到打喷嚏。"

岑矜对村中的路况生疏，戏谑地求助："这次不把车放村委了，李导你看停哪比较合适？"

李雾唇角微勾，"再往前开，有片空地。"

"好。"

停好车，李雾解开安全带，"你跟我一起去吗，还是在车里休息？"

岑矜困惑地看他一眼，"我是你司机吗？"

李雾哑然，解释道："这会儿天黑了，村里坟地跟城里墓园不一样。"

"我又没做过亏心事。"岑矜不由分说地开门，昂首朝外走。

李雾笑了下，快步跟上，与她并排。

越往高处走，视野越开阔。月光似银纱，蒙蒙的，拂亮了田间作物的叶片与茎秆。脚底草蔓松软，无处遁形。

沿途，李雾突然停下，遥望着某处。

岑矜疑惑地问："你看什么呢？"

李雾回道："你来过的。我跟我爷爷以前的家，已经看不到了。"

岑矜挑眉，"那间小土房？"

"嗯。"

岑矜举目，循着他的方向看去。这个地方在她的记忆里是浅淡的，于光阴中悄然滑走，不足以铭记。但当下提及，她不由得翻出手机里那张旧照对比，果然痕迹全无，早被夷为田地。

岑矜百感交集，说不上来是好是坏，该惋惜还是该庆幸，只道："还好有张照片留念。"

李雾"嗯"了声，拔足向前，"我爷爷墓地就在后面那个树林。"

岑矜看了眼黑压压的密林，枝杈乱糟糟的，如鬼手抓捞天空一般。

李雾面不改色地往那走。岑矜则心一提，默默缩短二人的间距。

　　途经田埂，逼近山林，脚下植被丛杂，触感还格外惊心，岑矜的心也跟着起伏不定。

　　月隐进云后，山野昏黑，像墨一样渗透天地。

　　岑矜打开闪光灯，远超预想的画面在眼前显现，密密匝匝的树干下是随处可见的坟堆与墓碑，有的被家人收拾妥帖，有的东倒西歪、残缺不全，惊悚影片的氛围格外浓郁。

　　岑矜暗道一句"不是吧"，心提到嗓子眼，难以正视，下意识问："我们为什么要晚上过来？"

　　李雾侧头看她，"我也不知道。你吃饭时说耽误我时间了，怕我怠慢爷爷，一定要今天来。"

　　这算不算搬起石头砸自己的脚？

　　"李雾。"岑矜边小心避着，边催促，"你也把闪光灯打开。"

　　听起来刻不容缓，摆明是在害怕。李雾偷扬了唇，"哦"一声，也打开手机照明。

　　周遭更亮了。

　　可视范围扩大，也更可怕了。

　　还不如不开，岑矜心力交瘁地想。

　　迎面横着根树枝，李雾驻足，挑高。女人先走，等她通过，他才抬步。

　　岑矜倏地细声惊叫："李雾你人呢！"

　　李雾被吓一跳，"我在你后面啊。"

　　"不要走我后面！"她恼羞成怒地贴回来。

　　突然，岑矜脚畔一阵草木窜动，窸窣迅疾。

　　她一下弹开，惨叫道："什么东西啊！"

　　她慌不择路，急急抱住旁边人的胳膊。

　　李雾一僵，好似被定住，再难动弹。他喉结上下滚了滚，佯作镇定地将手机拿高一照，安抚道："别怕，应该是黄鼠狼。"

　　少年的嗓音无法自抑地微颤着，好在岑矜早被吓去半条命，根本无暇在意其他。

岑矜仍提心吊胆，"会不会是蛇？"

"蛇没这么大动静。"

她背脊已湿，打着寒战，再也不敢撒手，这种时候还不忘端架子下令："靠着我！不准离我超过十厘米。"

李雾抿了下唇，他哪敢。

不到百米的狭道，草石磕绊，诡谲曲折，两人似走了一个纪元。

他们的心跳飞快。

一个是吓的，一个是慌的。

终于到达李雾爷爷的墓地，岑矜松开李雾，虚脱般地喘气，终于有心情去看李雾爷爷的墓地。

她未拿手机直照，只于侧面借光。李雾爷爷算是这片墓园中很体面的一位了，用平整的水泥盖的，碑身纵刻着隶书体的姓名。

故，李明河之墓。

公元××××年立，孙，李雾。

李雾将手机放到一旁，倾身拂去碑上的尘泥，又将一些落叶捡走。

可能是祖孙俩名字都透着股宁和，岑矜心跳微缓，"你爷爷的名字也很好听。"

李雾将果盘摆好，怕突然的动作吓到她，提醒道："我要磕头了。"

岑矜以为他不愿让自己看见，"需要我背过去？"

"不用。"李雾收眼，屈膝跪地，安静地叩首。

少年低身伏拜，背部宽实，似遒劲无声的树根匍匐进大地。一下，两下，三下，不徐不疾，月亮在这一刻浮出，像霜一般漫过山林。岑矜目不转睛地俯视着他，心境涤荡，心生巨大的撼动。这一刻，山野不再可怖。

待他起身，岑矜才回过神，"好了？"

"嗯。"

岑矜说："我需要做些什么吗？"

"不用。"李雾拿起手机,"走吧。"

岑矜心神一动,"等会儿,我跟你爷爷说两句话。"

"嗯?"

岑矜想了下,面朝墓碑双手合十,"您孙子现在衣食无忧,成绩也非常优秀,您尽管宽心。"

李雾微微笑起来。

"走了。"岑矜拍一下他胳膊,先行。

"好。"李雾追到她身边,不敢再让她独自一人。

岑矜似乎不再那么害怕了,神态自若,还有心闲聊,"那次我在车里等你,你就一个人来的?"

李雾轻声回道:"嗯。"

"你怎么不怕?"

"我经常走夜路。"

"可也不是通往坟地的路吧。"

"可能因为爷爷在吧。"

"也是……"

走出山林,两人关了手机的灯光,又往回走。

一边是树,桂香四溢;一边是田,十里清寂。长天似酣,他们如同行走在月宫中。

岑矜仰脸看那些橙黄的小花,"你们这边的桂花树,好像比宜市的高。"

李雾也跟着看,"因为没人管吧。"

"我觉得是品种不同,但都很好闻。"岑矜一个起跳,试着够了下,花枝晃荡,还差点距离,她不禁叹气。

李雾驻足,扬臂折下同一枝,递给她。

岑矜不接,还没好气地瞪他,"让你乱摘了?"

李雾闷声道:"我以为你想要。"

"不是自己摘到的我就不想要了。"岑矜似赌气,双手揣回开衫的口袋,目不斜视地往前走。

李雾懊恼地收回手，带着那枝桂花的手垂下，一声不响地走。

岑矜瞟他，笑一下，摊手，手指动几下，"给我。"

李雾眼一亮，又把桂枝交出去。

岑矜抽走，闻了下，横回他胸前，拦截他的去路，"借花献佛，颁发给今天保护了姐姐的弟弟。"

李雾笑开来，乖乖接走，"谢谢。"

"这就是你的获奖感言？真够敷衍的。"

女人继续走，少年继续跟。

只要她需要，任何时刻他都会挺身而出，甘之如饴。


## 43


李雾的学籍转得很顺当，国庆当日下午，两人就打道回府。

假期短暂，三号上午，李雾离家返校，重新投身学海。

岑矜公司严格遵守法定要求放满一周，但金九银十，各行各业都抢占商机，岑矜在家也是二十四小时全天待命。

他们像宇宙之中的两道星轨，在各自的领域移行，熠熠生辉，时有交集。

十月中旬，Teddy 退居二线，力推岑矜为某汽车品牌的 G 系新款越野车型提案主讲。

这是她首次担任创意部分的主讲，需要在比稿中准确展示和描述团队的想法。

光开场白岑矜就在家提前演练过十几遍。

周末回来的李雾成了她的主要排练对象，少年的逻辑思维很强，认真倾听过后，会指出她表达中主次颠倒或推进顺序紊乱的地方。

完成一轮陈述，岑矜会让李雾试着想一些针对内容的刁钻问题。

一开始李雾不能很好地领悟。

岑矜举了几个过去比稿时甲方提问的尖锐例子，他融会贯通，开始"发难"，有些质询居然让岑矜张口结舌。

岑矜把难住自己的问题记录在案，与同事一起讨论，找到最好的回应技巧。

真正上阵那天，虽然准备充分，可岑矜还是紧张到出汗。她立在显示屏前，努力使自己的笑容得体，看起来专业且平心静气。期间她重点介绍了其中一条有关山区公益类型微电影的创意。

岑矜的提案还算成功，至少回位时，在场几位客户的面色都是温和的。

问答环节时，对方的区域经理问："片子里'让所有坎坷如履平地'的想法我看着还行，切题也有一定感染力。但我看岑小姐有提到一个地方，云丰村，国内这么多偏远山区，为什么偏要挑这里，我以前听都没听过。"

岑矜莞尔道："我实地考察过。"

区域经理眉毛微挑，"为了我们的产品？"

岑矜答："不全是，我曾资助过那里的学生。云丰村的环境与民生都很原生态，很真实，路况也非常适合宣传 G 系的多路况适应系统。"

区域经理问："你开的是哪款越野车？"

岑矜回答："我没有越野车。我当时开的是玛莎 L 系，差点没把我送走。"

全场哄笑。

岑矜看着他，不紧不慢道："因为出行受限，我几乎没去那里看过我资助的学生，但如果拥有一辆 G 系，我想情况或许会有所不同。开越野车是为了什么？只是为了酷？为了自驾游翻山越岭看风景？挑战极限追求刺激？我想不止于此吧，也可以有人文、有情怀，有实现自我，有一些更深层面的触动人心的东西。"

区域经理靠向椅背，道："其实你不用反复强调演示文稿里已经讲过的东西，这不是演讲。你考虑过一种可能吗，就是这条片子呈现给大众后，会变成一条旅游宣传片，重点在扶贫而不是我们的车？"

岑矜浅浅笑开，"这点你们大可放心，我们视频中不说全部，但百分之九十的片段都会与 G 系有关，旨在展示它的全部性能，从内而外。偏公益人文的表现形式更容易出圈，可以让这些性能进入更多潜在消费者的视野。"

区域经理会意颔首。

"双十一"后，G 系最新的宣传广告片开始在各大平台投放。

片子讲述了一个失意男人四处自驾游，误闯入一个风景如画的小山村，在与孩子们的相处和对他们的帮助中自我救赎、寻回初心的故事。

车的镜头运用自如，穿插于剧情中的每一处，有的趣味横生，有的动人心弦。

临别前，男人与孩子们合影，说回去后会打印出来寄给他们，而后驾车离去。

孩子们似想起什么，拔足在山地上狂追。

男人从后视镜中瞧见这些小小的身影，稳稳刹停在坡上，他满脸是泪，回头大喊道："别送啦！别舍不得我啦！"

孩子们也大叫："我们忘记跟车照相啦——"

泪中有笑的视频打动了许多人，以岑矜为首的创意团队也借此拿到了本年度的龙玺奖。

又逢公司人事调动，岑矜正式晋升，成为创意部门的文案组长，身价倍涨。


这一年的寒潮来势凶猛，提早驱逐了秋意。

金叶似乎在一夜间散尽，万物披裹上白雪。

年尾，岑矜想购置一支钢笔，作为李雾的成人礼。

春畅陪着她逛，不解地问："你说你买这么贵，他知道这牌子吗？"

"要他懂什么，只要知道是钢笔就行。"岑矜目光逡巡过柜台里的钢笔款式，"价格只是代表收礼方在送礼人心里的分量，当然在能力范围内越贵越好。"

春畅抬眉揶揄，"看来他在你心里分量已经很重了。"

"他可是我弟。"岑矜理所当然地回道。

回到家，岑矜就藏着掖着溜回卧室，翻出自己早前就网购好的深色卡片，用珠光笔在上面书写祝词。

落款后，她小心收好。元旦当晚，趁李雾洗澡，岑矜将礼盒与贺卡取出，一并放到书房的书桌的正中央，很是郑重其事。

李雾出来后，她装作若无其事地坐客厅啃苹果、玩手机，眼皮都未抬一下。

李雾瞥她一眼，停下默了片刻，才宣布道："我明天生日。"

他极少主动分享这些，岑矜微诧地看他，"我知道。"

他咳一声，神态略不自在，"要成年了。"

岑矜咔嚓咬下一小块果肉，漫不经心道："所以？成年人有事吗？"

"没事。"他发梢还湿漉漉的，泛着黑亮的光泽。他看起来似乎也比去年生日要更兴奋，眼中笑意闪烁，"就跟你说下。"

岑矜向来不留情面，问："你在开心什么？"

李雾说："我没有。"

岑矜发出意味不明的轻哼，不再搭腔。

李雾耳根微烫，走回书房。

还未落座，他就看到了桌上的礼物。

李雾顷刻弯了唇角，走过去，正襟危坐，才将上方叠着的宝蓝色卡片揭开，女人规整清秀的字迹跃然其上：

你的人生新章节，从这一刻自主书写。大胆落笔，姐姐永远看好你。祝李雾弟弟，成年快乐。

四时更迭，泡桐花压弯枝头，春水涨潮的湿气盈满这座城市时，李雾迎来了自己第二次模拟考。

他稳步上升，分数已迈过七百大关，在班里名列前茅。

岑矜早已见怪不怪，每次收到成绩单时调侃最多的就是：华庆还是首大，给个准话。

他的周遭也隐隐有了些变化。一些名校的学长、学姐会通过同班同学接触到他，将他们尖子生拉进一个微信群里，亲切地跟他们描述学校的种种优点。

　　齐老师私下也找李雾聊过，问他对志愿是否已有想法，并传达了某些大学招生办的意向，李雾只是摇头，说还在考虑。

　　他的确还在考虑。

　　原因很多，但有一点很关键，他不想离岑矜太远，他不想离这个已经暖化他的家太远。

　　他曾查过首都到宜市的航班与高铁，一个是两个半小时，一个是六小时，且都票价不菲。

　　如果去首都念书，申请到助学金，未来几年他与岑矜的人生轨迹除去长假，几乎都是平行，再难有干系。

　　虽然目前的她潜心工作，看起来完全没有打算进入下一段人生轨迹的样子，但他还是会怕，怕在某个瞬间，岑矜会走向某个他再也无法看到的岔口，怕他再次失去一个家。

　　高考于李雾而言并不只是苦读的回礼。自己水平如何，他心中早已有数。

　　它更像是一场关乎未来的审判，他坐在秤杆的中间地带，一边是情，一边是理，拔剑四顾心茫然。

　　大考前的每一天都是在重复前一天，日子枯燥煎熬，却也转瞬而逝。

　　临考前夜，李雾失眠了。

　　他一直待在学校，没有回家。此刻一个人躺在床上，宿舍骏黑，他反复回想着近两年来的种种，他发现，这个家带给他的美好与幸福，竟远超过去十几年的人生。

　　李雾被难以抉择的情绪剧烈折磨着，他心口生疼，爬下床，取出笔袋，翻出岑矜的两寸照。

　　李雾把它摊放到桌面，凝视着，女人笑意和煦，像一剂良药，缓和了他所有的苦恼与躁动。

　　他又打开微信，置顶是岑矜一个小时前发来的安抚和鼓励。

岑矜：虽然不清楚你为什么不肯回家待考，也不愿意让我送考，但我知道你肯定有自己的理由。我也知道此刻的你一定很紧张，但也别忘了十八岁那天我跟你说过的话——大胆落笔，姐姐永远看好你。

他反复默读好几遍，胸腔缓慢起伏一下，将照片收回抽屉。

翌日大早，李雾检查完文具与证件，取出手机再看眼那句话。

如果都不做最好的自己，还怎么值得她看好。

少年豁然开朗，精神一振，微醺的风里，他快步往考场进发，全力以赴，其余交给命数。

八号傍晚，所有高三学子争先恐后地涌出校门，他们似困兽出笼，狂奔着，发泄着，或尖号，或低泣。

李雾是当中为数不多的淡定派。

穿着白短袖的少年面无表情地朝外走，静默却醒目。

手持麦克风的媒体拦住他，试图采访。

他瞄了眼跟前的摄像机，眉头一蹙，启唇说了几个字，大约是在婉拒，而后拔足就跑。

媒体穷追不舍，他把头埋得更深地避让，也跑得更快了。

岑矜立在不远处的荫翳里，就望着他笑，完全不想去救他一把。

好不容易脱身的男生低头，取出手机。

岑矜眉梢微扬，跟着拿出手机。

屏幕在下一刻暗下来。

岑矜接通，他们之间人影重重。

李雾举目，"我考完了。"他顿了下，"你来了吗？"

"我早到了，嗯——"岑矜判断了一下自己的站位，"你的右前方。"

少年的双眼在一刻间聚焦，"我看到你了。"

岑矜挂断电话，扬手冲他晃两下。

李雾步伐渐急，由走变跑。

曾几何时，无数个周六的傍晚，人潮汹涌，他也是这样义无反顾地奔向她，好像在朝光冲刺。

少年停在同一片树影里，他气喘吁吁地看着她，莫名其妙地笑。他第一次露出这样大的笑容，朝气满满似骄阳。

她家聪明的孩子怎么跟考傻了一样，笑得呆头呆脑，岑矜皱眉疑惑道："你考得很好哦，笑成这样。"

李雾抿起了唇，高深莫测地回头，只给她一个稍显傲娇的后脑勺。

"到底怎么样，心里有底吗？"岑矜本不想考完就立马说这些给孩子压力，但他现在这副神气的样子挑起了她的好奇心，非追着问清楚。

李雾慢慢悠悠地走，仍一言不发。

"不说这个暑假都别再跟我说话。"岑矜只能使出威胁大法。

他终于侧过头来，老样子回道："还好。"

"又来，能给个准话吗？"

他定定地看她两秒，似有几分幸灾乐祸般勾了下唇角，"出分后你应该会很忙。"

## 44

他话音刚落，岑矜蒙了下，"忙什么？"

李雾还在那故作玄虚，"不知道。"

岑矜直接拿手袋呼他后背，力道还不小。

被莫名一打，李雾佯装避了下，笑意更深，"好了。考得不错。"

岑矜听见满意的答复，悬空几天的心也跟着落定，展颜道："嗯，那就等你好消息了。"

他们结伴往附近的停车场走，身畔是络绎不绝的学生与家长。

"李雾！"背后遽然传来呼喊。

李雾与岑矜一齐回头，是个戴黑框眼镜的男生，他一路疾奔过来，急停在他们跟前。

李雾挑了下眉，"成睿？"

成睿喘个不停，"我一看背影就知道是你！"

他又看向岑矜，恭恭敬敬地唤道："姐姐好！"

岑矜颔首，莞尔道："嗯，你好。"

成睿一贯嘴甜，不惜拿好兄弟当溜须拍马的垫脚石，"姐姐太漂亮、太瞩目了，不是先注意到你，我都不知道李雾在你旁边。"

没有不爱听好话的人，岑矜笑出了声，"谢谢你啊，你也很帅气。"

李雾目光轻微一沉，打岔道："你在哪个考场？"

成睿说："我在二十四，你呢？"

李雾说："二十六。"

成睿惊讶道："我们居然就隔着一间教室！让我沾沾考运吧。"说完抬手在他身上猛挠。

李雾怕痒，屈身缩肩各种闪躲，脸都憋红了。

瞧着两位生机勃勃的少年，岑矜失笑地摇头。

男孩们闹够了，总算消停。

李雾问："你家长呢？"

成睿用嘴努向一个地方，"我想喝奶茶，我妈帮我去买了。"

岑矜循着他指的方向看过去，也问李雾："你想喝奶茶吗？"

李雾摇了下头。

成睿羡慕地看着他俩，喃喃道："我要也有个姐姐多好啊……"转念又问，"李雾，你暑假有什么安排吗？记得找我啊，高三一年我们都没怎么说过话，我可想死你了。"

李雾点头道："好。"

"一定要找我！"成睿回了下头，大约是见自己妈妈从店里出来，"我先走了。"

"嗯。"

岑矜目送成睿离开，问："他是你来宜中后最好的朋友吧？"

李雾回道："算是吧。"

岑矜说："我还挺喜欢他的。"

李雾一顿，"因为他很会说话吗？"

岑矜想了下，"他一看就是那种很好相处的男孩子。"

"哦。"他闷声应着。

他们的肩膀并齐，在树隙的光点间匀速行走。

李雾倏地开口："我好相处吗？"

"你？"岑矜冷冷一呵，"你是我见过的最难相处的人。"

"真的吗？"她的回答不算出乎意料，但令人受挫。

岑矜不假思索地嗔怨道："你都不知道你刚来那会儿有多别扭，每跟你说一句话，我头都要痛死了。"

李雾不服气道："现在总归好一些了吧。"

这点岑矜不再否认，"嗯。"

她毫不吝啬对他的夸奖："现在又高又帅，又乖成绩又好，是每个姐姐心目中完美的好弟弟。"

李雾听得心花怒放，不能自已地扬唇，"哦。"

"完美好弟弟。"岑矜盛情相邀，"想吃什么，尽管开口，今天姐姐请客。"

岑矜带他去了间米其林日料店，环境清幽，灯盏淡黄，竹质的屏风区隔出卡座，将食客间的私密保护得恰到好处。

白袍主厨在一边片鱼，岑矜给李雾斟了一小杯奶白色的浊酒，"尝尝，度数不高。"

李雾接过去抿了下。

岑矜问："怎么样，终于可以接触酒精的成年人？"

李雾又尝了一口，"有点果香。"

"嗯，还有呢？"

他纠结半天，还是直叙感受："像醪糟。"

岑矜笑，不为难他了，低头吃面前的小鳜，转移话题道："想好志愿了吗？"

李雾怔了下，"还没有。"

"不是有学校提前联系过你吗？"岑矜记得他跟自己说过。

"对。"

岑矜撑腮道："没一所很想去的吗？"

"也不是，只是还没想好。"李雾问她，"你大学在哪念的？"

"就在宜市。"提及母校，岑矜莫名自豪，"复大的新闻学院很强的，我们系之前可被称为天下第一系。"

李雾若有所思。

岑矜问他："复大找过你吗？"

李雾点点头，"找过，想让我提前参加他们学校的考试，如果通过的话，高考只要达到一本线就可以去读。"

岑矜惊得接连眨两下眼，"这么厉害？"

"嗯。"

也曾自诩学霸的岑矜被刺激到，僵笑一下，"你没同意，是看不上我们学校？"

李雾说："不是。"

岑矜对他的否认置若罔闻，"不过我要是你，也会选更好的学校，接触更优秀的人。"

李雾看了她一会儿，又敛目片刻，才艰涩启齿："去外地的话，以后可能会很少回家了。"

岑矜微微瞪大双眼，对他的话深以为然，"那肯定的，谁上了大学还老往家跑。"她突然反应过来，"你是不是舍不得我啊？"

李雾眉心一紧，鼻头有一股强烈的酸意，不得不匆忙低头。

看他这副样子，岑矜也有些难受。

她眼圈微微涨热，还是长辈的口吻，好声好气地安慰："哎呀，都有这种时候的，总要长大成人远走高飞的，又不是永远不回来了。"

"你还记得吗，我那时只要求你考复大，你却远超预期，说明你的潜能需要更大的天地去施展。"她为他畅想未来，试图借此让他心情平复，"不知道你有没有攻读物理的打算，我前段时间查过，首大的物理是全国最好的。我留学时有个朋友就是首大的，现在被聘回去当老师了，如果你想去，我可以帮你问问。"

岑矜有条不紊地安慰着，可她不知道，她口中的每一个字，都像在死推一个四肢僵疼、难以动弹的人。

李雾心烦意乱到极点，发泄般将小碟里的寿司一口一口往嘴里塞，"暂时不用。"

"你慢点吃啊。"岑矜看他状态不对，担心他考后焦虑，不再聊这些，只点点头，"我也只是给点建议，反正还有二十天呢，你慢慢想。"

之后的两天，岑矜照常上班，李雾在家没事找事做——打扫、跑步、玩岑矜的健身环，似乎一些激烈到大汗淋漓的活动，才能让他暂时忘却这种即将面对人生重大选择的焦虑。

学习对他而言已成刻板行为，现今松懈下来，他突然有些不知道要怎么自处。

他也没估分，走出考场的那一刻，他心里就已经有了结果。

班级群里，大家都在说今年的理综卷难度过深，而李雾无动于衷，理综对他而言，题型再不可捉摸，都是一眼即可看透。

齐老师从社交软件上私聊他，问他估分没有。

李雾：没。

齐老师：怎么不估，班里前十我问了个遍，就你没估。

李雾：他们怎么样？

齐老师：平时什么样，现在还什么样。

李雾：那我也是。

齐老师：臭小子。

李雾也掀了下唇角。

六月十号下午，岑矜请了个假，陪李雾回校收拾东西。

初夏日光强烈，地表蒸腾，走到男生寝室时，岑矜脸上已泛出些淡红。

李雾垂眸看她一眼，走去将空调打开。他又去关门窗，岑矜的视线跟着他走，也将整间宿舍仔细看了一圈，他换宿舍后，她一次没来过。

果不其然，李雾的书桌跟床铺还是最干净的。桌面纤尘不染，书立里的教材按体积大小纵向排列，凉席上的毯子叠得方方正正，仿佛一个钟头前才搬进来一般。

李雾走回来，将自己的椅子拖出来，"你坐着等我。"

岑矜纹丝不动地站着，"不用我帮忙吗？"

她今天穿了条白色无袖连衣裙，裙摆过膝，似一朵半开的栀子花。

李雾看一眼她的衣服，"不用。"

"所以我今天还是你的接送司机？"

李雾被噎了下，"那你收桌上的书吧。"

岑矜颔首，将那些教材挨个往外抽。少年的书也保护得很好，跟他的试卷一样整洁，但扉页摸着都旧了，一看平时里就没少翻。

少年手长脚长，脱了鞋两下就攀上床。他动作矫健，裤管下方的脚踝白到有些晃眼。

是的，很白，不然岑矜也不会注意到。

她有些意外，"李雾，你的腿这么白吗？"

"啊？"李雾在掀凉席，不懂她为何突然关注这里。

岑矜回想一下，"去年我看你的身上好像没这么白。"

某一幕遽然涌现，李雾的手顿住，讷讷地"哦"了声，继续整理凉席，脸有些升温。

李雾摘着枕套，岑矜也将他的教材题集一一摆好，井然有序。

岑矜满意地看了看自己现搭的几座"书堡"，掸掸手问："你抽屉里还有没有书了？"

李雾陡然僵住。

他大脑轰地一下，如爆破。

下方传来抽屉滑轨的响动，接而是一阵床板的吱嘎声，李雾惊慌失措地扑到护栏边，心跳狂乱。

同一时刻，岑矜拉出一半抽屉的手也停下来。

窄小的视野里，她看到了自己，准确说是自己的照片。

这张照片并不陌生，但也足够久远，是她两年前为入职去拍的工作证件照。它被摆放在抽屉内部的正中间，全白的背景，因而格外显眼。

岑矜与它面面相觑片刻，有些难以置信地伸手将它取了出来，确认它真实存在，而非幻觉。

也是这个动作让李雾万念俱灰。

他薄薄的眼皮用力闭了闭，"咣"地一下坐回去，恨不能从此消失。

岑矜眉心微微一拧，深吸一口气，把这张两寸照片搁回桌面书册上，接而抬眼，去找上铺的李雾。

她的角度并不能很好地去判断他当下的状态，她只能后退两步，终于找到他的脸。

少年侧坐在那，一动未动，下颚紧绷，不敢跟她有丝毫目光接触，像是固执而好笑地藏在一个并不存在的掩体后面。他双手攥得发白，胸膛剧烈起伏着，反应激烈到让现下的一切昭然若揭。

整间寝室死寂一片，除了冷风的声音，再无更多动静。

岑矜仰着脸，直直盯他片刻，而后收回视线。

她咬了会儿下唇，再度抬眼，冷声撂过去四个字："下来说话。"

少年一动不动，他根本就动不了，四肢百骸全部冻结。

几秒后，他才像从冰块里脱身，有了动静。但因心绪不宁，他的动作还是不太连贯，梯子险些踩空。李雾忙稳住自己，神志在这一刻也回归肉身，他一跃而下，停在女人面前，周身的气息低迷。

他偷瞥一眼照片，它被放在整张桌子的制高点，如公开受刑。李雾仿佛能与它共情，心头的羞耻翻腾，懊恼到无法呼吸。

他蹙了下眉，难堪地垂眼，表情愈发沉郁，甚至有一丝受伤。

岑矜的神色同样凛冽，但她大胆多了。最起码，在这场对峙中，她敢直视对方。

她瞥了眼少年踩在地砖上的瘦长的双脚，"鞋先穿上。"

李雾目光晃了晃，瞄她一下，又飞速撤回，蹲下去穿鞋。

等他重新直起上身，岑矜直奔重点，"照片哪来的？"

李雾的长睫毛抖动一下，极力回避她锐利的审视。他无法撒谎，额边的青筋突起，"我自己拿的。"

如按下暂停键，他们之间无声。

须臾，岑矜紧抿一下唇，继续问："什么时候？"

"十一月，二十二号，晚上。"李雾清楚地记得那一天。可出口却异常迟缓，他喉咙堵得太难受了，每挤出两三个字，就要停一下，好像忘记了该怎么说话。

"拿我照片干什么？"他口中的夜晚在岑矜脑海中全无印象，但她基本能猜出答案。

可不知为什么，她突然害怕面对，甚至心存一丝侥幸。如果他可以给她一个基本及格的理由蒙混过关，那她也可以顺着台阶走下去，自此视而不见。反正这个假期结束，他出去读大学，她继续她的生活。

高压带来超凡的冷静，岑矜也想不到，短短两分钟，她就能在心里处理好这种错乱而棘手的局面。

现在，她把钥匙交给他，希望他听话，主动关上这扇不该开启的门。

但下一刻，面前的少年赫然抬眼，笔直地望过来，他的眼睛有种绝境之下的锐利，仿佛在求助，却又压迫感十足。

"我喜欢你。"他颤抖着说。

岑矜心跳加速，而他已经毫不迟疑地重复道："姐姐，我喜欢你很久了。"

番外篇章

# 命运牢握

李雾没有五岁前的记忆。

倒也不能说完全没有，只是很模糊，就像他的名字，隔着厚重的雾，连父母的模样都影影绰绰，他在岸上，而他们在湖底，中间总晃荡着一层不真实的涟漪。

也许是因为太痛苦，或者太久远，在他失去双亲后，他的大脑选择性地弱化了这段时光与这两个人。

他只记得那一天，爷爷嘱咐他好好看家，随后就去了趟县城。

他面色凝重，心事重重，好像暴雨前的天。

爷爷走后，李雾就蹲在鱼塘边，看着一群银色的小鱼苗飞窜，他手伸进去捞，它们又急速散开。

后来天下雨了，芦苇叶子被打得飒飒响。他疾跑回家，鞋面溅满了污泥，头发也湿成一片。

鞋是父母过年带回来的，蓝色球鞋，有点大，也有点硬，穿起来打脚，但他还是爱不释手，平常小心地收在床下，天气好才敢在田埂上跑跳。

眼看今天晴空万里，李雾将它们取出来，不想竟遇上这种变幻莫测的鬼天气。

他懊悔极了，心疼极了，怕爷爷骂。雨一停，就费劲地打来了半桶山泉，蹲在门口一边忍着眼泪，一边拿丝瓜瓢刷鞋。

好在鞋又冲洗一新，恢复原貌，他舒了口气，将它们高高地晾到窗上。

天色渐晚。李雾煮好玉米面，暖在锅里，想等爷爷回来了一起吃。他又掌起烛灯，不敢关门，怕爷爷老眼昏花认不清家。

他坐在门槛上，看着远方黑黢黢的山峦，好像沉浮的夜海。

没一会儿，不远处突然疾行来几个人影，大声呼喊他的名字。

瘦小的男孩忙站起身，眼睛瞪得大大的，不知所措。

他们走近了，是村里的几个男人，唯一熟悉的人只有陈伯。

他们推着板车，步履匆忙，上头似乎躺着个人。

李雾忙飞奔过去，借着他们手电筒的光，他看清了板车上的人是他爷爷。

老人双目紧闭，似枯朽的残年老木，了无生气。

李雾又惊又怕，一下子涌出眼泪，扒着板车喏喏："我爷爷怎么了……"

陈伯看了看他，脸色难看，欲言又止。

另一个青年急躁道："没死，就是晕了，床在哪啊？"

李雾慌乱抹去脸上的泪水，领他们进门。

他们一人托肩，一人抬腿，将爷爷放到家里的床上。

等给爷爷盖好薄被，陈伯半蹲下身，塞给李雾一个印着卫生院标志的塑料袋，里面装着好几种药盒与药瓶，"记得喂你爷爷吃药。"

他依次取出来告诉他怎么吃，李雾咬住牙关，用力记住。

陈伯替他擦了下眼角残留的泪迹，盯着他稚嫩的小脸，终究只字未言。

当晚，姑父与姑姑也赶来了。

姑姑在屋前痛哭了整夜，似能将风撕扯出血口。李雾也是从他们口中得知，外出务工的父母遭遇重大车祸，大巴翻入山沟，两人都面目全非，爷爷就是去县里认人的，因恸切当场昏厥。

五岁的李雾对死亡的概念并不明确。一整晚，他都心神恍惚，呆呆的，木木的，蜷成一小团，坐守在爷爷床畔，仿佛贴着世间仅存的温度。

姑姑一遍遍地对他号啕："李雾啊，侄子啊，怎么办啊……你没有爸爸妈妈了……你再也没有爸爸妈妈了啊……"

他没有见到他们最后一面。

当然，从他记事起，他见他们的次数就少之又少，只有过年父母才会回家，待个两天就走，并留下一些米面和一些新旧不一的衣物与玩具。他有一只玩了好几年的红色塑料小车就是父母送他的，他珍藏在枕边，视若珍宝。

之后的一周，父母以俭省到不能再俭省的形式下葬，连墓碑都是木制的，两人的姓名并排写在上面，字迹不多久就能被风化。

而赔付的那笔钱，不知所终。

姑姑家修了新房，生了孩子，总说家里忙得不可开交，对他们爷孙置若罔闻。爷爷却因悲痛一蹶不振，身体每况愈下。起初还能颤颤巍巍地挂着孙子从山林里给他选来并打磨过的一根木条走路，但后来因为一次意外的跌倒，爷爷彻底瘫痪在床，无法自理。

刚上一年级的李雾只能暂时休学，以小小的身板取代那根木拐，成为爷爷的支柱。

每天等爷爷睡下，他会点燃一截短短的小蜡烛，坐在小板凳上翻书、认字、算数。这是他暗无天日的光阴里数不多的快乐。

他尽心尽力照看了爷爷几天，爷爷察觉出不对劲，问他怎么不去上课了。

李雾顿了顿，说："在家也能看书。"

爷爷老泪纵横，"都是我害了你，害得你学都上不成。"

李雾的唇抿得死白，才没有让泪水夺眶而出。

从那时起，李雾变得沉默，变得坚忍，学会了打碎牙齿往肚里吞。爷爷余生能依靠的只有他了，他不能先行倒下与逃跑。

父母去世后的第一次转机是村中调来一位姓严的村主任，他对当地落后的教育极其重视，踏破铁鞋地鼓动各家各户送孩子上学。无奈山远地偏，人群中鲜有高瞻远瞩者，生孩子的目的大多只为了养家赚钱。

听闻李明河家庭的遭遇后，他实地走访，施以援手。

一心求学的李雾成为国家扶贫政策的受益者。一年级下学期，李雾重返校园。

为方便孩子学习，严伯伯特意自费找来电工，给他家安了灯，温暖的光线照亮屋子，李雾不用再秉烛夜读了。双亲离世后，李雾第一次露齿而笑，笑到眼中含泪，光点闪动。

从小学到初中，几年间，除去假期陪爷爷检查，李雾每天都会风雨无阻、披星戴月地走几小时山路，就为了去县里读书。

四季轮回，骄阳暴雪，少年的手掌和脚底都长满了茧，可他却觉得无比幸福，从未言过一声痛、一声苦。

中考后，始终对他们爷孙俩关心有加的严主任又来了趟家里，对李明河信誓旦旦道："老李头，你莫担心，我在给你孙子使劲找资助人呢，他成绩这么好，一定能考上大学，一定要考上大学，一定可以成为国家的栋梁！"

没过几天，这位基层干部就兑现了承诺。

那日是三伏天，烈阳如焰，即便是葱郁的山间，也闷热。

彼时李雾坐在门前搓洗爷爷的衣裤，眼瞅着山路上远远走来三人。打头的是严伯伯，后面跟着一男一女，男人头戴鸭舌帽，女人则撑着伞，都跟璧人似的发着光，白亮得像是不该出现在这片不起眼的小山村。

严主任一直回头与他们攀谈，笑容不断，甚至有些谄媚。

李雾猜这就是爷爷跟他提过的资助人。

自卑、酸楚、羞惭等诸多情绪涌上心头，少年面红耳烫，匆忙将衣服拧了，水盆倾倒干净，端回家里，躲入爷爷的房间。

他忐忑难安，额角渗出细密的汗，若不是爷爷深睡，他得来回踱步。

他躲在门内，听见一道清朗的男声问严伯伯："那小孩人呢？"

严伯伯用家乡话叫人："老李头，你孙呢？"

李雾心跳狂乱，手足无措。怕爷爷被吵醒，他决定独自面对，他拉平衣摆，咬咬牙，小心谨慎地打开一道门缝。

门板很陈旧，经年失修，发出吱嘎声。李雾耳根一灼，仓皇地抬眸。

第一眼撞上的是当中那个女人，她离门最近，肤色白净，目光高傲而疏冷，似高枝上的玉兰。

养尊处优，李雾第一时间只能想到这个词。

四目相对的下一刻，女人睨视他的眼神逐渐加重，变为居高临下的审视。

李雾愈发不安，迅速偏移视线，拉开门，走了出去。

三人顿时盯住他，李雾敛眉低目，头皮略麻，不敢正视。

"就是他？"男人摘下帽子，扇了下风。

严伯伯点头说："对对。"他殷切地指人，一一介绍，"李雾，这是吴先生，这是岑小姐，他们两个是特意从宜市赶过来的，看了你的情况，很想资助你。"

李雾的眉心堆叠着，局促而拘谨地唤人。

男人一笑，打趣道："到这之后第一次听到这么纯正的普通话。"

"那是。"严伯伯话里溢出骄傲，"这个小孩可是正经读书到现在的。"

男人取出一包纸巾，抽出一张递给李雾，语气亲切道："擦一下吧，满头大汗的。"

李雾没动。

严伯伯催道："接呀，快谢谢这位大哥哥。"

李雾讷讷地言谢，火速抹干净整张脸，将那张纸轻握在手里。

男人又抽出一张给身边的女人，"你也擦擦？"

女人一动未动，似乎带着脾气，从牙缝中挤出三个字："不需要。"

男人笑着哄道："鼻头出汗了，要脱妆了哦。"

女人仍不赏脸，男人只得作罢，给自己擦。

严伯伯笑着招呼他们坐，女人一开始不情不愿，但最后抵不住自己丈夫的劝，还是坐了下来。

李雾快扫他们两眼，取了两只碗，走到另一间房内，打算到缸里打两碗山泉水。他本来准备直接舀，想起女人挑剔的模样，便将碗仔细冲洗两遍，才倒上水，端送过去。

男人温文尔雅，与严伯伯有说有笑。

女人端坐在那，面色无聊，甚至有一丝不耐烦。李雾的心跟着提紧，薄唇微抿，将碗小心地放置到她跟前，生怕溅出一滴。

李雾能感觉到她在打量自己，不带目的，却足够压迫。

他如芒在背，大气都不敢出，等直起身，胸口才轻而长地起伏了一下。

女人说了"谢谢"，但从头至尾都没碰那碗水，双手也一直拢在膝上，衣角都怕挨到桌板，好似整间房内都是致命病菌。

李雾站在桌边，无所适从，极力端持住面色与姿态，毕竟有求于人的是他。

他沉稳的表现博得了他们的好感，最起码那个男人对他印象不错，当场签完合同后，还要拉着他合照。

李雾根本不喜欢照相，家里一张照片都没有。但他还是老老实实地站去了他们中间。

严伯伯揎掇他们笑，可李雾完全笑不出来。很久前，笑容对他来说就成了相当奢侈的神色。当苦难成为本能，人就会沉甸甸地压住唇角，将所有欢喜密封起来。

这对夫妇没有久留，临行前，李雾鞠躬，真心诚意地道谢。

送走二人，严伯伯又回了家里，把合同拿给他看，叫他记住恩人的姓名与联系方式。

吴复与岑矜。

这两位支持他继续念书的人，他会将他们死死刻在心上，感恩戴德。

因为念书是他唯一的盼头与出路。他坚信自己能出人头地，带着爷爷走出大山，过上好日子，给爷爷买轮椅，让他拥有最好的医疗条件。

可李雾没有等来这一天。

刚念高二，爷爷就走了，走得很突然，悄无声息。那天是周末，李雾喂他吃完晚饭，扶他躺下，再自己吃了饭、洗了碗回来，老人已阖目睡去，怎么叫也叫不醒了。

李雾在床边呆若木鸡地站立良久。半个小时后，他不得不接受现实，悲恸将他灌满了，他伏去爷爷身上，极尽压抑地呜咽起来。

李雾用资助人剩下的钱替爷爷立个比父母体面许多的石碑。

林间静谧，仅有鸟雀啁啾，李雾面无表情地坐在墓前，反复回想着爷爷临终前的叮嘱。

那时候老人似有预感，与他说的最后一句话是笑着说的："赶紧去写作业，别管爷爷了。"

李雾不快地回道："怎么可能不管你啊。"

他是要背着他进城的。

可终究还是无法实现了。

少年心痛欲裂，唇瓣打战许久。一片枯叶从他面前徐徐坠下，这一刻他周体寒凉，体会出了失去的真正意义。从今往后，他没有家了，这世上也不会再有亲人了，谁还能让他为之奋斗、一往无前？

李雾不堪重负，弓起上身，像一张丢失箭矢无处发力的弓，用手掌胡乱抹脸，在秋天的冷风里悲怆大哭。

爷爷走后，心灰意冷的李雾搬去了姑姑家。

他一早就预见这个自私自利的女人会如何厌恶他，可他不想辜负严伯伯的好意。哪怕这种对待愈演愈烈，只要还能学习，还有所求，他就能忍气吞声地坚持下去。

一天傍晚，他在田间浇菜，姑姑嚼着苹果，手叉腰，轻描淡写道："我跟你姑父通了电话，让他在鹏城给你找了份活儿，你学就别上了，没意思还浪费钱，我们这有几个靠上学有大出息的小孩？反正我活到现在是没见到一个。"

李雾惊惑道："为什么不让我上学？"

姑姑说："什么为什么，你自己好意思每天在我家白吃白喝？"

李雾撂了桶，水汩汩地涌出，渗透了鞋面他也无知无觉，只是质问："我没帮你干活吗？我的资助金没给你？"

姑姑拿起挑子作势打他，"这钱就是给我伺候你这个倒霉侄子的，不是给你读课文的！没我们，你早喝西北风了！"

当夜，李雾辗转反侧，在理想与现实之间剧烈挣扎，后半夜好不容易入睡，他做了个梦，梦里是爷爷面对面同他说话，叫他用功读书，不要放弃。老人面容枯槁，眼神却格外坚毅。

翌日一大早，李雾就去了村委办求助，不料严伯伯去县城开会，好几天才能回来。

李雾心急如焚，像一只走投无路的困兽在村口茫然徘徊。

突然两个名字浮现于他脑中，他怔了少顷，柳暗花明，忙拉住一位过路的男人，仿佛抓住一块浮木一般问他借手机。

男人瞥他几眼，同意了。

李雾拨打那串数字，那边接通后，听声音是吴先生，可他的态度却与一年多前截然不同。他在电话里阐明原因后，男人的和蔼可亲消失殆尽，只有冷若冰霜的拒绝。

他说他还在工作，并给了他一个新的联系方式，让他求助自己早已分居的妻子。

挂断电话后，李雾的心沉至谷底，跟手机主人好说歹说，对方终于同意再给他两分钟。

李雾深吸一口气，重振精神，忙不迭拨打新号码。

对方接得出乎意料的快，但态度异常暴躁，尖锐的女声几乎一瞬在耳边炸开："不是跟你说不用来了吗——"

李雾吓了一跳，一时半刻不敢吱声。

他下颌绷了一秒，喉结微动，小心翼翼地问："请问是岑矜岑女士吗？"

女人的声调一下平息了，散漫了些说："对，你哪位？"

"我……"李雾张了张口，却没有持续发出声音。少顷，他不再犹疑，将垂于身侧的手紧攥成拳，铿锵有力地道出姓名，"我是李雾。"

人生在世，不能就此屈从与苟且。

从那一天起，纵使形单影只、茕茕孑立，前路坎坷，荆棘满途，他，李雾，誓将自己的命运牢握手心，永不言弃，所向披靡。

# 生日礼物

三年后的春末，岑矜辞去奥星的职务，完成公司注册，正式成为 C2 广告有限公司的法人代表。除她之外的创始人还有宋慈与春畅，三人各持百分之六十二点一、百分之二十六点九、百分之十的股份。

六月中旬，公司投放的第一则广告视频就在业内掀起了不小的热度。

那是一则卫生巾广告，品牌方的市场总监是宋慈相识多年的老友，愿意让她们小试牛刀。当然，也是因为岑矜的创意打动了她本人。

片中描述了在鸦雀无声的自习课堂上，第一排的女生因突来月事而面露窘态，便转过头比画着借卫生巾。

女孩们心照不宣，依次用同样的方式传递信息。直到最后一排才有所收获，拥有卫生巾的那个女生将卫生巾夹在课本中，给面前的女生。

于是乎，女生们又一个接一个，快速且小心翼翼地往前运送。

可到第四排时，有个女生没拿稳，书掉落在过道里，那片卫生巾也掉出来，暴露于众人的视野之中。

全班受惊，少男少女们面色各异，或微妙，或尴尬，更有甚者窃窃私语，起立围观。

整间教室陷入僵局。

半响，第一排的女生霍然起立，越过几排桌椅将卫生巾捡起，两指夹高，目不斜视、昂首阔步地回到座位。

一瞬间，大家都释然地笑了，鼓掌雀跃。

女生将卫生巾拍至桌面时，卫生巾的品牌与广告语也出现在画面中央——守护自己，无需接力。

视频不含一句台词，但趣味横生，贴合主题。

开局时尖锐的哨响，中间击鼓传花般的心跳，以及末尾处类似观众席欢呼的音效使其充满田径赛场的氛围感。

这条有代入感、有共鸣、有想法的广告片点击量过千万，一下将品牌的口碑与热度带至近年来的高峰，甚至引发了新一轮"破除月经羞耻"的公益连锁反应。

岑矜的创意店铺一战成名，崭露头角。

如果说上半年的模式是小心摸索，大胆创新，那么下半年的C2就变得稳扎稳打，高歌猛进。到年底时，公司人数已逐渐扩充至五十余人，规模初成，并成功签下三位长期靠山。

行业戏称她们公司为双C，一个负责创意的核心魔法输出，一个负责客户的核心物理输出，难怪相得益彰。

高强度的管理工作必然带来私生活上的疏忽。近一年内，岑矜与她小男友说的最多的话就是"今天估计又要回去很晚了""我好忙""姐姐好累""呜呜呜呜""为什么没人告诉过我当老板也要干这么多活儿"。

好在小男友的学业同样繁重，又体贴入微，极少提出异词，听她倒苦水也甘之如饴。

步入大三后，为抓紧毕业，李雾的时间也变得更为紧迫。每天教学楼、图书馆、实验室三点一线，从清晨忙到深夜，仅剩不多的休闲娱乐就是跟岑矜的通话、视频，以及周末回家。

当爱情不再是人生的全部主题，两人就变成天平两端重量相近的砝码，实现了真正的平衡。

一日，岑矜眼尖，在拍摄群里看到复大的字眼，问是什么产品要去复大拍摄。

小陈：电竞椅。

岑矜：决定去复大了？

小陈：对，复大有栋新宿舍楼环境很不错，我们借了间学生寝室当场地，已经跟校方那边联络好了。

岑矜：什么时候出发？

小陈：就明天。

岑矜：记得捎上我，正好会会家属。

小陈：好的。

员工都知道岑矜有位才貌俱佳的大学生男友，纷纷在群里戏言。

岑矜不以为意，一笑而过。她也没有提前告知李雾，想给他一个惊喜。

翌日，岑矜仔细描画妆容，穿得颇为鲜亮，蓝色大衣，凹凸有致，明艳鲜活，与平常的冷淡风格大相径庭。

一早上的拍摄还算顺利，临近中午大家出门找饭吃，岑矜才发了个定位给李雾。

少年很是诧异。

李雾：你来学校了？

岑矜：嗯，刚好有拍摄。

李雾：怎么不早点讲？

岑矜：讲了多没意思，你这会儿在哪？

李雾：图书馆。

她想当面揪揪他的鼻头。

岑矜：怎么这么用功呢？

李雾：你在哪？我去找你。

岑矜：不，我去找你。

李雾：好吧。

嘴上答应得信誓旦旦，但两人还是在半路相逢。

男生拎着黑色背包，自不远处走来，长身鹤立。他原本目光散漫，但瞄见岑矜的下一秒就剔亮如雪，忙不迭小跑到她跟前。

见他只穿着全黑的卫衣，岑矜不由得操心道："冷不冷啊？也不怕着凉。"

李雾单手将她捞来怀间，用胳膊卡住她颈后，似是死活都不准她逃脱一般地说："不冷了。"

"放手，粉都要蹭掉了。"

岑矜推了下，除了看起来像打情骂俏之外毫无作用，少年依旧坚定如磐石，声音还透着股委屈劲："几天没见了，抱会儿怎么了？"

岑矜无奈道："过会儿要下课了，路上全是人，影响不好。"

李雾抬高手腕扫了眼，"那就过会儿再放。"

岑矜作罢，也环住他，回应着他最为擅长的肢体示爱。

三分钟后，下课音乐响彻校园。

李雾乖乖放开自己的女友，背好包，转而牵住她的手，牢握指间。两人并排走在梧桐树下，冬日干冷，也觉得好温柔。

岑矜漫不经心地望着往来的学生，"下午有课吗？"

"有。"李雾说，"你呢？"

岑矜作虚弱状，"自然也要回公司。"

少年淡着脸，叹了口气。

岑矜瞥他，"怎么了？"

李雾垂眸，"我们这样见缝插针地见面，好像偷情。"

岑矜闻言一笑，"那我们各自的正房是谁？"

李雾说："你的工作，我的学习。"

岑矜点了点头，深表赞同。

岑矜又去盯他挺拔的侧脸，勾了下手。待少年倾头凑近，她以气息轻声："要不要趁机做点更像偷情的事？"

李雾耳郭全红，眼底的情绪却是不谋而合。

近乎异地恋的模式让他们对彼此朝思暮想，每一次见面都带着极强的渴求。

刚打开酒店的房门，岑矜还没插房卡，已被少年由后往前压上墙面。

"先开……空调啊……"岑矜看不见他，却感觉自己全然被掌控，只能发出不连贯的声音提醒，"窗帘……"

唰拉一声，光天化日变夜深人静……

之后，李雾与岑矜穿戴整齐，变回凛然正气的好学生与清心寡欲的女经理，叫了外卖来酒店房间。

等真正拿到手，两位上肢健全的人变得跟没长手一样，全程相互喂食。

明明是同样的套餐饭，还要味觉失灵般地夸赞："你的好好吃啊。"

李雾听言，立马跟刚才一样，用筷子尖细致地剃骨，重新夹送到岑矜嘴边。

岑矜嚼完，在自己碗里精挑细选，选出块形状不错的青椒给他，"来，啊——多吃蔬菜长得快。"

她偶尔的恶搞只会让李雾发笑，听话地叼入口中。

一顿饭你来我往地吃了半个小时。

没了碗碟的间隔，两人又黏到一块。

李雾坐在单人沙发上，岑矜则把李雾当单人沙发，坐在他腿上，被他拢在身前，不时捏捏他的耳朵，不时亲亲他的嘴唇，再换来他怕痒或开心的笑颜。

她最喜欢看他笑了，眼睛亮晶晶，牙齿白生生，整张脸灿烂夺目。

岑矜勾着他的脖子，不眨眼地问："大学生，又要过生日啦，今年想要什么礼物？"

李雾说："不知道。"

他的黑瞳仁转了下，似有了其他主意，"可以提前暗示一下明年的生日礼物吗？"

岑矜早猜出他心里的小九九，"你说。"

李雾清了下嗓子，郑重其事道："明年有个人二十二周岁了。"

岑矜蹙眉道："谁啊？"

李雾说："你认识。"

岑矜问："叫什么？"

李雾回道："李雾。"

"哦。"岑矜恍然大悟，"那个小屁孩。"

李雾失笑反驳："怎么还是小屁孩？"

"不是小屁孩是什么，大屁孩吗？"

"嗯……"少年沉声，暗自咬牙，索性不再拐弯抹角，单刀直入，"姐姐，我想好今年想要的生日礼物了。"

岑矜问："什么？"

李雾正色道："无论什么你都答应？"

岑矜想了想，说："应该吧。"

"把你的结婚条件列张表格给我，我在这一年内争取实现。"李雾把她往前揽了些，认真的大眼睛能看透人心，"明年生日，我一定要成为你的丈夫。"

话音刚落，岑矜就笑得前俯后仰、合不拢嘴。

李雾控制住她的肩膀，沉下面色说："有这么好笑吗？"

岑矜抿唇，"高兴不行吗？有小男生跟我求婚，还这么帅，这么好。"

少年瞬时春光明媚，"那你是答应了？"

岑矜揉揉发酸的脸，"你是指今年的礼物还是明年的礼物？"

李雾分不清她是否在一语双关，问："哪个李雾？"

岑矜想了想，说："有区别吗？"

"好像是没区别。"

"两个都答应，可以吗？"

"真的？"少年双眼因惊喜而澈亮无比。

"谁会拿这种事开玩笑！"她佯装无可奈何。

李雾欣喜若狂，倾上前来吻她。

傻小子只会憨笑了，"我以为你——"

岑矜问："你以为什么？"

他目不转睛，"我以为你不会答应得这么快。"

岑矜也看着他，"你看你都急成什么样了。"

李雾定了定神，说："可我还是希望你不是因为我的强迫跟催促，是内心真正的选择。"

岑矜与他对视，明确道："这就是我的选择。"

少年从不吝啬将一份充满安全感的爱意写在眼底，"你相信我，是吗？"

岑矜笃定道："是的，我相信你。上一段婚姻以失败告终后，我以为我对爱情不会再有期待了。我以为属于我的那个装满甜美的罐子已经挥霍一空，至死都会这样。但你好厉害啊，你一下子把它填满了。"

他重复道："你相信我。"

她会心而笑，点头道："我相信你。"

"我好喜欢你。"李雾一下开心死了，拥住她，亲昵地磨蹭，一股脑地表白，"好爱你，岑矜，我的姐姐，你都不知道我有多爱你。"

岑矜知道自己这辈子都推不走这个黏糊蛋了，"我也爱你。"

李雾的声音变低道："我运气怎么这么好……能遇到你。"

岑矜的胸腔起伏，她又何尝不是呢。

岑矜感觉到他双肩微颤，急忙拉开距离，留意他的神态，"怎么哭了啊，宝贝？"

李雾两眼湿红，用手腕胡乱抹掉脸上的泪，"太高兴了。"

少年的眼泪如碎钻，硌得她的心生疼，岑矜跟着潸然泪下，"那就笑，不要哭。"

李雾破涕为笑，瓮声瓮气道："你也别哭。"

两人为对方拭泪，又相视笑起。

爱是欢愉与疼惜交加的传染病，世间少有人免疫。

李雾猛地想起什么，说："我想回趟宿舍拿东西，你能等我一下吗？"

"现在？"

他又说："要不你跟我一起回去？"

岑矜问："到底要干什么？"

李雾道："求婚只是口头说说，太没诚意了。"

"要拿什么？"岑矜蹙眉，又恍然大悟，"哦——看来你早有准备。"

李雾点点头，"嗯。"

岑矜粲然，"处心积虑这么久了？"

李雾也笑，"你说过的，机会总留给有准备的人。"

岑矜颔首，"我跟你一起过去。"

李雾问："你想要什么形式？"

岑矜笑出声，"什么什么形式？"

他郑重其事道："想要偷偷的求婚，还是大庭广众的求婚？"

"我不想要什么形式，我只想要真心。"岑矜捧着他英俊深情的面孔，"我只想要你。"

李雾再度拥她入怀。


回公司的时候，岑矜右手的无名指上多了枚钻戒，款式简洁但鲜明，好似空寂许久的穹宇终于缀上了一粒星一般。

春畅是头一个发现的人，她尾随她去了办公室，关紧门窗，将嘴张得能生吞两颗鸡蛋，"啊啊啊，我的矜矜，你手上是什么？"

"什么？"岑矜扬了下手，淡定一瞥，"哦，卖身契。"

春畅托高她的手端详，又蹦蹦跳跳，"你童养夫的卖身契？"

岑矜弹开她，"瞎说什么，明明是等价交易。"

春畅就差拉着她转圈了，说："你们今年领证？李雾到法定年龄了？"

岑矜凉凉地斜她一眼，"二十一岁都没到呢。"

"那你们急啥？"

"你应该问他急啥。"

春畅嘎嘎笑着说："我一点都不意外。"

岑矜问："不意外什么？"

春畅说："不意外李雾能得到你。"

岑矜好奇道："为什么？"

春畅开始放马后炮说："因为他十七岁的时候就能打你电话打近十通，你不接还知道打给你朋友，一看就是那种不轻易放弃又很有头脑的人。"

岑矜啐她，"难道不是因为他帅?"

"也有。"春畅翻出手机，滑屏，"但事已至此，我必须要跟你坦白，他年初就私底下问过我你喜欢什么牌子、什么款式的钻戒。"

岑矜惊讶道："你们居然瞒着我进行这种地下交易!"

春畅大笑道："你肯定想不到自己手上这个东西被他捂了多久。"

岑矜不可思议。

她拒绝围观，只站在安静的校园里，风穿过树林，任由他替自己戴上这只关乎人生、关乎爱情的圈套。

她像个少女，满眼欢喜，问他："什么时候买的?"

少年只回道："没多久。"

他又问："喜欢吗?"

岑矜伸手对着光看了又看，说："喜欢，很喜欢。"

她真的很喜欢。

她又想结婚了，又敢结婚了。

只因为对象是他，一个她确信被她爱也爱着她的男孩。她的世界从此云彩绚烂。

回到办公桌前，她给李雾发消息。

岑矜：你可真是打得一手好算盘，还跟我朋友暗度陈仓。

对方大概在笑。

李雾：她告诉你了啊。

岑矜：哼。

李雾：只是问来作参考，主要还是靠自己挑。

岑矜：那我必须要给你一个惩罚了。

李雾：悉听尊便。

岑矜：年前有个行业派对，你来当我男伴?

李雾：没问题。


十二月二十八日当天，作为双C的创意合伙人，岑矜受邀代表公司参加本土广告创意联盟的年会。

当夜到场的人很多，岑矜一袭玄色长裙，抹胸款式，裹出玲珑的躯体。

她脖颈纤长，行走于衣香鬓影间，好似湖光之中的黑天鹅一般。

除去她本人光彩夺目外，她的男伴也格外吸睛，一套黑色西服，修长挺括，面孔年轻，又带着些许冷峻，好像是守护在侧的黑骑士。

黑骑士倒不是故意冰着张脸。他首次参加这种大型场合，放眼皆是红男绿女，紧张在所难免。

一位眼熟的女甲方迎面驻足，与岑矜打招呼。

因岑矜在前后待过的两家公司都跟她有过合作，对她印象同样深刻，也笑着问好。

女甲方寒暄起她的新公司并期待合作，言语间不无鼓励与羡慕，最后瞟向她旁边的青年，说："这位是……"

岑矜微微笑道，吐出三个字："我先生。"

李雾周身一僵，快瞄岑矜一眼，心跳得宛若蹦极。

无奈场合的局限，他不敢露出夸张的表情，只能微微颔首。

女人夸赞道："好帅、好年轻啊。"

岑矜附和道："是吗，我也觉得。"

目送走甲方，李雾迸出今晚到这里后第一个不受控制的笑容，与她交头接耳："你刚刚怎么介绍我的？"

岑矜莞尔道："先生啊，怎么了？"

"可我们还没有真正结婚。"李雾语无伦次，"我都有点不好意思了。"

岑矜挑高手背，示意无名指上的戒指，"都这么明目张胆了，装什么隐婚人士。"

李雾低咳一声，戏称："岑总，我怕给你丢人。"

岑矜弯着眼，"得了吧，你杵这就很给我长脸了。"

她冷哼，"你没看今天跟我主动打招呼的女的都多起来了，我不赶紧说你是我老公，她们没准还以为你是我公司员工，要抢人了。"

两人正说笑，面前又走来一对男女，并不陌生，女人着白裙，男人穿正装，颇似一年多前的那场婚礼。

李雾的眼眸因而微微凝起，转为戒备。他挽住岑矜，并留心她的神态，却发现女人不起波澜，相反还挑高睫毛，更显挑衅。

女人携着男人走近，笑着与他们说话："啊，矜姐，你好，我刚刚还在想会不会碰到你呢。"

岑矜亲切道："你好啊，歆然。"

吴复就站在她身边，岑矜笑着瞥他，"你好。"

男人笑意寡淡，也颔首问好。

卞歆然问："现在自己管理公司很辛苦吧？"

岑矜轻描淡写道："还好吧。"她下巴微扬，"你先生之前总说我不适合打工，建议我自己开公司，幸好我听进去了。走出舒适区的感觉居然这么棒，还得谢谢他。"

"是吗？"卞歆然回头看吴复，"你怎么光劝别人开，不自己开一间呢？"

妻子的风凉话令吴复面色难堪了些，反问："你怎么不开？"

卞歆然一下卡壳，不再聊这个，转头看向李雾，"这就是你那个男朋友吧？"

岑矜笑了笑，像个小女孩炫耀自己的所有物，"帅吧？"

卞歆然不料她如此直白，愣了下才答："是很帅。"

李雾耳根微热，攥紧她的手。

岑矜回头拿目光嗔他。

"你们看起来好登对。"目睹他们旁若无人的小动作，卞歆然发自肺腑地羡慕起来。

她本以为他们会是古怪的配对，可天壤之别的差距在他们身上荡然无存。纯正的爱果然能带来氛围上的相契、气场上的配合。

突然，她注意到岑矜右手的钻戒，惊了下，说："你们要结婚了？"

始终冷眼旁观的吴复，目光锐利了几分。

李雾勾了下唇，"没那么快，只是答应了我的求婚。"

既然有人替她先答，岑矜便只笑着默认。

卞歆然双手合十，"先提前恭喜了。"

岑矜巧笑，"如果办婚礼的话记得要来参加。"她看了眼面色愈加难看的吴复，"别忘了带上你丈夫。"

二十一周岁生日当天，李雾如愿以偿地得到了自己想要的礼物。

他的未婚妻准备了一张精致的信封，并煞有介事道，里面可是装着她深思熟虑好几天才写下的结婚条件。

李雾双手捧过，当着她的面小心地拆封、展信。

下一刻，他笑了出来，又欣喜，又无奈。

白纸正中央，只有一个超大号的手写字——你。

又一年夏，在一片蝉鸣浓荫里，李雾提前结束本科毕业答辩，正式搬至博士生宿舍楼。同龄人眼中羡慕不来的扶摇直上，不过是他计划之内的按部就班。

复大的博士宿舍条件比之前要好，为双人间，氛围相对清静。与他同住的还有另一位博士生，不过新室友是一步步由研究生升上来的，要年长他三岁。

这个假期，李雾没有直接回家兼职。为做高能实验，他跟着组出差去了趟外省。再回来已是八月，岑矜哪跟他分开过这么久，想男朋友想得紧，一早就偷偷溜出公司，跑去机场候着。她还买了捧花，好似喜迎贵宾。

航班到点了，在一群谈笑着走出接机口的青年才俊中，岑矜一眼就捕捉到她挺拔的小未婚夫。

在他还没注意到自己前，她起了玩心，把花横在面前，看他能不能在人潮中认出自己。

几秒后，花束被挪开。

他那张比花还漂亮的脸蛋映入眼帘，嘴巴微张，带着疾奔后的轻喘，"挡什么呢？"

岑矜努嘴，"想看你能不能认出我。"

李雾回头看一眼，"别说我了，你这个姿势，谁想不注意你都难。"

岑矜循着望过去，果然，他团队的人都朝这边张望，纷纷露出微妙的笑意。

岑矜脸上浮起红潮，把花揣进他怀里，"拿着吧，科学家。"

李雾单手抱过来，弯着嘴角，"谢谢。"又嘀咕，"买花干吗？"

"怎么？"岑矜反问，"男生不能收花吗？"

李雾抿抿唇，"这么大一束，都没手抱你了。"他略有不满，"还挡在我俩中间。"

岑矜笑开。

他垂眸看花，"本来这个手要拿来抱你的。"

岑矜无奈地哈了口气，"把花举高。"

李雾立马化身"自由男神像"。岑矜双臂上前，搂住他劲瘦的腰，"你抱不了我，我还抱不了你吗？"

李雾笑容洋溢，也挟花揽住她。哪要什么花，她就是他的花，最美的那朵。

回到车里，少了阻隔与观众，两人终于能无所顾忌地亲昵。后座花束的香气充满车厢。二人吻到汗淋淋，也没有全然分开，仍抱着，于近在咫尺的地方凝视对方。

岑矜问："你是不是瘦了？"

李雾抬了下眉，"没有吧，那边好吃的很多。"

岑矜歪头，"脸颊没有以前的肉肉了。"

李雾说："我是男人了，当然没婴儿肥了。"

他突然的豪言壮语令岑矜大笑，"哦，男人。"

"男人……男人，哼。"她低喃着两声这个称呼，越想越好笑。

"笑什么？"李雾不解。

岑矜呵气，"不知道为什么，不管你多大，我都觉得你好可爱，是全世界最可爱的小男孩。"

李雾笑了下，"八十岁了也是吗？"

"当然了。"岑矜眯了眯眼，"就是那时候我都九十一岁了，是不是都死掉了。"

"别乱说，你寿命会很长。"

岑矜眨眼说："为什么？"

李雾不假思索道："因为好人长命百岁。"

这是什么又土又蠢的回答，岑矜笑出声来，不甚满意地说："你岂不是也要长命百岁？"

李雾说："真有那天，我会跟着你离开。"

岑矜拍打他一下，"呸呸呸，不可以。"

李雾问："为什么不可以？"

岑矜想了下，说："没为什么。"

李雾看着她，"你走了，我就是糟老头子了，这个世界不会再有人把我当小男孩，我要跟去继续当你的小男孩。"

这句话如催泪弹，岑矜眼里起雾，极力憋回去，再也无法反驳，"好吧，勉强答应。"

两个加起来超过五十岁的"小学生"相互许诺完，岑矜清醒过来，猛地挣开他，拍他的左肩，"好奇怪，我们为什么要这么早就想死后的事情。"

李雾笑起来，"因为我们会一直在一起。"

"那也不准再说了。"

"好。"少年换话题，"聊聊明年什么时候领证？"

岑矜顿了顿，"不是你生日吗？"

李雾挠额角，"可那天是法定假日。"

"哦，对。"岑矜才反应过来，"都怪你，元旦过生日。"

李雾笑了下，"不好吗？新年第二天，多有盼头，不用再熬他三五个月了。"

还有这种理，岑矜服气。

时年，万木凋零尽、天地一白时，两人抽空回了趟家拿岑矜的户口本，并通知父母他们即将领证。

是的，通知。本来就不是需要商议的事情。

饭桌上，岑父笑容洋溢地说："想好了？"

"当然。"

他们异口同声，让岑母一惊，又失笑叹气。

吃完饭，四人东南西北各坐一边，李雾开始梳理自己的新一轮计划表，说他会在读博三年内攒够首付，在宜市买套房子。

岑母说："你们要几套房啊？乱花钱，就住矜矜那好了。"她惦记的不是这个，"你们打算什么时候要小孩？"

岑矜沉默片刻，说："短时间内还不想要。"

岑母说："你都多大了，又不像李雾一样还青春年少，年纪越大生孩子越危险。"

岑父劝说："你管他们呢，一个忙公司，一个忙科研，现在要孩子就是给他们添乱，也是对孩子的不负责。"

他又低声道："咋不长教训呢。"又去看李雾，"小雾，你看呢？"

李雾端坐着，一脸认真道："我听岑矜的。不要孩子也行，有孩子我也希望跟岑矜姓。"

他语出惊人，岑家三人目瞪口呆。

岑父语重心长道："孩子，你不是上门女婿，别为了感谢、报恩之类的缘由委屈自己。"

岑母震惊之余，也附和道："是啊，也处这么久了，你知道我们不是那种仗势欺人的长辈。"

"我不是这个意思。"李雾笑了下，风轻云淡，"是我原本就不在乎这些，也不需要延续姓氏，我就是我自己，往后余生有岑矜，有你们两位亲人我就很感激、很满足了。我当下的人生目标就是成为一个尽心尽责的丈夫，如果岑矜需要，我也会好好当一名父亲。"

岑矜深吸气道："我才不要。"

"不要什么？"千万别是不要他。

"不要孩子跟我姓。"

李雾问："为什么？"

岑矜胡言乱语道："感觉全要自己负责，你会当甩手掌柜。"

李雾说："怎么可能，真有孩子也是我们共同的孩子，不管姓什么。"

岑矜还是不乐意，低头拨弄手指。

李雾不再多言。

岑父叹气道："这事你们自己商量，我们就不插手了。"

岑母颔首同意。

回去的路上，李雾驾车，岑矜头抵在窗上，没好气道："你知道自己今天发表了什么骇人听闻的言论吗？"

李雾握着方向盘，淡笑道："还好吧。"

岑矜也笑着说："你没看我妈，脸红了又白，估计在想，这倒霉女婿，我这辈子还抱得上外孙吗？"

李雾从未研究过这些，不由得好奇道："年纪大生孩子真的会危险吗？"

岑矜吁气，"对啊，过了三十五就是高龄产妇啦。"

"那干脆别生了。你之前……"他欲言又止。

"我之前什么？"

李雾胸口起伏一下，"我来宜市念书后，有个周末听到过你打电话。"

"你知道我流过产？"她回忆片刻，没有避讳。

李雾"嗯"了声。

岑矜坐正道："好哇，小小年纪就听墙根。"

李雾心头微燥，"不是故意的。"

岑矜问："所以？有什么感想？"

李雾说："我绝对不能让你这样。"

"你十七岁就想跟我生孩子？"岑矜故作目瞪口呆。

"没有，不是。"他百口莫辩，"只是心疼你。"

"确定不是？"

李雾面红耳赤，急忙否认："不是！"

岑矜不再逗他，"先把证领了，孩子随缘吧，反正我有当妈的经验了。"

李雾问："嗯？"

岑矜意有所指，"毕竟带出了一个博士呢。"

李雾失笑。

"当然。"岑矜说，"一分靠我这个运气，九分靠他自己努力。"

李雾摇头道："不，十分都是你。"

岑矜才不揽功，说："算了，我们对半吧，五五分成，就是满分。"

一月八日，宜结婚，宜嫁娶，是万里晴空的好日子，妙不可言的一天。

这对十全十美的爱人相携来到民政局。他们均身穿两年前拍立得的里那套白色毛衣，坐在全红的背景前，含笑将余生重新定义。

盖上章，他们被框入两张一模一样的结婚证里。

走出民政局，天空湛蓝，日光明灿，他们各自看证书上的合照，移不开眼。

岑矜看自己年轻的丈夫，"你好帅哦。"

李雾则看自己美丽的妻子，"你也很美。"

他们又默契地望向身边的人，笑弯了眼，十指紧扣。

这一刻起，他们的人生从此变小，唯两两相对；也从此变大，享双倍精彩。

# 当之无愧

你所认为的世界上最好的爱

文 / 岑想

下笔前，其实我不太明白"爱"这个字的真正含义。对父母，我是爱的；对世界，我也是爱的，但用"最好"来描述似乎还不够格。对着空白的纸张傻坐了很久，我决定翻开字典，去查一查"爱"的解释。

本以为会看到长篇大论，却没想到释义很短，寥寥几字，平实、干脆，概括的情感却很深刻："对人或事有深挚的感情。"

深挚。

不知道为什么，看到这个形容的下一刻，我就想到了我的父亲。深厚而真挚，没有比这两个词更能概括他这个人，尤其是他对母亲的态度和感情。

印象最深的是初二时的一个暑假，那时爸妈破天荒地带我出去旅游。每年夏天他们都会出游，当然，他们会先送我到爷爷奶奶家避暑，再开始他们的双人行计划。

我们去了趟祖国的西北部，那边风景优美，湖水与草野都像是铺开来的画卷。

我们住的那家民宿院子里有葡萄架，果实青澄澄又沉甸甸，攒簇在一块，如珠玉吊挂，随意摘下一颗都甜得齁嗓子。

哄我午睡后，母亲一时兴起，借来两辆自行车，跟父亲一路骑行去外面转悠，灼日当头都难敌这两人的闲情与雅兴。

但一回来，母亲就大呼身体不适，起初是头晕，之后上吐下泻，房主一看，估计是中暑了。

父亲晒得脸通红，此刻更是汗流浃背，全然慌了神，急切地问要不要去医院，房主经验丰富，说先观察，告知了一些处理方法。父亲翻箱倒柜找藿香正气水，帮母亲擦身子降温，一直在房间里陪伴了两个多小时，确认母亲情况转好、安稳入睡，才走出来。

我不知所措地坐在外面干等，因此第一时间看到父亲异于往常的样子。

这是我第一次看到他哭，四十多岁的大学教授，在学生面前严词厉色，处理家庭事务也有条不紊，这一刻却双眼通红，安慰我时还一度哽咽。

他说："鲤鲤，你妈妈没事了，吓着你了吧？"

我摇了摇头。

他引我到庭院的树荫里同坐，那会儿天色已暗，头顶的星河远比城市中鲜明。

我坐在藤椅上，捧着一碗房东现榨的葡萄汁，说："没被妈妈吓到，反而被你吓着了。"

父亲笑起来，用手指抹去内眼角的湿润。

房东在旁边听我们讲话，插一嘴问："啊？你父亲是大学教授？"

我骄傲地大声说："对啊！还是复大的！"

房东一脸惊讶："看不出来，这么年轻！"

父亲不好意思地笑道："不年轻了，都四十多岁了。"

房东咋舌，"一点不像。"

我完全认同房东的话，父亲身上总有一种跟我所见的同年龄男性截然不同的气质，腼腆、谦逊、讷言，眼神干净而明亮。

父亲大概也觉得自己这副样子有损形象，对我解释："鲤鲤，我今天就是太着急和担心了，人的情绪上来容易控制不住。"接着又自责自省，

"都是我不好，你妈来之前两天刚为工作上的事熬过大夜，没睡一个好觉，我今天怎么就没想到，还由着她顶着大太阳骑那么远。"

我撇嘴说："你不是一直对妈妈言听计从的吗？"

他撑着膝盖，放松了很多，闻言笑得更加开怀，还故意板起脸交代："我哭的事情不要告诉你妈，不然她会笑我。"

我点点头。

但第二天餐桌上，趁着父亲去厨房跟房主的妻子学做母亲"一吃钟情"的馕，我立刻出卖了他，把这件事一五一十地复述给母亲。

母亲听得直笑，一点不意外，也附手到嘴边神秘地告诉我："你爸在我面前不知道哭鼻子过多少次了。"

我"啊"了一声，这可真是颠覆我十几年来的认知。

母亲摇头叹气道："你爸就是个小哭包。"

我鸡皮疙瘩竖立，"小哭包"用来形容我不惑之年的父亲，也只有我母亲能做得出来。

也是这次旅行回来，我变得更爱观察他们。

我也发现，父亲在母亲面前真的跟在其他人面前不一样，母亲亦如此。

在旁人面前，他们都是大人，可当面对彼此，他们就变回了孩子。甚至是不比我大多少的小孩。

他们无话不谈，大小事从不隐瞒，也会嬉笑打闹。父亲经常被母亲逗得面红耳赤、无法正视，但一旦朝她看回去，眼中总是爱意满满。

父亲跟我去超市，总会给母亲另外带份零食；母亲逛街买衣服，一路过男装店就走不动道。

母亲是职场女强人，脾气却偏躁，有时因工作焦头烂额、颐指气使，父亲都甘之如饴，照单全收；父亲学术造诣高，个性却与世无争，有时被同行明褒暗贬、含沙射影，母亲都会打抱不平，骂骂咧咧。

每到这时，他们就都脱去对外的光鲜和体面，变得真实而生动。

爷爷奶奶从不过问我的父母平时关系如何，因为他们总是放心的。我跟父亲说，奶奶提到你的时候，老跟我说"十年都修不到你爸这样的老公"，父亲听得骄傲又害羞，还偷偷教我："下次你回，百年都修不到你妈妈这样的老婆，爷爷奶奶会更高兴。"

父亲并不是母亲的第一任老公，这是母亲亲口告诉我的，而父亲从来不会提这件事，最初听到时我惊讶得嘴巴都合不上。因为不知道为什么，从我懂事起，我就觉得他们两个好像从出生就生活在一起一样，不然关系怎么会这样好，这样密切，这样融洽，这样默契？让人感觉不到任何差距。

在写下这篇作文前，我去客厅找了他们一趟，他们正依偎在沙发上看电影，见我突然出来也没有分开。

我问："我的命题作文可不可以写你们两个？"

父亲问："什么作文？"

母亲说："肯定是爱。"

我瞪大了眼，"你怎么猜到的？"

母亲眉毛微挑，轻飘飘道："你是从我肚子里出来的，我怎么会不知道？"

父亲佩服地看向她，眼睛发亮，如同少年。

我看着他们，那一瞬间我似乎明白了，什么才称得上世间最好的爱。

母亲的回答虽指向我，可也证明了她对他们之间的爱是如此确信——确定她深爱着父亲，而父亲也深爱着她。

也正因为他们这样确信，所以我也这样确信着，落笔有力。

我所以为的世界上最好的爱——无视世俗与光阴，无视距离与差距，齐头并进，相互需要也相互独立，因爱而不朽，因爱无隔阂，因爱永远浪漫和纯真。

世间最深挚的爱，我的母亲、父亲当之无愧。

上架建议：畅销小说

ISBN 978-7-5492-8327-9

9 787549 283279 >

定价：39.80 元